Leonie Winter

Unter Umständen verliebt

Roman

GOLDMANN

Dieses Buch ist auch als E-Book erhältlich.

MIX
Papier aus verantwortungsvollen Quellen
FSC® C014496

Verlagsgruppe Random House FSC® N001967
Das FSC®-zertifizierte Papier *Holmen Book Cream* für dieses Buch
liefert Holmen Paper, Hallstavik, Schweden.

1. Auflage
Originalausgabe September 2014

Umschlaggestaltung: UNO Werbeagentur München
Umschlagmotiv: Image Source/Getty Images;
FinePic®, München
LT · Herstellung: Str.
Satz: IBV Satz- und Datentechnik GmbH, Berlin
Druck und Bindung: GGP Media GmbH, Pößneck
Printed in Germany
ISBN: 978-3-442-47799-9
www.goldmann-verlag.de

Besuchen Sie den Goldmann Verlag im Netz

Für Matthias
Äh, nein, für Michael … Nee, Marvin …
Quatsch, für Mustafa …
Für Meinulf?

1. Kapitel

Zwei Striche. Da sind ganz eindeutig *zwei* Striche! Uff … puh … Hurraaaaaaaaaaaa!!!

Ich sitze gleichzeitig beglückt und fassungslos im Badezimmer auf dem Klodeckel und starre auf den Schwangerschaftstest, den ich mit zittriger Hand umklammere. Es ist passiert, es ist tatsächlich passiert! Einfach so.

Also, nicht, dass Mirko und ich es wirklich ernsthaft versucht hätten, das nun nicht. Ich nehme ja sogar die Pille. Also, meistens jedenfalls. Wenn mich nicht gerade ein Langstreckenflug durcheinanderbringt, was in meinem Job als Flugbegleiterin schon mal vorkommen kann, hihi! Und jetzt habe ich also den Salat, äh, das positive Ergebnis. Hammer! Ich, Nora Bergmann, werde Mama! Und zwar am, am, am …

Hektisch springe ich von der Toilette auf, ziehe mir eilig die Jeans hoch, rase rüber ins Wohnzimmer und klappe mein Notebook auf, das auf dem Couchtisch steht. Ruck-zuck bin ich im Internet, suche einen virtuellen Schwangerschaftskalender und gebe meine Daten ein. Erster Tag der letzten Regel: 30. April. Heute, am 26. Mai, bin ich gerade soeben noch im 1. Schwangerschaftsmonat. Voraussichtlicher Geburtstermin: 4. Februar. Ein Wassermann, wie ich! Oder eine kleine Wasserfrau? Oder, oder … *Zwillinge?*

Ach, egal, Hauptsache, der Junge ist gesund! Ich kichere vor mich hin. Ich bin schwanger, schwanger, SCHWANGER! Quasi eine schwangere Auster, hihi. Und Mirko, mein liebster, mein tollster, mein wunderbarster Mirko wird bald ein Daddy Cool!

Wie er oder sie wohl aussehen wird? So wie ich, mit rotblonden Locken und blauen Augen? Und jeder Menge Sommersprossen? Oder wie Mirko? Bekommt mein Bauchzwerg vielleicht auch eine schwarze Matte und die schönsten braunen Augen, die man sich vorstellen kann? Oder möglicherweise sogar eine Kombination aus uns beiden – mit Mirkos dunklen Haaren und meinen hellen Augen? Ah, *das* wäre was! Dazu dann noch meine Sommersprossen, und dann nennen wir das Kind Pierce Brosnan. Oder Piercine, je nachdem.

Unter den Suchbegriffen »Wie sieht mein Baby aus?« cruise ich weiter durchs Netz, bis ich auf eine Seite stoße, auf der man sein Foto mit dem des Partner morphen kann, sodass ein Bild des zukünftigen Kindes entsteht. Ich lade ein Foto von mir und eines von Mirko hoch, drücke auf »Los« und herauskommt ... UAAAH! »Chucky, die Mörderpuppe«! Okay, genug mit dem Unsinn, ab sofort habe ich Besseres zu tun.

Seufzend klappe ich mein Notebook wieder zu. Ach, es ist perfekt, es ist alles so *perfekt*! Vor gut drei Monaten bin ich fünfunddreißig geworden und hatte, ehrlich gesagt, darüber eine klitzekleine Krise. Nach außen hin ist bei mir zwar alles okay – mein Job als Flugente macht mir Spaß, seit vier Jahren habe ich eine wirklich schöne Beziehung mit Mirko, der als Unternehmensberater ziemlich erfolgreich ist –, aber innerlich fühlte ich mich plötzlich wie in einer Sackgasse, an deren Ende nur eine einzige Frage steht: Und – wie geht es in Zukunft weiter? Fünfunddreißig, also quasi vierzig – da muss wirklich langsam mal was passieren! Was ist mit Heiraten? Mit Kindern? Oder wenigstens mal mit Zusammenziehen?

Mirko und ich, wir verstehen uns gut, wir verstehen uns *wirklich* gut; wir sind so etwas wie ein Traumpaar. Finden alle! Und wir waren es von Anfang an. Nur zwei Tage, nachdem er mir auf einem Flug von New York nach Hamburg seine Visitenkarte zugesteckt hatte, rief ich ihn an, und wir verabredeten uns zu einem Spaziergang an der Alster.

Das mit den zugesteckten Visitenkarten passiert einer Stewardess recht häufig; es sei denn, sie hat einen Buckel, schielt und zieht ein Bein nach. Was aber eher selten der Fall ist. Normalerweise sammele ich die Karten, ohne ihnen weiter Beachtung zu schenken in einem Schuhkarton unterm Bett – es fällt mir immer extrem schwer, irgendetwas wegzuwerfen, das ist eine echte Marotte von mir. Außerdem ist es bestimmt nett fürs Ego, sich mit fünfundneunzig mal anzusehen, was für Chancen man früher so hatte. Aber mit Mirkos Visitenkarte war das anders, seine Nummer war die erste und einzige, die ich jemals gewählt habe.

Danach trafen wir uns – und waren beide sofort und auf der Stelle schockverliebt. Bummschackalacka, dingdingdong! Und das war es dann – bei uns beiden schlug der Blitz ein, und seitdem sind wir unzertrennlich. Außer, wenn einer von uns gerade um die Welt jettet. Was berufsbedingt natürlich ziemlich oft der Fall ist. Aber so ein- bis zweimal die Woche sehen wir uns. Und *dann* sind wir unzertrennlich …

Wo war ich? Ach ja, mein fünfunddreißigster Geburtstag. Und die große Sinnkrise, die mich ereilte, wie aus dem Nichts. So saß ich an meinem Ehrentag auf einmal heulend bei dem Nobelitaliener, zu dem Mirko mich eingeladen hatte, und ließ die Gedanken nur so aus mir heraussprudeln. Dass ich endlich zusammenziehen und heiraten und langsam auch mal über Kinder nachdenken wollte. Mirko reagierte sehr verständnisvoll.

»Mäuschen«, sagte mein Liebster. »Wir sind beide in unseren Jobs ständig unterwegs und haben doch gar keine *Zeit*, um zusammenzuziehen oder uns um ein Kind zu kümmern. Wie soll das gehen?«

»Ich muss ja nicht länger als Stewardess arbeiten.«

»Aber du *liebst* deinen Job! Ich kann doch nicht erwarten, dass du den für uns aufgibst.«

»Würde ich aber. Und zwar wirklich ganz doll gern!«

»Komm, Mäuschen, lass uns da noch einmal in Ruhe drüber reden.«

»Wir sitzen doch hier gerade ganz gemütlich beim Italiener – ruhiger wird's bis auf Weiteres kaum werden.«

»Aber heute ist dein Geburtstag, da möchte ich keine so wichtigen Themen besprechen.« Er strahlte mich an. »Und mit dir eine Familie zu gründen – *das* ist doch wohl ein wichtiges Thema!« Dann nahm er meine Hand, zog mich über den Tisch zu sich herüber, küsste mich lange und zärtlich, wodurch ich so dermaßen dahinschmolz, dass ich tatsächlich keine Lust mehr hatte, noch weiterzureden.

Irgendwann in den Wochen danach bin ich wohl etwas mit der Pille durcheinandergekommen. Was ich gar nicht so furchtbar schlimm fand. War schließlich nicht das erste Mal. Womit ja schon bewiesen ist, dass nicht immer gleich was passieren muss, wenn man von 21 Pillen mal eine oder zwei nicht nimmt.

Und außerdem, habe ich gedacht, wäre es schließlich auch keine Katastrophe, wenn doch. Denn *so sehr*, wie Mirko denkt, hänge ich nun wirklich nicht an meinem Job. Für ein Kind würde ich den jedenfalls sofort an den Nagel hängen, zumindest für eine Weile. Und – zack – ab sofort habe ich tatsächlich *jede Menge* Zeit, um mich um Mirkos und meine Zukunft als Familie zu kümmern!

Meine Airline erteilt bei Schwangerschaft nämlich ein sofortiges Flugverbot. Und beim Bodenpersonal kann man mich nicht gebrauchen. Also hat Nora Bergmann ab sofort *frei* und darf bezahlt zu Hause auf dem Sofa sitzen bleiben. Beziehungsweise endlich dafür sorgen, dass ihr Sofa und das Sofa von Mirko in trauter Zweisamkeit in einer gemeinsamen Wohnung zusammenfinden. Ach, quatsch, mein Sofa ist so oll, das kommt gleich auf den Müll. Und ein Kinderzimmer, das muss natürlich auch her, ist ja klar!

Erst letzte Woche ist bei mir unten im Haus eine Wohnung frei geworden, vier Zimmer mit einem kleinen Gartenstück. Ob ich gleich mal den Vermieter anrufe und ihn frage, ob die noch zu haben ist? Ach nee, Mirko und ich ziehen mit unserem Kind doch nicht nach Barmbek. Das ist überhaupt nicht schick genug. Lieber sehen wir uns in seinem Viertel um, im noblen Harvestehude. Wobei, eigentlich ist das auch egal – Hauptsache, wir sind zusammen! Aber es ist natürlich schöner, direkt an der Alster zusammen zu sein als neben der U-Bahn-Trasse, an der ich wohne. Hihi – ich bekomme ein Baby, ein Baby, ein *Baby*!!! Wir ziehen zusammen, wir werden heiraten, wir sind bald eine Familie!

Jetzt stürze ich in den Flur, schnappe mir meine Handtasche und fange an, hektisch nach meinem Mobiltelefon zu suchen. Ich muss Mirko anrufen, *sofort*! Das *muss* ich ihm erzählen! Doch als ich schon auf »Wählen« gedrückt habe, lege ich schnell wieder auf. Nein, das muss ich ihm persönlich sagen, so etwas teilt man seinem Liebsten doch nicht am Handy mit! In drei Stunden landet er nach einer Woche Geschäftsreise wieder in Hamburg. Und zur Feier des Tages werde ich ihn überraschen und am Flughafen abholen. Der wird Augen machen. Ich kichere leise vor mich hin.

Mirko macht keine Augen. Das heißt, er macht schon auch welche. Aber zuerst mache *ich* Augen. Der Reihe nach: Ich stehe am Gate und warte darauf, dass die getönte Glasschiebetür den Vater meines nigelnagelneuen Wurzelzwerges ausspuckt. Der Flieger aus München ist vor zehn Minuten gelandet, es muss also jeden Moment so weit sein.

Mit schweißnassen Händen halte ich die Schnur fest, an deren Ende ein herzförmiger Luftballon schwebt. Daran habe ich ein kleines Geschenk gebunden, den eingepackten Schwangerschaftstest. In meiner Handtasche steckt ein eisgekühlter Piccolo – ein winziges Schlückchen wird ja wohl noch erlaubt sein. Hab den Test schließlich so früh gemacht, da wissen die meisten Frauen ja noch gar nicht, dass sie in anderen Umständen sind.

Apropos »in anderen Umständen«: Zwei Sekunden später befinde ich mich schon wieder in welchen. Aber *ganz* anders als gedacht. Denn tatsächlich öffnet sich die Glasschiebetür. Tatsächlich kommt Mirko heraus, groß, schlank, einfach eine umwerfende Erscheinung im eleganten Nadelstreifenanzug. Und tatsächlich … hat sich bei ihm eine attraktive Blondine untergehakt, ebenfalls groß, ebenfalls schlank und in ihrem eng geschnittenen Windsor-Kostüm ebenfalls recht umwerfend.

Sie ist gerade dabei, ihm lachend am linken Ohrläppchen rumzuknabbern. Eine Kollegin? So richtig geschäftlich sieht das nun nicht aus, das kann man nicht sagen. Hopsa. Vor Schreck lasse ich den Luftballon los. Er macht den Abgang und baumelt fünfzehn Sekunden später hoch oben unter der Decke von Terminal 1. Zusammen mit meinem Testergebnis. Hurra!

»Nora, ich weiß, dass ich ein mieses Arschloch bin.«

»Wie gut, dass du das weißt, sonst hätte ich es dir extra sagen müssen.« Mirko und ich sitzen im Flughafenbistro und trinken Kaffee für 5,50 Euro die Tasse (selbst in der entkoffeinierten Variante, worüber Mirko sich nicht einmal wundert). Davor habe ich in meinem Schockzustand einen Riesenschluck Prosecco hinuntergestürzt, nur, um mich im nächsten Moment wie das Hinterletzte zu fühlen, weil Frustsaufen für mich ab sofort natürlich tabu ist. Prost, mein kleiner Zwerg, deine Mama ist eine versoffene Schlampe. Und dein Papa ist ein mieser, betrügerischer Arsch. Welcome to my world!

»Ich wollte es dir schon die ganze Zeit sagen, aber …«

»Die ganze Zeit?«, unterbreche ich ihn. »Wie lange geht das denn bitte schon?«

Mirko hypnotisiert seinen Filterkaffee. »Ähm, ja, also …« Er blickt auf und sieht mich mit zerknirschtem Dackelblick an. Bis vor zehn Minuten hätte der bei mir noch gezogen, aber jetzt bin ich höchstens versucht, ihm den Inhalt meiner Tasse ins Gesicht zu schütten. Gleichzeitig spüre ich ein völlig unpassendes hysterisches Kichern in mir aufsteigen, wenn ich daran denke, wie ich Mirko soeben in flagranti erwischt habe. Blondie hat bei meinem Anblick ziemlich eilig den Abgang gemacht, Mirko hingegen blieb wie zur Salzsäule erstarrt einfach stehen. Bis ich ihn irgendwann fast gewaltsam ins Bistro gezerrt habe.

»Also, wie lange?«, wiederhole ich meine Frage, denn er hat sich wieder in seinen Kaffee vertieft.

»Etwa ein Jahr«, murmelt er leise.

»EIN JAHR? Ein verschissenes GANZES Jahr?!«

Wieder der Dackelblick. »Vielleicht auch nur zehn Monate? Ist schwer zu sagen, seit wann …« Er unterbricht sich.

»Seit wann was?«

»Seit wann es was Ernstes ist.«

»Was ERNSTES???«

»Weißt du, Susan und ich …«

»Was ERNSTES?«, schreie ich noch einmal. »Du sitzt hier vor mir und hast die Nerven, von was ERNSTEM zu sprechen, ohne jemals auch nur die geringste Andeutung gemacht zu haben, dass es in deinem Leben eine andere Frau gibt? Ich glaube es ja wohl nicht!«

»Na ja«, er wiegt den Kopf hin und her, »es ist eben nicht so einfach zu entscheiden, wann der richtige Zeitpunkt ist, um so etwas zu erzählen.« Er schluckt nervös, das kenne ich von ihm bisher eigentlich nur, wenn sein Fußballklub, der HSV, gerade mal wieder so richtig auf die Mütze kriegt und vom Abstieg bedroht ist. Normalerweise ist Mirko souverän in jeder Lebenslage.

»›Der richtige Zeitpunkt‹«, wiederhole ich.

»Ja, genau.« Jetzt nickt er eifrig. »Stell dir vor, du lernst abends jemanden kennen, den du ... na ja, ganz nett findest. Da gehst du doch auch nicht gleich am nächsten Tag zu deinem Partner und sagst: ›Hör mal, ich hab da wen kennengelernt, den ich ganz nett finde.‹ Ich meine, da weißt du doch noch gar nicht, ob das was ist oder ob daraus was entstehen könnte.«

»Nee«, gebe ich ihm Recht und höre, wie zynisch ich dabei klinge, »da kann man schon mal ein Jahr warten und fröhlich zweigleisig fahren, bevor man auch nur einen Pieps von sich gibt. Klar, das verstehe ich.«

Mirko seufzt. »Ach, Mäus...« Ich werfe ihm einen bösen Blick zu. »Nora. Ich weiß, wie enttäuscht du jetzt von mir bist. Ehrlich gesagt bin ich von mir selbst auch enttäuscht, weil ich es nicht fertiggebracht habe, dir früher etwas zu sagen. Ich war feige und habe einfach nicht den passenden Moment erwischt.«

»Och«, sage ich, »da wüsste ich aber einige Momente, die ganz passend gewesen wären.«

Er sieht mich fragend an.

»Zum Beispiel an meinem Geburtstag«, helfe ich meinem schwachsinnigen Freund – Exfreund?! – auf die Sprünge. »Als ich Rotz und Wasser geheult und von Zusammenziehen, Heiraten und Kindern gesprochen habe – da wäre die Existenz deiner Zweitfrau doch mal eine erhellende Information gewesen, mit der ich eine Menge hätte anfangen können.«

»Ich weiß«, gibt er zerknirscht zu. »Aber ich habe gedacht, dass du an meiner Reaktion schon merken würdest, wie ich unsere gemeinsame Zukunft sehe.«

»Was, bitte, hätte ich da merken sollen?«

»Äh, also, als ich gesagt habe, dass wir beide ja so wahnsinnig viel arbeiten und so ...«

Ich unterbreche ihn. »Da hätte ich auf die Idee kommen müssen, dass ›viel arbeiten‹ zumindest für dich bedeutet, dass du schon längst eine andere vögelst? Sorry, aber so sehr um die Ecke *kann* man gar nicht denken!«

Mirko senkt den Kopf, betrachtet seinen Kaffee und flüstert dann ein leises »Es tut mir leid«.

»In diesem Fall sind wir uns tatsächlich total einig, mir tut es auch leid.« Ich springe so ruckartig von meinem Stuhl auf, dass er gegen die Tischkante knallt und dann krachend mitsamt Kaffeetassen und Blumenvase und Zuckerstreuerdings umfällt und Mirko und ich schlagartig im Mittelpunkt des Interesses der anderen Bistro-Gäste stehen. Mir scheißegal – was gehen mich in meiner Situation fremde Leute an? »Es tut mir leid«, blaffe ich ihn an. »dass wir uns kennengelernt haben! Es tut mir leid, dass ich dir jemals vertraut habe. Es tut mir leid, dass ich vier Jahre meines Lebens an dich verschwendet habe. Und es tut mir leid, dass …« Ich unterbreche mich.

Nein, *das* sage ich ihm nicht, *das* sage ich ihm *ganz bestimmt* nicht! Unwillkürlich streiche ich mir mit einer Hand über den Bauch und bin gerade sehr froh, dass mein Schwangerschaftstest jetzt irgendwo unerreichbar durch den Flughafen segelt. Denn wenn ich, Nora Bergmann, eines mit Sicherheit nicht bin, dann ist es eine heulende blöde Kuh, die einen Mann anfleht, bei ihr zu bleiben, weil sie schwanger von ihm ist. Nein, *das* ganz sicher nicht! Ich schnappe mir meine Handtasche, drehe mich um und marschiere ohne ein weiteres Wort davon. Arschloch!

»Ich glaube, ich muss ihn doch noch einmal anrufen und mit ihm reden!« Ich bin eine heulende blöde Kuh, die auf dem Sofa sitzt und in Erwägung zieht, einen Mann anzuflehen, bei ihr zu bleiben, weil sie von ihm schwanger ist.

»Liebelein, hast du heimlich doch noch was getrunken? Als ich gerade auf der Toilette war? Das darfst du jetzt aber nicht mehr!« Mein bester Freund Oskar – ebenfalls Flugbegleiter und, nein, nicht im Geringsten schwul – ist nach meinem hysterischen Anruf sofort zu Hilfe geeilt und sitzt nun seit einer Stunde neben mir auf meinem Sofa, um mein Händchen zu halten.

Beziehungsweise, um zu verhindern, dass ich irgendwelchen Unsinn mache (mich umbringen; Mirko umbringen; ihn anrufen und anflehen, dass er mich nicht verlässt – irgendwie so etwas in der Art halt). Oskar kenne ich schon seit zwölf Jahren, und er ist der tollste Mann der Welt.

Leider ist er aber auch der vergebenste Mann der Welt. Seine Frau Bettina ist Pilotin bei unserer Airline, extrem hübsch und auch noch unheimlich nett. Die beiden sind schon seit zehn Jahren verheiratet und haben zwei furchtbar süße kleine Töchter, von denen ich sogar Patentante bin. Eine perfekte Familie, genau so, wie ich es mir auch immer gewünscht habe und wie ich so gern mit Mirko …

»Also«, reißt Oskar mich aus meinen Gedanken. »Hast du eben noch was gekippt?«

»Nein«, gebe ich schluchzend zurück, »natürlich nicht!«

»Was heißt hier ›natürlich‹? Als ich vorhin kam, hattest du eine deutliche Fahne.«

»Ich hab doch schon gesagt, dass ich nur ein Schlückchen vom Piccolöchen …«

»Na ja«, fällt er mir ins Wort, »toll ist das auch nicht, aber ein Schlückchen können wir wohl durchgehen lassen.«

»Vielen Dank!«, pampe ich ihn an. »Du bist zu großzügig.«

»Liebelein«, schlägt er wieder einen verständnisvolleren Ton an und drückt meine Hand, »ich verstehe dich doch. Wenn ich du wäre, würde ich mir jetzt drei Tage lang die Kante geben. Allerdings wäre ich dann ja auch nicht schwanger.«

»Hast du ein Glück, dass du nicht ich bist!« Ich seufze schwer. »Liebeskummer haben und sich nicht mal besaufen dürfen – das ist echt die Königsdisziplin!«

»Du schaffst das schon! Immerhin bist du jetzt für zwei verantwortlich.«

Ich blicke auf meinen Bauch – und breche sofort wieder in Tränen aus. Mein Bauchzwerg ist noch nicht mal auf der Welt und schon Halbwaise. So in der Art jedenfalls. »Was soll ich denn jetzt machen?«

»Ruhig bleiben«, schlägt Oskar vor. »Und wenn ich ganz ehrlich sein darf, solltest du dich freuen, dass du diesen Klappspaten los bist.«

Ich sehe ihn überrascht an. »Ich dachte, du magst Mirko?«

»Ja«, sagt er und sieht auf seine Uhr. »Bis vor einer Stunde und zehn Minuten war das tatsächlich der Fall. Seit deinem Anruf hat sich das allerdings schlagartig geändert. Der Typ ist einfach nur ein widerliches Arschloch! Betrügt dich ein Jahr lang und lässt dich dann auch noch schwanger sitzen, das ist ja wohl das Allerletzte!«

»Von der Schwangerschaft weiß er doch noch gar nichts«, gebe ich zu bedenken.

»Wenn ein erwachsener Mann mit einer ebenfalls erwachsenen Frau ohne Verhütung vögelt, muss er *immer* damit rechnen, dass so etwas passieren kann. Er hat dich also nicht nur betrogen, sondern auch noch billigend in Kauf genommen, dass du ein Kind von ihm bekommst. Und sowas nenne ich Arschloch, so sieht's nun einmal aus!«

»Ach«, seufze ich, schnappe mir ein Taschentuch und schnäuze mir geräuschvoll die Nase. »Du bist echt ein guter Kumpel! Und ich würde mich jetzt schlagartig besser fühlen und dir Recht geben, wenn da nicht der Umstand wäre, dass …« Ich unterbreche mich, weil es mir schwerfällt, Oskar die Wahrheit zu sagen. So ganz stimmt die Sache ja nicht, dass Mirko und ich es einfach haben darauf ankommen lassen. Also, *ich* habe es schon ein klein bisschen darauf ankommen lassen – aber Mirko …

»Von was für einem Umstand sprichst du?«, hakt mein bester Freund nach.

»Äh«, ich winde mich ein wenig und merke, wie ich rot anlaufe.

»Liebelein, was meinst du denn?«

»Ja, also, ich …«

»Wenn das hier noch länger dauert, hol ich mir schnell ein Bier aus der Küche.«

»Das geht nicht«, protestiere ich und bin ganz froh, dass ich vielleicht noch elegant vom Thema ablenken kann. »Du musst dich mit mir solidarisieren: bis zur Geburt keinen Tropfen Alkohol mehr in meiner Gegenwart!«

Er lacht laut auf. »Dann werden wir uns die nächsten neun Monate wohl nur selten sehen.«

»Ha, ha!« Ich stoße ihm einen Ellbogen in die Seite.

»Okay, zurück zum Thema«, sagt er. Mist, Ablenkungsmanöver misslungen. »Warum kannst du mir nicht Recht geben, was meinst du denn damit?«

Ich hole tief Luft und stelle mich innerlich darauf ein, dass ich gleich von meinem besten Freund eine ziemliche Abreibung verpasst bekomme. Eine, die ich möglicherweise sogar verdient habe.

»Du hast WAAAAAAS?«

»Schscht, nicht so laut! Die Nachbarn!«

»Du hast bitte, *was* gemacht?«, wiederholt er, nur unwesentlich leiser.

»Ich hab wohl manchmal eine Pille vergessen und es Mirko nicht gesagt«, flüstere ich zurück. Mittlerweile glühen meine Ohren, als hätte sie jemand angezündet, so peinlich ist es mir, Oskar zu gestehen, was ich getan habe. Was habe ich mir dabei eigentlich gedacht?

»Was hast du dir dabei eigentlich gedacht?«, will Oskar wissen. Oha, kann der etwa in meinen Kopf gucken? Doch bevor ich etwas dazu sagen kann, gibt er sich schon selbst die Antwort: »Na, vermutlich hast du einfach gar nicht gedacht. Wie meistens.«

»Was soll das heißen, ›wie meistens‹?«, gebe ich beleidigt zurück. »Willst du damit sagen, dass du mich für doof hältst?«

»Nein. Aber für impulsiv und unüberlegt.«

»Aber das bin ich doch gar nicht!«

»Nora, wie oft haben wir schon darüber gesprochen, dass du *erst* denken sollst und *dann* handeln?«

»Ein paar Mal«, gebe ich zu.

»Ein paar Mal?« Er klopft sich lachend auf die Schenkel. »Allein fürs letzte halbe Jahr fallen mir da auf Anhieb zehn ›paar Mal‹ ein!«

»So?«, gebe ich angriffslustig zurück. »Welche denn?«

»Zum Beispiel neulich erst, als du dich bei der Einsatzleitung mit einer ›tiiiiierischen Erkältung‹ krankgemeldet hast – und am selben Tag noch postest du auf Facebook Fotos von Mirko und dir und eurem Spontanausflug an die Ostsee.«

Wieder werde ich rot. »Okay«, gebe ich zu, »*das* war tatsächlich etwas ungeschickt.«

»Ungeschickt? Nora, das war saudoof! Und wenn ich dir nicht den Tipp gegeben hätte, schnell zu behaupten, dass das alte Fotos waren und du sie nur aus Langeweile zu Hause vom Bett aus hochgeladen hast, hättest du echt Ärger gekriegt.«

»Hm … ja, stimmt«, sage ich.

»Schätzchen«, er schüttelt den Kopf, »ich meine es doch nicht böse, aber du machst eben ständig Sachen, die unüberlegt sind. Du fährst immer viel zu schnell Auto. Du parkst wie eine Wildsau. Du haust jedem ungefiltert deine Meinung um die Ohren, egal, wer es ist. Du bist permanent pleite, weil du dir Sachen kaufst, die du dir gar nicht leisten kannst. Und die du noch dazu gar nicht brauchst! Allein draußen im Flur«, er deutet nach rechts zur Tür, »stehen zehn Paar Schuhe, die ich noch nie an dir gesehen habe.«

»Doch«, versuche ich, mich zu rechtfertigen, »aber die …«

»Nora«, unterbricht er mich, »ich will dir hier keinen Vortrag halten, und du bist ja auch schon erwachsen und musst selber wissen, was du tust. Solltest du jedenfalls. Aber ich finde, die Pille nur nach dem Zufallsprinzip zu schlucken und es deinem Freund nicht einmal zu sagen, wenn am Monatsende die ein oder andere übrig ist – das ist *echt* eine Schweinerei.«

»Und mich ein Jahr lang zu betrügen, das ist keine Schweinerei?«

»Doch, ist es.«

»Na, dann steht's ja wohl jetzt eins zu eins.«

»Nein«, widerspricht mein bester Freund. »Hier geht es um ein Kind, und da hört der Spaß auf.« Er betrachtet mich streng, und mir rutscht fast das Herz in die Hose, während ich auf dem Sofa am liebsten so tief in den Kissen versinken würde, dass ich verschwinde. Denn ich weiß ja: Er hat Recht. Er hat *absolut* Recht – und ich bin der hinterletzte Mensch auf Erden!

Mit einem Mal wird mir erst so richtig bewusst, was ich da angezettelt habe. Dass ich diesmal wirklich viel zu weit gegangen bin und mich mit meiner trotzigen »Ich mach das so, wie ich will«-Einstellung ganz schön in die Scheiße geritten habe. Und diesmal leider nicht nur mich, sondern auch meinen kleinen Bauchzwerg. Unvermittelt breche ich in Tränen aus, es schüttelt mich regelrecht, und ich kann mich gar nicht mehr beruhigen.

»Liebelein!« Oskar legt einen Arm um mich und zieht mich an sich. »Jetzt wein doch nicht wieder, so hab ich das doch nicht gemeint.«

»Aber es stimmt ja«, bringe ich schluchzend hervor, »ich bin wirklich eine blöde Kuh!«

»Ja«, antwortet er, »das bist du.« Wieder drückt er mich an sich. »Höchste Zeit also für eine Kurskorrektur.«

Ich sehe ihn groß an. »Eine Kurskorrektur?«

Er nickt. »Ja. Ab sofort musst du lernen, Verantwortung zu übernehmen. Und dich auch so verhalten. Immerhin wirst du bald Mama, und da ändert sich sowieso dein ganzes Leben, da kannst du nicht mehr so weitermachen wie bisher.«

Bei dem Wort »Mama« wird mir kurz ein bisschen schlecht. Aber im nächsten Moment wird die Übelkeit von etwas anderem verscheucht: von übermäßiger Freude. Auf meinem Gesicht breitet sich ein Grinsen aus, denn auch, wenn die Gesamtsituation eher suboptimal ist, spüre ich mein Herz hüpfen, wenn ich an das Baby denke, das gerade in mir wächst und wächst und wächst …

»Also«, reißt Oskar mich aus meinen Gedanken, »du solltest jetzt als nächstes zwei wirklich wichtige Dinge tun.«

»Die da wären?«

»Zuerst einmal musst du sofort zu deinem Frauenarzt gehen.«

»Ich hab für morgen früh schon einen Termin«, triumphiere ich und möchte dafür am liebsten von ihm gelobt werden. Nora Bergmann ist nämlich nicht komplett verantwortungslos. Nein, das ist sie nicht: Noch auf dem Weg zum Flughafen hat sie ihren Gynäkologen angerufen und sich angemeldet, jawoll!

»Sehr gut.« Oskar sieht zufrieden aus. »Und danach fährst du dann auf direktem Weg zu Mirko und sagst es ihm.«

»Zu Mirko?« Vor Schreck verschlucke ich mich an einem Schluck Wasser.

»Selbstverständlich«, teilt Oskar mir mit. »Du musst ihm von der Schwangerschaft erzählen, das darfst du ihm nicht verheimlichen. Immerhin ist es auch *sein* Kind.«

»Aber er hat doch …«

»Keine Diskussion«, werde ich streng unterbrochen. »Du musst zu dem stehen, was du getan hast. Beziehungsweise, was du *nicht* getan hast, nämlich regelmäßig ein Verhütungsmittel einnehmen.«

»So richtig Absicht war das nun aber auch nicht«, setze ich zu einem weiteren kläglichen Verteidigungsversuch an. »Du weißt schon, die unterschiedlichen Zeitzonen, da kann man schon mal …« Ein einziger Blick von Oskar bringt mich zum Schweigen. »Okay. Soll ich Mirko um Verzeihung bitten?«

»Eine Entschuldigung ist meiner Meinung nach durchaus angebracht.«

Für den Bruchteil einer Sekunde schlägt mein Herz wieder ein bisschen schneller. »Sollte ich ihn also vielleicht doch einfach bitten, bei mir zu bleiben? Glaubst du, ich hätte eine Chance?«

»*Das* würde ich lassen«, antwortet mein bester Freund. »Wer will schon einen Kerl, der einen ohne jedes schlechte Gewissen hintergeht?«

»Vielleicht hat er ja ein schlechtes Gewissen?«

Oskar grinst mich schief an. »Du bist wirklich unverbesserlich.«

»Und du widersprichst dir ständig, eben war ich noch saudoof.«

»Du bist eben unverbesserlich saudoof.«

Ich muss lachen. »Das lasse ich mir auf meine Visitenkarte drucken. Gestatten: ›Nora Bergmann, unverbesserlich saudoof.‹ Oder auf meinen Grabstein, nachdem Mirko mich erschossen hat.«

Nun prustet auch Oskar los, wird aber schnell wieder ernst. »Also, Nora, wenn du willst, komme ich mit zum Arzt. Und ich begleite dich auch zu Mirko, wenn du das nicht allein schaffst. Aber du musst das machen.«

»Danke.« Ich drücke seine Hand, lehne meinen Kopf an seine Schulter und schließe die Augen. »Ich schaff das schon allein.«

»Wenn nicht, rufst du mich an, ja? Ich hab die nächsten drei Tage frei. Eigentlich hab ich Bettina verspochen, dass wir die Kinderzimmer neu streichen, aber ein paar Stunden kann ich sicher für dich abzweigen.«

»Wirklich, das ist nicht nötig«, sage ich. Und denke gleichzeitig: Wenn ich doch auch nur so einen Mann hätte! Mit zwei süßen Töchtern und einem schönen Haus draußen im Grünen. Stattdessen habe ich eine kleine Eineinhalb-Zimmer-Wohnung in Hamburgs Arbeiterviertel Barmbek und offenbar ziemlich viele Probleme, die im Begriff sind, mir in Kürze um die Ohren zu fliegen. Na, bravo!

Anmerkung einer Putzfrau/Flughafen

Schon verrückt, was die Leute hier so alles liegen lassen. Handys. Sonnenbrillen. Brieftaschen. Sogar einen Laptop hab ich neulich mal gefunden! Dann noch Dinge wie Mützen, Jacken, Handschuhe und Unterwäsche (wer, um Himmels willen, verliert im Flughafen seine Unterhose? Und vor allem: wobei???). Geb ich natürlich alles bei uns im Fundbüro ab, is ja klar. Wobei ich mir nicht vorstellen kann, dass irgendwer hier auftaucht, um sich seinen Slip abzuholen. Ob ich meinen neuesten Fund auch abgeben soll? Der ist wirklich merkwürdig, ein schlaffer Luftballon, den ich hinter einem Rollcontainer hervorgezogen habe und an dem ein kleines Geschenk hing. Okay, ich war neugierig und hab es aufgemacht. Ein Schwangerschaftstest war drin. Ein positiver. Sachen gibt's! Soll ich den vielleicht mit nach Hause nehmen und damit meinen Günther erschrecken? Ha, der würde glatt umfallen, nach Nummer vier wollten wir ja eigentlich Schluss machen mit Kindern. Ach nein, blöde Idee, damit macht man keine Witze, und Günni hat ja schon Bluthochdruck.Ich denke, ich gebe den Test lieber ab, man weiß ja nie. Vielleicht vermisst den wirklich jemand und freut sich, wenn er ihn zurückbekommt. Kann doch sein.

2. Kapitel

»Na, dann wollen wir mal!« Am nächsten Morgen habe ich mich zuerst einmal krankgemeldet (Grippe; mit der Info, dass ich schwanger bin, will ich lieber noch warten, bis es auch ganz sicher ist) und sitze nun mit gespreizten Beinen vor Herrn Dr. Spingel, der im Begriff ist, sich meinen kleinen Bauchzwerg genauer anzuschauen. Puh, bin ich aufgeregt! Und traurig, denn natürlich wird mir bei dieser Untersuchung schmerzhaft bewusst, wie gern ich Mirko an meiner Seite hätte. Ich wünschte, er würde in diesem Moment meine Hand halten und gemeinsam mit mir auf den Monitor des Ultraschallgeräts starren, um in wenigen Sekunden das kleine Wunder, das da in mir wächst, zu betrachten.

Aber leider kein Mirko weit und breit, nur Dr. Spingel, der Ultraschall und ich. Hätte ich vielleicht doch Oskar mitnehmen sollen? Nein, das wäre wirklich komplett absurd. Er ist zwar mein bester Freund, und wir haben so gut wie keine Geheimnisse voreinander (nein, wer sich schon mal gegenseitig beim Kotzen die Haare aus dem Gesicht gehalten hat, hat einfach *keine* Geheimnisse mehr voreinander), aber deshalb muss er trotzdem nicht neben mir stehen, wenn ich breitbeinig und ohne Schlüpfer auf einem gynäkologischen Stuhl liege. Das würde dann doch zu weit gehen. Und seine Frau Bettina würde das vermutlich auch nicht sooo toll finden.

»Da haben wir ja schon die Fruchthöhle«, ruft Dr. Spingel plötzlich aus und klingt dabei so euphorisch, als hätte er soeben Atlantis entdeckt. Angestrengt starre ich auf den Monitor rechts neben meinem Kopf und sehe – nur verschleierte Grautöne, HD-Qualität ist was anderes.

»Äh, wo genau?«, frage ich.

»Hier!« Dr. Spingel fährt mit einem kleinen Mauszeiger über den Bildschirm. »Dieses kleine Oval hier, das ist es.«

Mit zusammengekniffenen Augen kann ich nun tatsächlich so etwas wie einen Kreis entdecken. »Und wo ist das Baby?«, will ich wissen.

Dr. Spingel lacht laut auf und klopft mir dabei jovial auf mein nacktes Knie. »Das sieht man noch nicht, Frau Bergmann, dafür ist es noch viel zu früh.«

»Ach so«, erwidere ich und bin ein bisschen enttäuscht. Das hier ist alles? Ein graues Bild, das entfernt an eine verschwommene Aufnahme der Mondlandschaft erinnert? Hatte ich mir irgendwie spektakulärer vorgestellt.

»Bis das Baby Ihnen winkt oder die Zunge rausstreckt, dauert es noch ein paar Wochen«, fährt der Arzt fort, haut wieder auf mein Knie und prustet dabei so laut, als hätte er gerade einen Mörderwitz gerissen. Schon sehr lustig, der Herr Doktor!

Ich verkneife mir ein »Hör mal zu, Meister! Hände weg von meinem Knie, sonst ist die Fresse dick!«, sondern nicke stattdessen nur verstehend.

»Aber keine Sorge«, fügt er hinzu, »Sie werden sehen, wie schnell das Kleine da in Ihrem Bauch wachsen wird.« Er nimmt seine randlose Nickelbrille ab und lächelt mich aufmunternd an. »Ich bin jetzt schon seit über zwanzig Jahren Frauenarzt, und die meisten meiner Patientinnen sind am Ende überrascht, wie schnell so eine Schwangerschaft vorbeigeht, glauben Sie mir. Für eine Frau ist das eine ganz besondere Zeit in ihrem Leben, vielleicht sogar die allerschönste. Sie blüht dabei auf und scheint von innen heraus zu leuchten.« Bei seinen letzten Worten blickt er nahezu seelenvoll drein. Und ich weiß spontan nicht, ob ich lachen, weinen oder Herrn Dr. Spingel aufgrund meiner *ganz besonderen Umstände* einfach eins auf die Schnauze hauen soll. Also beschränke ich mich ein weiteres Mal auf ein verstehendes Nicken – damit kann ich auf gar keinen Fall etwas falsch machen.

Während er mir nun weiter erläutert, wie sich der Embryo in den nächsten Wochen entwickeln wird, welche Vorsorgeuntersuchungen ich nicht versäumen darf, was man darüber hinaus noch machen kann (Nackenfalten-Messung; Amniozentese, also eine Fruchtwasseruntersuchung, die man – wie ich, als Spätgebärende – natürlich vornehmen lassen sollte … Frechheit!), dass ich nun Folsäure schlucken soll und kein rohes Fleisch mehr essen darf (Rohes Fleisch? Für was hält der mich?), macht sich unverhofft doch noch ein warmes Gefühl in mir breit. Ich träume das alles nicht, ich träume es tatsächlich nicht, ich werde Mama!

Und auch, wenn auf dem Ultraschallbild noch nichts zu erkennen ist – irgendwo da, in diesem Grau in Grau, wird schon bald ein kleines Herz schlagen, das mit jedem Tag wächst und wächst und wächst … Ohne dass ich es verhindern kann, fange ich plötzlich zu heulen an. Ob nun aus Kummer oder Freude oder Überforderung oder allem zusammen, das Wasser läuft mir regelrecht in Sturzbächen aus den Augen.

»Frau Bergmann«, sagt Dr. Spingel und sieht mich freundlich an, dann ergreift er meine Hand und tätschelt sie großväterlich. »Lassen Sie Ihren Gefühlen ruhig freien Lauf, das ist vollkommen normal. Eine Schwangerschaft ist ein großer Einschnitt im Leben einer Frau, denn schon bald werden Sie nie wieder allein sein. Nie wieder.« Jetzt muss ich noch lauter schluchzen, es schüttelt mich tatsächlich in diesem dämlichen Stuhl, auf dem ich mich eigentlich kaum rühren kann. »Also, es gibt natürlich noch das Risiko einer Fehlgeburt«, höre ich den Arzt dann sagen – und meine Tränen versiegen augenblicklich.

»Wie bitte?«

»Na ja«, er wirft mir einen entschuldigenden Blick zu, »Sie sind ja noch sehr früh in der Schwangerschaft, da kann so was immer mal passieren, noch dazu in Ihrem Alter …«

»Könnten Sie bitte dieses Ultraschalldings aus mir rausnehmen und mich von diesem Stuhl runterlassen?«, blaffe ich ihn an.

Der spinnt ja wohl! Nicht nur, dass ich das Thema Fehlgeburt gerade ziemlich fehl am Platze finde – ich lasse mir bestimmt nicht irgendwas über mein Alter sagen, während ich gerade mit nacktem Pöppes mehr oder weniger in der Luft hänge. Noch dazu von einem alten Knacker, der vermutlich Medizin studiert hat, als man noch glaubte, Babys würden vom Klapperstorch gebracht!

»Ja, sicher, natürlich«, erwidert er und wirkt kurz etwas verlegen. »Ich wollte damit auch nicht sagen, dass …«

»Lassen Sie's gut sein«, falle ich ihm ins Wort, »Sie machen es im Zweifel nur noch schlimmer.«

Zehn Minuten später werde ich von Dr. Spingel mit den »besten Wünschen an den werdenden Vater!« (ich glaube, ich hau ihn doch!) verabschiedet. Er gibt mir noch den Ausdruck des Ultraschallbilds in die Hand (»Da kann Ihr Mann dann auch mal gucken!«, grrr), weist mich darauf hin, dass ich nächste Woche meinen Mutterpass mit allen Blutuntersuchungen abholen kann, und dann stehe ich auch schon draußen vor der Praxistür. Ein bisschen ratlos und verloren lungere ich noch ein paar Minuten im Hausflur herum, dann straffe ich die Schultern und mache mich auf den Weg. Zu Mirko. Schließlich habe ich es Oskar versprochen.

Und auch sonst würde ich zu ihm fahren. Denn mit dem Ultraschallbild in der Tasche habe ich mit einem Mal die irre Hoffnung, dass vielleicht doch noch alles ganz anders wird, wenn er erfährt, dass ich ein Baby von ihm bekomme.

Ja, sicher, die Sache mit dieser Susanne oder Sandy oder wie auch immer das Blondchen hieß, mit dem ich ihn am Flughafen erwischt habe, war nicht schön. Aber vielleicht ist es ja am Ende total bedeutungslos? Ein Ausrutscher, wie er schließlich jedem mal passieren kann?

Im Bistro hatte ich Mirko ja kaum zu Wort kommen lassen, möglicherweise habe ich die Situation vollkommen falsch eingeschätzt? Vier Jahre wirft man doch nicht so einfach weg! Auch nicht, wenn der Ausrutscher ein Jahr lang gedauert hat! Das hoffe ich jedenfalls, während ich in der schicken Hansastraße einen halbwegs legalen Parkplatz für meinen Golf suche und dabei gleichzeitig mit Blick in den Rückspiegel meinen Lippenstift nachziehe.

Wenn Mirko nicht gerade um die Welt jettet, arbeitet er meistens im Home-Office, also stehen meine Chancen nicht schlecht, ihn zu Hause zu erwischen. Und wenn er nicht da ist, warte ich einfach so lange vor seiner Tür, bis er kommt. Oder werfe ich ihm besser kommentarlos das Ultraschallbild in den Briefkasten? Oben rechts in der Ecke steht schließlich deutlich »Bergmann, N.«, das wird er dann schon verstehen. Wobei – ohne die fachliche Erläuterung von Dr. Spingel hätte ich die Aufnahme ja selber auch nur für kosmischen Nebel gehalten.

Nicht, dass Mirko das in den falschen Hals bekommt und denkt, ich sei irre und würde ihm irgendwelche geheimen Botschaften aus dem Universum schicken wollen. Oder ich hätte ihm einen Stern gekauft oder so ein kitschiger Mist. Nein, wenn er nicht da ist, warte ich einfach, das wird bestimmt am besten sein.

Ich mache mir mal wieder unnötige Gedanken, denn eine Sekunde nach meinem Klingeln ertönt der Türsummer. Mit klopfendem Herzen mache ich mich auf den Weg in den zweiten Stock.

»Lieber Mirko«, formuliere ich im Geiste, während ich langsam die Treppe hochstapfe, »ich muss noch einmal mit dir reden, weil ich ein Kind von dir bekomme.« Nein, Quatsch, viel zu direkt, da kriegt der gleich einen Herzinfarkt. »Hi, Mirko! Gut siehst du aus!« Nee, zu banal. »Mirko, ich muss *dringend* mit dir reden!« Nein, auch nicht, dann denkt er, ich habe Krebs und nur noch sechs Wochen zu leben.

»Hallo, Mirko«, murmele ich vor dem letzten Treppenabsatz, »eigentlich wollte ich dich nie wiedersehen, aber es ist etwas passiert, was ich dir erzählen muss.« Ja, das klingt doch ganz gut, so werde ich anfangen.

Auf der letzten Stufe bleibe ich noch einmal kurz stehen und hole tief Luft, jetzt muss ich nur noch rechts um die Ecke, dann stehe ich vor seiner Tür. Also, eins, zwei, drei, mit Schwung biege ich in den Flur. »Hallo, Mi…« Meine Stimme erstirbt. Vor mir in der Tür steht … Susanne! Sandy? Samantha? Sie lächelt mich freundlich an. Und steckt dabei in Mirkos Bademantel. In Mirkos Bademantel, den *ich* ihm mal geschenkt habe!

»Äh, hallo«, stottere ich und spüre, wie mir beim Anblick von Mirkos … wie auch immer ich sie nennen soll … also, jedenfalls wird mir ganz schlecht, als ich sehe, wie die Tussi da ganz lässig im Türrahmen lehnt und mich anguckt, als wäre ich der Postbote, der nur eine Bestellung von »Zalando« abliefert.

Ich ziehe kurzfristig in Erwägung, wortlos die Flucht zu ergreifen, entscheide mich dann aber dazu, sie ebenfalls anzulächeln und mit einem hingeworfenen »Hi, ich bin Nora« zu begrüßen. Wobei ich davon ausgehe, dass sie sehr wohl weiß, wer ich bin.

»Hi, Nora«, sagt sie und vernuschelt dabei das »r«. Besoffen? Am helllichten Tag? »I'm Susan.« Aha, nicht Sandy. Und auch nicht besoffen, sondern Ausländerin. Wäre aber auch zu schön gewesen, wenn Mirkos Techtelmechtel sich als Voll-Alki entpuppt hätte, die nur deshalb am Flughafen an seinem Arm hing, weil sie allein nicht mehr geradeaus gehen konnte. Aber, ja, meine Gedanken schweifen schon wieder ab.

»Ist Mirko zu Hause?«, frage ich und bin selbst erstaunt, dass meine Stimme nicht zittert. Meine Halsschlagader pocht immerhin so hektisch, dass der »Hummelflug« von Rimski-Korsakow dagegen eine Ballade ist.

»Sure«, nuschelt sie, tritt ein Stück zur Seite und lässt die Tür nach innen aufschwingen. »Honey!«, ruft sie. »It's for you!«

»Für wen auch sonst?«, kann ich mir nicht verkneifen, sie anzuzischen, während ich energischen Schrittes an ihr vorbei in die Wohnung marschiere. Die tut ja so, als würde sie hier wohnen – was für eine Frechheit!

»Wer ist es denn?«, höre ich Mirkos Stimme. Im nächsten Augenblick kommt er auch schon aus seinem Arbeitszimmer. Glücklicherweise ist er komplett angezogen und nicht in Unterwäsche. *Das* wäre dann wohl doch zu viel für meine Nerven.

In Sekundenschnelle scanne ich den Flur ab – und stelle erleichtert fest, dass das gemeinsame Foto von Mirko und mir noch immer an seinem angestammten Platz in der linken unteren Ecke des Spiegels steckt. Immerhin, er hat mich noch nicht komplett entsorgt.

»Nora?«, fragt Mirko überrascht, als er mich sieht. »Was machst du denn hier?« In der Zwischenzeit hat Susan (Sandy? Mist, ich hab's schon wieder vergessen!) die Wohnungstür geschlossen und steht mit verschränkten Armen neben mir. Aus den Augenwinkeln bemerke ich, wie auch sie einen kurzen Blick auf das Foto am Spiegel wirft. Ob die beiden darüber schon diskutiert haben?

»Ich würde gern in Ruhe mit dir reden, wenn das möglich ist«, sage ich. Noch immer kein Zittern in der Stimme. Ich sollte Poker-Profi werden, so cool, wie ich nach außen wirke, während ich innerlich kurz vorm Kollabieren bin.

»Sicher, klar«, antwortet Mirko, sieht dabei aber nicht mich, sondern Susan/Sandy an. Die hingegen verzieht keine Miene, sondern bleibt einfach regungslos stehen, als wäre sie festgewachsen. Oder als wäre der Bademantel festgewachsen. Mirko räuspert sich. »Susan?«, sagt er dann und knetet dabei sichtlich angespannt seine Hände. »Würdest du Nora und mich wohl eine Weile allein lassen?«

»Sure«, gibt sie schnappend zurück und klingt erfreulich genervt. »I gotta go anyway.« Mit diesen Worten verschwindet sie im Schlafzimmer, um nur zwei Minuten später angezogen und mit hoch erhobenem Haupt an uns vorbeizustöckeln und mit einem knappen »See you!« aus der Wohnung zu rauschen.

Als sie die Tür hinter sich ins Schloss knallen lässt, blicken Mirko und ich ihr einen Moment lang hinterher – ich amüsiert, er etwas bedröppelt.

»Was hat sie nur?«, frage ich scheinheilig und kann mir ein Grinsen nicht verkneifen.

»Jetzt tu nicht so, Nora!«, sagt Mirko. »Es ist doch wohl klar, was sie hat, wenn meine Ex-Freundin hier unangemeldet auftaucht. Sie ist unsicher und vermutlich auch etwas eifersüchtig.«

Ich überhöre das »Ex« geflissentlich, meine Mission ist zu wichtig, um mich mit solchen Kleinigkeiten aufzuhalten. »Tut mir leid, wenn ich sie verunsichere. Und das meine ich nicht einmal ironisch«, sage ich und gebe mir Mühe, das Grinsen aus meinem Gesicht zu bekommen. Denn ich meine es *natürlich* ironisch. »Aber gestern am Flughafen … Das ging alles so schnell, ich war völlig vor den Kopf gestoßen.«

»Natürlich«, erwidert Mirko eilig und wirft mir mal wieder einen seiner berühmten Dackelblicke zu, bei denen mir ganz warm ums Herz wird. »Eine scheußliche Situation, in die ich uns alle gebracht habe, und ich kann dich nur ganz aufrichtig und ehrlich um Verzeihung bitten.«

»Auf jeden Fall möchte ich noch einmal in Ruhe mit dir reden«, komme ich auf mein eigentliches Anliegen zurück.

»Lass uns ins Wohnzimmer gehen.« Er streckt mir seine Hand entgegen, ich nehme sie und lasse mich von ihm in die gute Stube führen.

»Also«, beginnt Mirko, nachdem wir nebeneinander auf der Couch Platz genommen haben. Kurz hatte ich überlegt, mich auf den Sessel gegenüber zu setzen, mich dann aber doch direkt neben Mirko plumpsen lassen – alte Gewohnheit. »Dass es mir sehr leidtut, habe ich ja schon gesagt. Aber vermutlich ist es wichtig, dass wir noch einmal ausführlicher reden.«

»Das finde ich auch.« Bei diesen Worten nehme ich seine Hand, drücke sie und schaue ihm tief in die Augen. Er schaut und drückt zurück, und wenn ich nicht wüsste, dass es diese klitzekleine und beinahe vollkommen nebensächliche Tatsache gibt, dass hier soeben eine Susan abgerauscht ist, mit der mein Liebster offenbar seit längerem eine Zweitbeziehung führt, würde ich ihn jetzt küssen. So aber sage ich nur: »Es gibt etwas Wichtiges, das ich dir erzählen muss.«

Sofort zucken Mirkos Augenbrauen alarmiert in die Höhe. »Ist alles in Ordnung mit dir, Sch…« Er unterbricht sich, offenbar, damit ihm kein Gewohnheits-Schatz rausrutscht, und schiebt stattdessen schnell ein »Nora?« hinterher.

»Ja«, sage ich. »Mal abgesehen von Susan ist alles bestens.«

»Nora«, Mirko seufzt, »weißt du …«

»Schsch!« Noch einmal drücke ich seine Hand und streichele dann mit dem Daumen über seine Finger. »Jetzt lass mich mal ausreden. Also, die Sache ist die … also, es ist … also, äh …« Es ist nicht so, dass ich es künstlich spannend machen möchte – aber das schmissige »Ich bin schwanger! Von dir!«, das ich ihm gern entgegenschmettern würde, will mir auf einmal nicht mehr über die Lippen.

»Ja?«, fragt Mirko nach, als ich eine halbe Minute lang gar nichts mehr sage.

»Es ist nicht so einfach.«

»Was ist nicht so einfach?«

»Na, das hier ist nicht so einfach.« Jetzt ziehe ich meine Hand weg, stehe auf und fange an, unruhig im Wohnzimmer auf und ab zu gehen.

»Nora, du machst mich ganz nervös.«

»Dazu hast du auch allen Grund.«

»Und jetzt machst du mir Angst!«

Ich bleibe stehen und sehe ihn an. »Dazu hast du vielleicht auch Grund. Vielleicht aber auch nicht, vielleicht freust du dich sogar.«

»Nora!« Jetzt ist er es wieder, der nach meiner Hand greift und mich zurück neben sich aufs Sofa zieht. »Kommst du bitte endlich auf den Punkt? Du machst mich echt wahnsinnig.« Er legt einen Arm um mich, ich lehne meinen Kopf gegen seine Schulter und schließe die Augen.

»Okay.« Zweimal tief Luft holen, dann sage ich es: »Liebst du mich noch?« HÄH? Kam das gerade aus *meinem* Mund? Wo kommen diese Worte her, die haben doch mit »Ich bin schwanger« überhaupt nichts zu tun!

»Ja.«

»Ja?« Mein Herz macht wieder Rumpeldipumpel, er liebt mich also noch!

»Natürlich liebe ich dich noch«, bekräftigt er. Rumpeldipumpel. »Aber ich liebe Susan mehr.« Zonk! Sofort ziehe ich meine Hand zurück.

»Was?!«

»Es tut mir leid.« Er versucht, wieder an meine Hand zu kommen, aber ich setze mich einfach auf sie drauf. »Eine Zeit lang habe ich gedacht, dass ich ja vielleicht mit euch beiden zusammen sein könnte.«

»Mit uns *beiden*?«

»Ja, ich meine, darüber kann man doch wenigstens mal nachdenken, wir sind schließlich nicht mehr in den 50ern! Warum nicht eine Beziehung zu dritt führen, wenn sich alle gut verstehen? So wie dieser Regisseur, Dieter Wedel, und so, verstehst du?«

»Nicht mehr in den 50ern? Beziehung zu dritt? Dieter Wedel???« Ich glaube, ich hab was am Ohr.

»Ach, na ja«, er macht eine wegwerfende Handbewegung, »als ich mit Susan über diese Möglichkeit gesprochen habe, hat sie aber sofort gesagt, dass das für sie auf keinen Fall in Frage kommt.«

»So? Hat sie das?« Ich bin mir gerade nicht sicher, ob Mirko mich veräppeln will oder ob er irgendwelche Drogen genommen hat. Oder, nein, ich hab's: Ich träume das alles nur und liege in Wahrheit zu Hause in meinem Bett und schlafe friedlich. Allerdings: Von friedlich kann angesichts dieses Albtraums keine Rede sein. Also hat Mirko ganz offensichtlich tatsächlich Drogen genommen *und* will mich veräppeln.

»Ja«, sagt Mirko, als hätte ich auf meine Frage eine Antwort erwartet. »Ich habe ihr auch gesagt, dass sie dich doch erst einmal ein bisschen kennenlernen könnte und dass du wirklich sehr nett bist.«

»WIRKLICH SEHR NETT BIST?« Okay, jetzt hat er mich fast so weit, gleich begehe ich einen Mord im Affekt! Und ich bin sicher, dass ich damit vor jedem Gericht dieser Welt mit einem Freispruch durchkomme. Locker.

Mein Liebster scheint davon nichts zu bemerken, er lamentiert einfach weiter vor sich hin. »Aber da war nichts zu machen, sie hat von mir verlangt, dass ich mich für eine von euch beiden entscheide.«

»So eine Zumutung aber auch!« Diesmal gelingt es mir nicht, die Ironie in meiner Stimme zu verbergen. »Hättest du zuerst mal mit mir gesprochen – ich wäre sofort dabei gewesen!«

»Ehrlich?« Er sieht mich kuhäugig an. »Das hätte ich jetzt echt nicht gedacht!«

»Tja«, erwidere ich schnippisch, »du kennst mich eben nicht.« Sag mal, MERKT DER NOCH WAS? Glaubt er wirklich, ich hätte mich fröhlich darauf eingelassen, dass Susan neben mir seine Zweitfrau wird? Oder vielleicht sogar seine Erstfrau, momentan traue ich ihm alles zu!

Aber was auch immer Mirko glaubt, er scheint tatsächlich nicht zu bemerken, dass ich in Wirklichkeit kurz vorm Amoklauf stehe, sondern spricht einfach weiter. »Ich musste mich also entscheiden. Und in den letzten Wochen ist mir eben klar geworden, dass meine Gefühle für Susan stärker sind als für dich und dass ich mein Leben mit ihr verbringen will.«

»Gleich DEIN GANZES LEBEN?« Jetzt schreie ich fast. Für jemanden, der es in den vergangenen vier Jahren nicht geschafft hat, mit mir nach einer gemeinsamen Wohnung zu suchen oder mir auch nur den Schlüssel zu seiner zu geben, ist das ... ist das... also, in jedem Fall ist das ein echter Schlag in die Magengrube für mich.

»Ja.« Mirko nickt. »Susan ist die Richtige für mich. Und ich werde mit ihr nach Australien gehen.«

»NACH AUSTRALIEN???« Ich springe vom Sofa auf und starre Mirko fassungslos an. Er hingegen betrachtet eingehend seine Fußspitzen. »Hab ich mich verhört?«

»Nein«, antwortet er leise und hebt verunsichert den Blick. »Wir haben das gerade erst so entschieden. Susan arbeitet bei einer Unternehmensberatung in Sydney, deshalb konnten wir uns nicht so oft sehen, und alles war ziemlich schwierig ...«

»*Schwierig*. Aha.« Wo ist die versteckte Kamera? WO IST DIE SCHEISS-VERDAMMTE VERSTECKTE KAMERA???

»Ja«, fährt er leise fort, »und ich war mir ja auch unsicher – wegen dir und mir und so, weißt du?«

»*Unsicher* .«

»Ich meine, ob ich das mit uns aufgeben soll für eine Sache, die, die, die ...« Er kommt ins Stocken.

»Du meinst, ob du lieber den Spatz in der Hand willst oder die Taube auf dem Dach?«

»Äh, ja, so ungefähr«, gibt er mir Recht. »Und nun ist es eben entschieden, ich gehe mit Susan nach Australien und suche mir dort einen Job. Mein Englisch ist ja ganz gut, und da kann ich bestimmt …«

Ich lasse ihn mitten im Satz stehen und stolpere aus dem Wohnzimmer.

»Nora?«, ruft er mir hinterher, als ich schon im Hausflur bin. »Wo willst du denn hin?«

Ich drehe mich noch einmal zu ihm um. »Der Spatz macht den Abflug!«

Auf der Fahrt nach Hause kann ich vor lauter Tränen kaum etwas sehen und baue drei Beinahunfälle, bevor ich meinen Golf direkt vor meiner Haustür abstelle. Auf dem Weg habe ich aus alter Gewohnheit bei der Tanke in der Habichtstraße gehalten, weil ich mir eine Pulle Wein holen wollte – dann aber frustriert wieder Gas gegeben, weil ich meinen Kummer ja nicht einmal mehr ertränken darf.

Während ich mich zu Hause schluchzend aufs Bett werfe und mir die Decke über den Kopf ziehe, denke ich nur noch eines: DIES IST DIE SCHÖNSTE ZEIT IM LEBEN EINER FRAU!

Anmerkung eines Autofahrers

Also echt, diese Weiber! Auch wenn mich alle für einen Macho halten: »Frau am Steuer, Ungeheuer!« Gerade eben erst, da wäre mir so eine Tante mit ihrem roten Golf beinahe reingefahren, weil sie zu blöd war, um die Spur zu wechseln! Ich konnte gerade noch so ausweichen und wäre dabei fast selbst gegen einen LKW *geknallt. Blinken? Fehlanzeige! Und wofür es einen Rückspiegel gibt, hat man der Tussi in der Fahrschule offensichtlich auch nicht erklärt, die denkt bestimmt, der ist nur da, um den Lidstrich nachzuziehen! Ach, die war mit Sicherheit nicht mal in der Fahrschule, sondern hat ihren Lappen auf dem Rummelplatz geschossen! Als ich hupend an ihr vorbeigefahren bin, hab ich gesehen, dass sie flennt. Ja, richtig so, heul doch! Wenn du zu blöd bist zum Autofahren, dann nimm den Bus! Oder geh zu Fuß. Weiber!!!*

3. Kapitel

»Buhuuuu, buhuuuu!« Als ich um neun Uhr am nächsten Morgen nach etwa eineinhalb Stunden unruhigem Schlaf zu mir komme, muss ich sofort wieder heulen. Ich liege angezogen, inklusive Schuhen im Bett, und als ich mich vollkommen gerädert ins Bad schleppe, blickt mir im Spiegel tatsächlich die Mutter von »Chucky, die Mörderpuppe« entgegen.

Meine Hand wandert Richtung Zahnbürste, aber dann ziehe ich sie schulterzuckend wieder zurück, trolle mich ins Wohnzimmer und kuschele mich unter einer Decke auf meinem Sofa ein. Wozu Zähne putzen oder duschen? Interessiert doch eh keine Sau mehr, wie ich aussehe, die Mühe kann ich mir also sparen. Nennt mich ab sofort »Mrs. Flodder«!

Ja, eine verwahrloste Alleinerziehende, die es nicht mehr schafft, sich selbst zu waschen oder den Müll runterzubringen. Die sich schon tagsüber den Cognac reinkippt – Quatsch, Cognac ist viel zu teuer, es wird wohl nur noch für Stroh-Rum reichen! Die sich bereits am Morgen dämliche Gerichtsshows anguckt und dabei frustriert mitpöbelt, während ihr Kind …

O mein Gott, nein – ich will gar nicht daran denken, wie meine Zukunft aussieht! Ich, allein mit einem Kind, wie soll das funktionieren? Wie soll ich noch Geld als Stewardess verdienen, wenn ich erst mal ein Baby habe? Das geht doch gar nicht!

So eine Kita gibt es nicht, bei der ich mein Kind mal eben zwei Tage abgeben kann, um meinen Einsatzplan zu erfüllen. Und es danach wieder abhole, während die Kita-Gebühren-Uhr aufhört zu ticken. Nein – das ist alles aussichtslos!

Ich steuere direkt auf den sozialen Abgrund zu, auf das Ende, auf das Aus, das Nichts! Was hat Mirko mir da nur angetan? Was habe *ich* mir da nur angetan?

Hätte ich es ihm doch sagen sollen? Aber wozu? Damit er sich aus Mitleid entscheidet, doch beim Spatzen in der Hand zu bleiben, statt mit der Taube direkt vom Dach aus nach Australien zu fliegen? Nein, ein klitzekleines bisschen Stolz habe ich dann doch auch noch! O Gott, o Gott, o Gott, wie soll das bloß alles weitergehen?

Jetzt habe ich nicht nur Liebeskummer, sondern dazu auch noch nackte Angst! Angst, dass mein Leben den Bach runtergeht. Angst, dass ich für immer allein bleibe (wer will schon eine mittlerweile tatsächlich etwas angeknitterte Mitt- bis Enddreißigerin mit Kind?). Angst, dass ich am Ende mitsamt Zwerg auf der Straße lande ... Oder, viel schlimmer noch: wieder zu Hause bei meinen Eltern in Pinneberg, in meinem Jugendzimmer im Keller ihres Mittelreihenhauses!

Erschrocken fahre ich auf dem Sofa hoch. Alles, nur das nicht! Meine Eltern sind zwar reizende Menschen, aber auch nur, wenn ein Sicherheitsabstand von gut und gerne zwanzig Kilometern zwischen uns liegt. Unter ein und demselben Dach mit ihnen mutieren sie zu den Bundys!

Nein, nein, *nein,* das darf nicht passieren, das *darf* einfach nicht passieren! Lieber gehe ich zur Fremdenlegion! Zwar weiß ich nicht, ob die abgehalfterte Ex-Stewardessen mit Baby nehmen, aber das werde ich schon noch rausfinden. Googeln hilft bestimmt!

Oder eine Sekte? Gibt es nicht irgendeine durchgeknallte Glaubensgemeinschaft, die eine wie mich mit Kusshand in ihren Kreis aufnehmen würde? Ich kann sogar Gitarre spielen, und früher in der Teestube der evangelischen Gemeinde konnte ich die Songs aus der »Mundorgel« hoch und runter klampfen!

»Wenn ins wogende Gras stille Dämmerung fällt«, summe

ich vor mich hin, während ich nun doch aufstehe, um mir im Bad die Zähne zu putzen. Beim Gurgeln wechsele ich zu »Gute Nacht, Kameraden, bewahrt euch diesen Tag«. Und als ich unter der Dusche stehe, schmettere ich noch ein »Wir sind die Moorsoldaten und ziehen mit dem Spaten ins Moor«.

Na bitte, ist doch noch alles da! Und passt irgendwie auch zu meiner Stimmung. Momentan fühle ich mich tatsächlich wie eine Strafgefangene mit düsteren Zukunftsaussichten, die sich am besten einbuddeln sollte. Vorzugsweise im Moor.

Rrring, rrring! Rrring, rrring! Das Telefon klingelt, ich hüpfe – nackt und nass, wie ich bin – aus der Dusche und renne schliddernd in den Flur … Eigentlich gibt es nur *einen,* der mich auf meiner Festnetznummer anruft: Mirko!

Auf dem blanken Parkettboden gerate ich ins Rutschen, versuche, mich noch irgendwie mit rudernden Armen abzufangen, was mir allerdings nicht gelingt, so dass ich prompt der Länge nach in den kleinen Sekretär stolpere, auf dem das Telefon steht. Rumms! Das Möbelstück geht krachend zu Boden und begräbt mich unter sich. Ich schaffe es allerdings trotzdem noch irgendwie, im Fallen mit einer Hand das Mobilteil aus der Station zu reißen, auf »Anruf annehmen« zu drücken und ein atemloses »Hallo?!« in die Muschel zu rufen.

»Nora?« Ups, stimmt, es gibt *noch jemanden,* der mich auf meinem Festnetz anruft: meine Mutter.

»Hi Mom«, keuche ich und gebe mir Mühe, nicht aufzujaulen. Zum einen vor Schmerzen, denn eine Kante des Sekretärs hat mich voll am Schienbein erwischt – zum anderen aus Enttäuschung darüber, dass es nicht Mirko ist, sondern nur meine Mutter.

»Was ist denn das für eine Begrüßung«, kommt es vom anderen Ende der Leitung. ›Hi, Mom‹? Sind wir in Amerika?«

»Hallo, Mama«, korrigiere ich mich und rappele mich gleichzeitig so weit hoch, dass ich in eine sitzende Position komme und mich mit dem Rücken gegen die Wand lehnen kann. Autsch!

Die Reste der Vase, die neben dem Telefon stand, verteilen sich in einem hübschen Mosaik quer über den Flur. Dazwischen Wasser und jede Menge halb verwelkte Tulpenblätter. Ach, und dem Sekretär, dem armen Kerl, habe ich im freien Fall ein Bein abgebrochen. Tut mir leid.

»Wie geht es dir, mein Schatz?«

»Geht so«, antworte ich. »Du wirst Oma.« Wozu um den heißen Brei herumreden? Über kurz oder lang erfahren es meine Eltern ja sowieso. Spätestens, wenn ich wieder bei ihnen zu Hause einziehe, werden sie merken, dass ich nicht allein bin.

Ob ich sie gleich mal frage, ob sie bereit wäre, ihr »Bügelzimmer«, zu dem mein früheres Reich mittlerweile umfunktioniert wurde, wieder aufzugeben? Schließlich muss da ja bald neben meinem Bett auch noch eine Wiege stehen.

»WAS?«, schreit meine Mutter. »Oma? Von wem?«

»Mama, ich bin Einzelkind.«

»Das meine ich nicht!«

»Sondern?«

»Herrje, was bist du denn heute schon wieder so launisch? Du musst mich doch nicht gleich so anpampen!«

»Launisch? Ich?«

»Wer der Vater ist, will ich natürlich wissen«, sagt sie, ohne noch weiter auf das Thema »launisch« einzugehen.

»Was soll denn die Frage bitte? Ich bin seit vier Jahren mit Mirko zusammen!«

»Das weiß ich doch!«

»Warum fragst du dann so blöd?«

»Ach Gott, darf ich nicht auch mal in Gedanken sein?« Dann ruft sie: »Wolfgang! Nora bekommt ein Kind!«

»Was?«, höre ich meinen Vater im Hintergrund. »Von wem?« Ja, so sind sie halt, meine Eltern …

»Schön, dass du dich so freust«, sage ich.

»Natürlich freue ich mich!«, gibt meine Mutter entrüstet zurück. »Das wurde ja auch langsam mal Zeit. Du warst schon zehn, als ich in deinem Alter war.«

»Papa war auch schon fünfunddreißig, als ich geboren wurde«, wende ich ein.

»Das ist was anderes. Der ist ein Mann. Und Männer können noch Kinder zeugen, wenn sie schon mit einem Bein im Grab stehen. Aber bei einer Frau tickt die biologische Uhr ab dreißig eben immer gnadenloser und lauter.«

»Ja, ich weiß.« Ich ziehe mich an der Wand hoch, tapse mit dem Telefon am Ohr zurück ins Bad und schnappe mir einen Bademantel. »Mein Frauenarzt hat mich auch schon auf die Risiken einer Spätgebärenden hingewiesen«, füge ich hinzu, während ich mich umständlich in den Mantel aus Frottee wickele.

»Wann ist es denn so weit?«

»Nächstes Jahr Anfang Februar.«

»Fein!«, antwortet sie. »Dann können wir ja trotzdem wie jedes Jahr über Weihnachten nach Teneriffa fliegen. Das haben dein Vater und ich nämlich schon gebucht!«

»Darauf habe ich bei der Zeugung natürlich Rücksicht genommen«, gebe ich sarkastisch zurück.

»Hoffentlich kommt das Baby nicht zu früh, das passiert ja manchmal!«

»Ich habe mit ihm gesprochen und ihm ausdrücklich gesagt, dass es sich bitte an den errechneten Termin halten soll.«

»Was?« Mama klingt irritiert.

»Vergiss es«, sage ich, »bei Erstgebärenden kommen Kinder eher später als früher, hat Dr. Spingel gesagt.«

»Ja, du warst auch zwei Wochen zu spät«, sagt meine Mutter. »Und was meint Marko zu der ganzen Sache?«

»Mirko.«

»Wie bitte?«

»Er heißt Mirko, nicht Marko.«

»Schlimm, diese Namen aus dem Osten kann sich doch kein Mensch merken!«

»Mirko hat mich verlassen.«

»Weil du schwanger bist?«, ruft meine Mutter entrüstet aus.

»Nein. Das weiß er noch gar nicht.«

»Ist das Kind also doch nicht von ihm?« Es raschelt im Hörer. »Wolfgang! Markus ist gar nicht der Vater!«

»Doch, Mama, ist er!«, gehe ich genervt dazwischen.

»Und wieso weiß er es dann nicht?«

»Ja, weil er mit mir Schluss gemacht hat!«, blöke ich. »Das habe ich doch gerade gesagt!«

»Das ist doch kein Grund, *mich* anzuschreien.«

»Tut mir leid Mama, aber ich muss jetzt los, zur Arbeit«, behaupte ich und lege auf, bevor sie noch irgendetwas erwidern kann.

Mir geht's gerade dreckig genug, da kann niemand von mir verlangen, dass ich jetzt auch noch ein längeres Gespräch mit meiner gelegenheitsgeisteskranken Mutter führe. Ich meine, andere Eltern hätten sich vermutlich sofort ins Auto geschwungen, wenn sie erfahren hätten, dass ihre einzige Tochter schwanger und verlassen ist. Oder sie hätten wenigstens gefragt, ob sie irgendwie helfen können – aber nicht so meine Erzeuger, nein, die machen sich lieber Gedanken über ihre Winterauszeit auf den Kanaren!

Kein Wunder, dass ich so ein emotionaler Krüppel bin, der in Sachen Männer immer wieder ins Klo greift, wo hätte ich es auch besser lernen sollen? Nein, nein, NEIN! Keine zehn Pferde bringen mich zurück nach Pinneberg! Ich muss meine Mundorgel suchen!!!

Frustriert beseitige ich das Malheur im Flur, wische auf, befördere die zerbrochene Vase und die Blumen in den Müll und verfrachte den kaputten Sekretär vor meine Wohnungstür in den Flur. Oskar soll sich den die Tage mal ansehen, ob er ihn wieder zusammengezimmert kriegt. Danach schlurfe ich in die Küche, öffne den Kühlschrank und krame im Eisfach nach der Familienpackung Häagen-Dazs, die ich irgendwo ganz hinten versteckt habe. Wenn meine Mama schon nicht nett zu mir ist, muss ich wohl selbst das Kind in mir ein bisschen in den Arm nehmen, und da ist Seelenfutter genau das Richtige.

Normalerweise gebe ich mir im Rahmen meiner Möglichkeiten Mühe, etwas auf meine Figur zu achten (niemand will eine Stewardess, die durch die Gänge stampft und das Flugzeug zum Wackeln bringt) – aber wenn ich an die nächsten Monate denke und daran, wie mein Körper sich ohnehin bald in ein Schlachtschiff verwandeln wird, ist das ja vollkommen wurscht.

Seufzend lasse ich mich auf mein Sofa sinken und schnappe mir die neueste Ausgabe der »Gala«, die auf dem Couchtisch liegt. Auch ein schöner Nebeneffekt meines Berufs, wir werden immer mit den aktuellsten Zeitschriften versorgt, denn wir dürfen die übriggebliebenen Exemplare, die nicht an Passagiere verteilt wurden, mit nach Hause nehmen. Das hier wird wohl die letzte »Gala« für lau sein, die ich in nächster Zeit in die Finger kriege …

Während ich mir genüsslich einen großen Löffel voll »cookies & cream« nach dem nächsten in den Mund schiebe (dem Kind in mir geht es schon wesentlich besser!), studiere ich interessiert, was in der Welt der Stars und Sternchen so los ist. Und bin wie immer überrascht, wer sich da so alles getrennt und wieder neu zusammengefunden hat. Schon erstaunlich, wie schnell das in der Glamourszene immer geht, die Promis spielen untereinander Bäumchen-wechsel-dich in einer Geschwindigkeit, dass man schon allein vom Hingucken ein Schleudertrauma kriegt. Heute machen sie Schluss, mit großer Verlautbarung vom Management und Trallala, und – zack! – eine Woche später ist schon wieder ein neuer »Seelenverwandter« am Start. Da könnte ich vor Neid erblassen, ich selbst brauche leider immer ewig, bis ich mich von einer alten Liebe erholt und eine neue gefunden habe, ein bis zwei Jahre lagen bisher immer zwischen meinen Beziehungen.

Ich sollte mir mal ein Beispiel an den Promis nehmen: Heidi Klum, Madonna, Jennifer Lopez, Rihanna, Bettina Wulff, Jenny Elvers-Elbertzhagen (okay, ob die nun unter »Promi« läuft, sei dahingestellt, aber sie steht immerhin in der »Gala«) – wenn man da einmal aus Versehen blinzelt, verpasst man den Moment, in dem sie den Partner gewechselt haben. Und das, obwohl sie größtenteils Kinder haben, wie machen die das bloß? Von denen hadert jedenfalls keine lange mit ihrem Schicksal als Alleinerziehende und hüllt sich in Sack und Asche. Im Gegenteil, die suchen sich einen Neuen, der noch besser ist als der Alte und sich rührend um sie und ihre Lütten kümmert.

Ich fahre vom Sofa hoch, so abrupt, dass ich mir dabei die Häagen-Dazs-Packung auf den Schoß kippe und sich angeschmolzenes »cookies & cream«-Eis über meinen Bademantel ergießt. Heute geht aber auch alles schief! Schimpfend schnappe ich mir eine Packung Taschentücher vom Tisch, wische das Eis weg, stehe auf und gehe rüber ins Bad, wo ich den klebrigen Kram im Tritteimer entsorge.

»Nora, Nora, Nora«, sage ich zu meinem Spiegelbild, während ich mir die Hände wasche. »Die Lösung liegt doch auf der Hand! Was die Damen aus der ›Gala‹ können, kannst du allemal!«

Schien mir mein Leben vor fünf Minuten noch so ausweglos, dass jeder Guru mich nur hätte an die Hand nehmen müssen, um mich als neuen Jünger zu seiner Sekte abzuschleppen, sehe ich nun wieder einen neuen Weg, der mich aus der Sackgasse in eine strahlende Zukunft führen wird. Ich habe einen Plan! Ich muss einfach nur einen neuen Mann finden! Einen, der sich um mich und das Baby kümmert, einen, der mich auf Händen trägt und der gleichzeitig meine Zukunft sichert! Warum bin ich nicht früher auf diese brillante Idee gekommen?

Gut, die Sache ist also klar: Ein neuer Mann muss her! Und zwar bis zum 4. Februar nächsten Jahres. Mir bleiben demnach ziemlich genau neun Monate Zeit. Eigentlich ein Klacks. Ich meine, wenn mein Körper es schafft, in dieser Zeit ein neues Leben entstehen zu lassen, quasi ein biologisches Wunder zu vollbringen, dann müsste es meinem Herzen doch wohl auch möglich sein, einen neuen Kerl zu finden! Beziehungsweise, einen zu bezirzen.

»Findest du nicht, dass du gerade andere Probleme hast?«, will Oskar wissen, als ich ihn, gleich nachdem ich mir etwas angezogen habe, anrufe und ihm von meinem soeben gefassten Vorsatz erzähle.

»Von welchen Problemen redest du?«, frage ich spitz zurück.

»Ich finde, du solltest dich jetzt voll und ganz auf deine Schwangerschaft konzentrieren.«

»Oskar, das Baby kommt auch, wenn ich mich *nicht* konzentriere. Im Gegenteil: Ich würde sogar sagen, eine Schwangerschaft hat mit Konzentration nicht das Geringste zu tun.« Ja, ich finde, dass ich gerade ungeheuer souverän klinge.

»Ach, Nora.« Ich höre ihn am anderen Ende der Leitung seufzen. »Wann wirst du eigentlich mal erwachsen? Ich hab dir doch gesagt: Es ist an der Zeit, Verantwortung zu übernehmen!«

»Aber genau das tue ich doch jetzt!«, blöke ich zurück. »Ich war gestern sogar schon bei Mirko – so, wie du es vorgeschlagen hast.«

»Was hat er gesagt?«

»Nichts.«

»Wie, nichts?«

»Ich hab's ihm nicht erzählt.«

»Warum denn nicht?«

Kurzes Schweigen.

»Das solltest du doch aber.«

»Ja«, gebe ich ihm Recht. »Aber das war, bevor er mir erklärt hat, dass er sich eigentlich eine Dreiecksbeziehung mit mir und seiner neuen Freundin wünscht, sie das aber nicht will und die beiden deshalb jetzt nach Australien gehen. Spatz und Taube – du weißt schon.«

»Dreiecksbeziehung? Australien? Ich verstehe kein Wort!«

»Na, dann sind wir schon zu zweit«, erwidere ich.

»Was soll das heißen, er geht mit seiner neuen Freundin nach Australien?«

»Das, was es eben heißt. Mirko will für Sandy oder Sybille, oder wie auch immer die Tante heißt, auswandern.«

»Oh«, sagt er. Wieder ein kurzes Schweigen. Dazu fällt offenbar selbst dem schlauen Oskar nichts mehr ein. »Das kommt ja ein bisschen überraschend.«

»In Anbetracht der Tatsache, dass wir bis vorgestern noch ein Paar waren und er das Wort ›Australien‹ in den vergangenen vier Jahren nicht einmal in den Mund genommen hat, kann man das durchaus genau so sagen.«

»Liebelein«, klingt Oskar nun beinahe mitleidig, »ich kann ja verstehen, dass das gerade alles ein ziemlicher Schock für dich ist. Trotzdem finde ich, du solltest jetzt erst einmal zur Ruhe kommen und dich nicht gleich wieder auf Partnersuche begeben.«

»Das sehe ich anders. Ich bin erst dann wieder ruhig, wenn ich einen neuen Partner *habe.*«

»Das ist doch Unsinn!«

»Gar kein Unsinn! Mir rennt die Zeit davon, ich muss mich beeilen. Ich erwarte ein Kind, hast du das vergessen? Und ich bin allein, so wie es aussieht.«

Wieder ein Seufzen. »Natürlich habe ich das nicht vergessen.

Aber es ist doch kein Weltuntergang, wenn du das Baby allein bekommst.«

»Kein Weltuntergang? Ha! Ich habe die ganze Nacht kein Auge zugetan, weil ich die allerschlimmsten Bilder im Kopf hatte. Wie ich besoffen auf dem Sofa liege, neben mir ein überquellender Aschenbecher, während mein Kind mit vollgeschissenen Windeln in seinem Bettchen schreit und draußen das Jugendamt klopft, aber nicht reinkommt, weil Muddi zu voll ist, um die Tür zu öffnen.«

»Nora, du hast wirklich ein seltsames Bild von alleinerziehenden Müttern.«

»Dann schalt mal RTL II ein, da läuft so was den ganzen Tag!«

»Du rauchst ja nicht mal. Du hast in deinem ganzen Leben doch noch nicht eine einzige Kippe gequalmt, oder?«

»Ich fange bestimmt bald damit an«, sage ich. »Wenn ich erst auf Hartz IV bin, werde ich die Sozialhilfe sicher komplett für Zigaretten und billigen Fusel verprassen. Und das Kindergeld geht auch gleich noch mit drauf!«

»Nora!« Jetzt schreit er fast. »Könntest du BITTE aufhören, so einen Schwachsinn zu reden und wieder zur Vernunft kommen? Das ist ja nicht auszuhalten!«

»Ha!«, gebe ich zurück. »Und *das* ist nur die optimistische Variante. Am wahrscheinlichsten ist nämlich, dass ich wieder zu meinen Eltern ziehe.«

»Nun mal nicht gleich den Teufel an die Wand!«, kontert Oskar. Er kennt Mama und Papa.

»Wenn man in meiner Situation nicht den Teufel an die Wand malen darf, wann dann?«, will ich wissen.

»Ich glaube, du stellst dir das alles gerade viel, viel schlimmer vor, als es dann am Ende ist. Mach doch bitte nicht so ein Riesendrama daraus!«

»Du hast gut reden! Bei dir und Bettina ist ja alles eitel Sonnenschein. Aber ich hocke hier verlassen und einsam.« Allein bei dem Gedanken an meine düstere Zukunft steigen mir wieder Tränen in die Augen.

»Also, ich habe dich bisher immer für eine starke und emanzipierte Frau gehalten. Was ist denn bloß los mit dir? Sind das die Hormone?«

Ich putze mir geräuschvoll die Nase. »Schon möglich«, schnaufe ich. »Jede Menge Hormone.«

»Das Leben geht auch ohne Kerl weiter«, werde ich von meinem besten Freund belehrt. »Schließlich bist du echt nicht die erste Frau, die ohne Mann ein Kind bekommt. Und nur die wenigsten nehmen so etwas zum Anlass, sich mit Schnaps und Kippen auf die Couch zu legen. Oder, noch schlimmer, zurück zu ihren Eltern zu ziehen.« Ich sehe ihn fast vor mir, wie er ungläubig den Kopf schüttelt. »Mannomannomann, komm bitte mal wieder runter!«

»Es ist doch aber kein Verbrechen, wenn ich lieber jemanden an meiner Seite hätte«, jaule ich. »Gerade in meiner jetzigen Situation.«

»Natürlich ist das kein Verbrechen. Aber so etwas kann man nicht erzwingen. Und *erst recht nicht* in deiner Situation.«

»Wie meinst du das denn nun schon wieder?«

»Na ja, wie soll ich es sagen?« Er zögert, und ich kann ihm anhören, dass er gerade sehr genau nach den richtigen Worten sucht.

»Sag's halt einfach«, fordere ich ihn auf.

»Im Moment sieht man noch nichts von deiner Schwangerschaft. Aber das wird sich bald ändern, und wenn ich ehrlich sein soll, dürfte es mit dickem Bauch nicht mehr ganz so einfach sein, einen neuen Mann zu finden.«

»Siehst du! Ich hab doch gesagt, dass mir die Zeit davonläuft!«

»Nora! Selbst, wenn du gleich morgen jemanden kennenlernst, müsstet du ihm doch über kurz oder lang davon erzählen. Und ich glaube nicht …«

»Ha!«, gehe ich dazwischen. »Das denkst aber auch nur du, dass ein Baby ein Hinderungsgrund ist! Nimm zum Beispiel mal Heidi Klum, die hat sogar *vier* Kinder und gerade schon wieder einen neuen Typen aufgerissen. Und der ist sogar *jünger* als sie! Das hab ich gerade erst in der ›Gala‹ gelesen.«

»Nora, ich sage das nur ungern, aber …« Er kommt ins Stocken.

»Aber was?«, hake ich nach.

»Du *bist* nicht Heidi Klum. Weder optisch noch finanziell, und da würde ich sagen, dass …«

»Sorry, Oskar«, unterbreche ich ihn, »ich muss auflegen. Keine Zeit mehr.« Genau wie vorhin bei meiner Mutter drücke ich ihn weg, ehe er noch etwas erwidern kann.

Ein kleines bisschen Enttäuschung steigt in mir auf, denn eigentlich hatte ich gehofft, dass Oskar mich versteht und voll und ganz dabei unterstützt, so schnell wie möglich Ersatz für den blöden Mirko zu finden. Stattdessen kommt er mir mit »vernünftig sein« und »zur Ruhe kommen«. Pfff!

Welch ein Glück, dass ich die vielen, vielen Visitenkarten, die mir im Laufe der vergangenen Jahre von diversen Passagieren zugesteckt worden sind, fast alle aufgehoben habe! Wenn da mal nicht schon der passende Kandidat auf seine Entdeckung wartet! Quasi der Vater für mein noch ungeborenes Kind, wenn ich das mal so sagen darf. Ja, ich gebe zu, ich habe mir vorhin bei einer schönen Tasse Kaffee (koffeinfrei!) schon sehr genau überlegt, wie ich vorgehen werde.

Der Karton mit den Karten steht unter meinem Bett. Ich ziehe ihn hervor und fange zunächst einmal an, alle auszusortieren, die nicht aus Hamburg kommen, schließlich will ich unbedingt in der schönsten Stadt der Welt bleiben und nicht nach Posemuckel ziehen.

Von den bestimmt hundert Karten bleiben immerhin etwa fünfundzwanzig übrig. Etwas ratlos gehe ich sie noch einmal durch. Und jetzt? Nach welchen Kriterien soll ich weiter auswählen? Nach Farbe? Größe? Dicke des Papiers? Das lässt immerhin Rückschlüsse auf die finanzielle Situation zu: Je dicker das Papier, desto dicker die Hose … vielleicht.

Die Namen sagen mir alle nichts, keiner der Herren hat bei mir einen so bleibenden Eindruck hinterlassen, dass ich auch nur einen einzigen Blick auf das Kärtchen geworfen hätte. Nur bei Mirko hatte ich eine Ausnahme gemacht. Die eine Ausnahme. Und was ich davon habe, na ja – das sehe ich ja jetzt, denke ich düster.

»Gero Freiherr von Weihersbach«, lese ich auf einer besonders dicken Karte. Schick, schick. »Nora Freifrau von Weihersbach«, das könnte mir durchaus gefallen, so mit Sommer an der Côte d'Azur und Winter in St. Moritz. Ich lege die Karte zur Seite, die kommt schon mal in die engere Auswahl.

»Norbert Schmidt«, steht auf der nächsten. »Trockenbau und Zimmerei.« Ein Handwerker, auch nicht schlecht. Mirko konnte ja nicht mal einen Nagel in die Wand schlagen mit seinen manikürten Fingernägeln, vielleicht wäre was Handfestes genau das Richtige? Einer muss schließlich die Wärmelampe überm Wickeltisch andübeln und später das Hochbett mit Rutsche aufbauen und all diese Sachen. Also lege ich auch diese Karte zur Seite.

Dann fällt mein Blick noch einmal auf den Namen. Norbert. Schmidt. Nein, das ist dann doch ein Totschlagargument, der Name ist leider komplett unsexy, das kann ich mir selbst in meiner Zwangslage nicht vorstellen. Außerdem: Nora und Norbert – das klingt nach Partnerlook in praktischen, atmungsaktiven Outdoorjacken mit farblich abgesetzten Brusttaschen und Mephisto-Wanderschuhen, nach Radtouren im Sachsenwald und Spieleabenden bei Freunden, bei denen sich ganz lustig mit einem Glas Rotkäppchen einer »angetüdelt« wird. Nein, Norbert ist raus.

Auf die nächste Karte, die ich näher inspiziere, hat der Besitzer sogar noch ein kleines Herzchen gemalt und seine Handynummer mit dem Zusatz »privat« dazu geschrieben. Das sieht doch schon mal nett aus. »Dr. Guido Mertens.« Sieh an! Ein Herr Doktor! In was denn? »Facharzt für Frauenheilkunde und Geburtshilfe«. Na, das passt doch mal wie die Faust aufs Auge, praktischer geht's ja kaum. So werde ich auch gleich noch diesen stieseligen Dr. Spingel mit seinen zweifelhaften Komplimenten los. Andererseits: Als Mann vom Fach sieht der Guido bestimmt gleich, was mit mir los ist, oder? Ach, Quatsch, er ist schließlich Arzt und nicht Hellseher – also ab mit der Karte zu Monsieur Freiherr von!

Ich arbeite mich weiter durch die Visitenkarten, lege noch einen Rechtsanwalt namens »Dr. Leif Gustafson« raus, weil der Name so niedlich klingt und er außerdem einen Doktortitel hat (wir wissen ja alle: Wer mit dreißig noch nicht seinen Doktor hat, der muss ihn selber machen, ha, ha!), und entscheide mich darüber hinaus für einen »Ralph Pfannenschmidt«, Geschäftsführer einer Werbeagentur, und einen Diplom-Psychologen namens »Thomas Distel«, denn es kann ja nie schaden, seinen eigenen Therapeuten zu haben.

Sogar ein Pilot ist bei dem Kartensammelsurium dabei, aber den sortiere ich sofort aus. Stewardess und Flugkapitän – diese Kombination fand ich schon immer komplett verrückt, ich will doch meinem zukünftigen Gatten keinen Kaffee im Cockpit servieren! Bei Oskar und Bettina ist das was anderes, die sind einfach ein cooles Paar. Aber ansonsten finde ich Saftschubsen, die nach einem Kapitän schielen, ein bisschen jämmerlich.

Insgesamt durchaus zufrieden mit meiner Auswahl setze ich mich vor mein Notebook und öffne Google. Die Katze im Sack will ich natürlich auch nicht kaufen, mal schauen, ob ich im Netz ein paar Fotos von den Jungs finde.

Zuerst finde ich den Freiherrn – und sortiere ihn sofort wieder aus. Denn auch, wenn er auf dem Foto, das ich von ihm entdecke, vor einem stattlichen Anwesen posiert – ich bin schließlich nicht Anna Nicole Smith, die darauf spekuliert, dass der liebe Gero schon in der Hochzeitsnacht den Abgang macht … der Mann ist *mindestens* hundertfünf!

Von Guido Mertens und Leif Gustafson ist nichts zu finden, Ralph Pfannenschmidt präsentiert sich auf der Homepage seiner Agentur als ein jüngeres Pendant zu Tom Cruise (hoffentlich kein Scientologe!). Thomas Distel hat zwar eine eigene Homepage, dort aber leider kein Foto von sich eingestellt. Stattdessen finde ich jede Menge Lebensweisheiten, die einerseits vielleicht ein bisschen platt sind, andererseits aber auch tröstlich. So was wie »Liebe mich, wenn ich es am wenigsten verdient habe – denn dann brauche ich es am meisten.« Ja, gut, Kalenderspruch. Aber trotzdem seelenvoll. Mit viel Verständnis für alles Menschliche. Sprich: Genau das, was ich suche!

Mit dem fange ich also an. Ich schnappe mir mein Telefon, schalte die Rufnummernunterdrückung ein (Vorsicht ist die Mutter der Saftschubse!) und wähle die Nummer des Psychologen. Es klingelt dreimal, dann geht ein Band ran.

»Sie haben den Anschluss der psychotherapeutischen Praxis von Thomas Distel erreicht. Leider rufen Sie außerhalb meiner Sprechzeiten an. Diese sind montags bis freitags …« Ich lege auf. Um die Nummer gleich ein weiteres Mal zu wählen. Wenn ich schon so unbeherzt anfange, kann das ja nichts werden, ich sollte eine Nachricht hinterlassen.

»Ja, hallo, Nora Bergmann hier«, sage ich nach dem Piepton, »vielleicht erinnern Sie sich an mich, ich bin Stewardess bei ›Air-Sky‹, und Sie haben mir mal Ihre Visitenkarte zugesteckt. Und jetzt, äh, habe ich sie gerade wiedergefunden und mich gefragt, ob Sie nicht mal Zeit und Lust auf einen Kaffee hätten. Äh, also, Tee, ich selbst trinke nur Tee. Oder entkoffeinierten Kaffee. Vielleicht haben Sie ja Lust? Sie erreichen mich unter … «

Ich hinterlasse meine Festnetz- und meine Handynummer (die Sache mit der Unterdrückung hätte ich mir dann natürlich auch schenken können, aber so pingelig will ich da jetzt mal nicht sein) und lege auf.

So. Das war der erste Streich. Und der zweite folgt sogleich. Ralph Pfannenschmidt. Mal sehen, was der so auf der – hi, hi – Pfanne hat ...

»Pfannenschmidt?« Schon nach dem ersten Klingeln geht er ran, ein Werber ist halt immer im Einsatz.

»Hi«, sage ich und merke, wie meine Hände vor Aufregung feucht werden. Kein Wunder, schließlich habe ich noch nie einfach so einen fremden Mann angerufen. Wobei es ja nicht einmal »einfach so« ist, ich will mich immerhin verabreden. »Nora hier, Nora Bergmann.«

»Wer?« Okay, ich hatte nicht wirklich damit gerechnet, dass er sofort in Freudengeheul à la »Endlich, endlich meldest du dich!« ausbricht. Also weiter im Text.

»Ja, äh, ich rufe Sie an, weil Sie mir mal Ihre Visitenkarte gegeben haben.«

»Ja?« Mehr sagt er nicht.

»Also, im Flugzeug war das«, erkläre ich. »Ich bin Stewardess bei Air-Sky, und Sie haben mir mal Ihre Karte zugesteckt.«

»Sagt mir nichts. Wann soll denn das gewesen sein?«

»Das, äh, weiß ich auch nicht so genau. Könnte schon ein paar Jahre her sein.«

»Haben Sie sich vielleicht verwählt?«

»Nein.« Ich schüttele den Kopf, obwohl er das natürlich gar nicht sehen kann. »Ich wollte Ralph Pfannenschmidt anrufen, das sind Sie doch, oder?«

»Ja, der bin ich. Aber ich weiß ehrlich gesagt jetzt auch nicht ...«

»Klingt etwas komisch«, gebe ich zu. »Es ist nur so, dass ...«

»Ralph?«, erklingt eine weibliche Stimme aus dem Hintergrund. »Wer ist denn da dran?«

»Keine Ahnung«, sagt er.

»Wie, keine Ahnung? Du sprichst mit jemandem, von dem du keine Ahnung hast, wer es ist?«

»Ich glaube, da hat sich jemand verwählt.«

»Nein«, melde ich mich wieder zu Wort. »Ich wollte wirklich Sie sprechen!«

»Aber warum denn? Ich kenne Sie nicht!«

»Doch, das heißt, nein, also …«

»Schatz?« Erneut die Frau. »Ist das etwa wieder diese Stalkerin?! Gib mir sofort den Hörer!«

»Liebling, jetzt lass mich doch mal …« Ein Rascheln erklingt, dann ein »Gib schon her!« – »Susanne, bitte lass das!« – »Gib mir das verdammte Telefon!« (hört sich alles ein bisschen nach Handgemenge an …), und eine Sekunde später habe ich die Frau am Ohr.

»Lassen Sie endlich meinen Mann in Ruhe!«, kreischt die weibliche Stimme.

»Sie verstehen da was falsch, ich …« Weiter komme ich nicht. Denn im nächsten Augenblick pfeift es so laut und durchdringend in mein Ohr, dass ich um mein Trommelfell fürchte. Erschrocken lasse ich das Telefon fallen, das direkt auf meinen linken Fuß knallt.

»Aua!«, brülle ich laut.

»Wir haben jetzt eine Fangschaltung«, höre ich die Frau aus dem Telefon zu meinen Füßen quäken. »Beim nächsten Mal rufen wir die Polizei!« Dann höre ich nur noch »tuut, tuut, tuut«, das Gespräch ist offenbar beendet, also hebe ich das Mobilteil auf und drücke ebenfalls auf »Auflegen«.

Gut. Ralph Pfannenschmidt kann ich wohl abschreiben. Mein linkes Ohr ebenfalls. Denn das wurde soeben Opfer einer bösartigen Trillerpfeifen-Attacke und wird nun vermutlich für den Rest seines Lebens mahnend vor sich hinklingeln. Ja, die Partnersuche ist heutzutage in etwa so gefährlich wie ein Guerillakrieg, da wird mit harten Bandagen gekämpft.

Mein Telefon läutet, ich beäuge es misstrauisch. Ist das die Fangschaltung von Frau Pfannenschmidt? Plant sie einen weiteren Angriff auf mein Trommelfell?

Die Nummer im Display zeigt mir, dass es wieder meine Mutter ist, und obwohl ich eigentlich keine Lust habe, noch einmal mit ihr zu sprechen, nehme ich den Anruf entgegen. Vielleicht hat sie inzwischen eingesehen, dass sie vorhin nicht gerade zartfühlend reagiert hat, und will nun reuevoll ein paar tröstende Worte an mich richten.

»Nora«, fängt sie an, nachdem ich sie begrüßt habe. »Dein Vater und ich haben noch einmal nachgedacht.«

Ah! Jetzt kommt es also doch: Sie haben sich überlegt, dass ich ab sofort ihre Unterstützung brauche und sie deshalb ein paar Lebensversicherungen kündigen wollen, um mir für den Start in mein Leben als Mutter 100.000 Euro zu überweisen!

»Wir sind der Meinung, dass du unbedingt versuchen solltest, dich mit Manuel zu versöhnen. Das ist in deiner Lage das einzig Vernünftige!«

»Mama?«

»Ja?«

»Ich muss los!« Klick. Was soll ich dazu auch anderes sagen?

Anmerkung von Susanne Pfannenschmidt

Ich weiß genau, wer diese kleine Schlampe ist, die hier immer anruft, ich WEISS ES! Dieses rehäugige Biest aus der Buchhaltung von Ralphs Agentur! Neulich, als ich ihn aus der Firma abgeholt habe, hab ich genau gesehen, wie die ihn anhimmelt. Nahezu peinlich ist das! Dreimal habe ich Ralph schon gesagt, dass er sie rausschmeißen soll, aber er lacht nur und sagt, dass ich spinne. So, ich spinne also? Und wer ruft dann hier ständig an, wenn ich fragen darf? Morgen früh schnappe ich mir die Kleine, da kann Ralph sagen, was er will, die ist dran! Und wenn sie es nicht von sich aus zugibt, besorge ich mir tatsächlich eine Fangschaltung, das wollen wir doch mal sehen, ob ich das kleine Miststück nicht zur Strecke bringe!

Anmerkung von Ralph Pfannenschmidt

Ich muss mit meinem Therapeuten sprechen, dringend! Der muss mir helfen, ich halte es mit dieser eifersüchtigen Furie nicht mehr aus, ICH HALTE ES NICHT MEHR AUS! Außerdem: Was passiert wohl, wenn ich Susanne gestehe, dass mir seit Kurzem klar ist, dass ich in Wahrheit auf Männer stehe? Ich fürchte, sie bringt mich um! Doch, doch, doch, sie bringt mich dann GANZ sicher um!

4. Kapitel

Nachdem ich aufgelegt habe, starre ich eine Weile ratlos vor mich hin. Bisher war meine Aktion ja noch nicht sonderlich erfolgreich. Vielleicht ist es doch eine blöde Idee? Am Ende ist es wirklich besser, ich stürze mich wie jeder normale Mensch auch einfach ins Nachtleben und versuche dort mein Glück?

Aber wenn ich ehrlich bin, bin ich für »ins Nachtleben stürzen« gefühlte zehn Jahre zu alt. Allein bei der Vorstellung, über die Reeperbahn zu ziehen und in einem Pulk besoffener Mitzwanziger nach dem Mann meines Lebens Ausschau zu halten, lässt mich erschaudern. Noch dazu natürlich komplett nüchtern, nein, so ist der Kiez mit seinen Ballermannkneipen schlicht nicht zu ertragen.

Und ob sich mein Traummann am Tresen vom »Mary Lou's« oder »Albers Eck« rumtreibt oder im »La Paloma« Schlager grölt – das ist sowieso eher fraglich. Der Kerl, der mir vorschwebt, macht sich freitagabends eine gute Flasche Rotwein auf, liest die »Zeit« vom Donnerstag und hört dabei Klassikradio. So in der Art jedenfalls.

Ich selbst werfe zwar höchstens mal einen Blick in die »Bild« und höre am liebsten die Hits auf Delta Radio – aber man sollte sich schließlich immer nach oben orientieren. Abstriche nach unten kann man immer noch machen.

Von daher schnappe ich mir als Nächstes die Visitenkarte von Dr. Leif Gustafson. Neben der Festnetznummer ist auch seine Handynummer angegeben, und weil ich kaum glaube, dass er sich am Samstagvormittag in seiner Kanzlei herumtreibt, wähle ich gleich die.

Es tutet, die Spannung steigt. Nach dem vierten Klingeln hebt er tatsächlich ab.

»Gustafson«, meldet sich eine angenehm tiefe Stimme, die mir sofort eine Gänsehaut verursacht.

»Ja, hallo, Nora Bergmann hier«, melde ich mich.

»Was kann ich für Sie tun, Frau Bergmann?« Und freundlich ist er auch noch, Volltreffer!

»Also, das klingt jetzt vielleicht etwas komisch, aber Sie haben mir mal Ihre Visitenkarte gegeben.«

»Um welchen Fall geht es denn?«

»Nein, äh, um keinen Fall. Das war mehr … im privaten Rahmen.«

»Im privaten Rahmen?«

»Ja, ähm, hi, hi, ich bin Stewardess bei Air-Sky, und Sie haben mal …«

»Rote Locken und blaue Augen?«, werde ich unterbrochen.

»Äh, ja«, erwidere ich überrascht. »Genau genommen sind sie rotblo…«

»Das gibt's ja gar nicht!«, trötet Leif Gustafson dazwischen.

»Was bitte?«

»Na, dass Sie mich anrufen, meine ich! Damit hätte ich im Leben nicht mehr gerechnet! Ist ja schon über ein Jahr her, dass ich Ihnen meinen Karte gegeben habe.«

»Das wissen Sie noch?«

»Natürlich weiß ich das noch! So oft kommt es nun auch wieder nicht vor, dass ich fremden Frauen meine Visitenkarte zustecke.« Er lacht ein angenehm warmes Lachen, und ich habe irgendwie ein richtig gutes Gefühl im Bauch. Scheint ein klasse Typ zu sein, dieser Herr Dr. Gustafson. »Und wissen Sie was?«, fährt er fort.

»Was denn?«

»Erst neulich habe ich an Sie gedacht und mich gefragt, was wohl diese hübsche Stewardess macht, von der ich damals so fasziniert war.« Wieder lacht er. »Nur wegen Ihnen bin ich extra noch ein paar Mal mit Air-Sky geflogen und war richtig enttäuscht, Sie nie wieder getroffen zu haben.«

»Ach, echt?« Volltreffer, Volltreffer, Volltreffer! Nicht nur, dass er wirklich *sehr* nett klingt – er macht keinen Hehl daraus, dass er von mir begeistert ist. Sollte heute doch mein Glückstag sein? Okay, ich habe keine Ahnung, wie er aussieht – aber mit dieser Stimme *kann* das nur ein attraktiver Mann sein.

Ich muss kichern, weil mir dieser blöde Witz einfällt: »Sag mal, bist du beim Radio? – Nein, wieso? – Du hast genau das richtige Gesicht dafür!« Hö, hö …

»Was ist so lustig?«, will Leif wissen.

»Gar nichts«, behaupte ich, »ich freue mich gerade nur, dass Sie sich an mich erinnern.«

»Na, und ich freue mich, dass Sie mich anrufen! Was verschafft mir nach so langer Zeit die Ehre?«

»Och«, sage ich, »mir war gerade … also, ich hab gerade beim Aufräumen Ihre Visitenkarte entdeckt, und da dachte ich, ich rufe Sie mal an und frage, ob Sie Zeit und Lust auf einen Kaffee hätten.«

»Nach über einem Jahr?«

»Na ja, ich war bis vor Kurzem vergeben.« Immer möglichst nah an der Wahrheit bleiben, dann kann man sich später nicht verheddern. Und die ganze Sache wird sowieso noch kompliziert genug werden.

»Verstehe«, antwortet er. »Aber vergessen haben Sie mich nicht?«

»Nein, natürlich nicht«, lüge ich. »Ich hab immer mal wieder an Sie gedacht.« Was soll ich auch sonst sagen? Dass das hier gerade die Verzweiflungstat einer verlassenen schwangeren Frau ist?

»Dann bin ich jetzt ebenfalls überaus geschmeichelt.« Erneut erklingt sein warmes Lachen. »Und natürlich würde ich mich furchtbar gern mit Ihnen treffen! Da gibt es leider nur ein kleines Problem …« Er macht eine Pause, und ich denke: O nein! Mittlerweile ist er verheiratet, und seine Frau hat gerade Drillinge bekommen – er wollte einfach nicht länger auf mich warten!

»Ja?«, frage ich vorsichtig.

»Tja, es geht entweder nur ganz spontan und sofort heute Nachmittag – oder erst wieder in einem Monat. Ich fliege heute am späten Abend in die USA und bin fünf Wochen weg.«

»Oh. Schlechtes Timing.«

»Das würde ich so nicht sagen, ab vier hätte ich noch ein gutes Stündchen Zeit.«

Ich schiele auf meine Armbanduhr. Jetzt ist es zwölf, und ich sehe noch aus wie etwas, mit dem die Katze zu lange gespielt hat. Aber bis vier müsste ich es eigentlich schaffen, aus mir einen Menschen zu machen.

»In Ordnung«, sage ich. »Dann treffen wir uns einfach ganz spontan um vier. Wo denn?«

»Was halten Sie von einem Spaziergang an der Elbe? Das Wetter ist heute so schön, da könnten wir uns doch an der ›Strandperle‹ treffen.«

»Klingt gut«, sage ich. »Dann sehen wir uns da um vier?«

»Ich freue mich!«

»Ich freue mich auch«, sage ich. Und kann in letzter Sekunde verhindern, ihn noch zu fragen, woran ich ihn erkenne. Damit würde ich mir natürlich selbst ins Knie schießen, denn schließlich habe ich ja immer mal wieder an ihn gedacht. Außerdem – falls wir uns nicht erwischen, habe ich seine Handynummer, kann also gar nicht schiefgehen.

»In Ordnung, bis später!«

»Bis später.« Ich beende das Gespräch – und springe dann sofort auf, um ins Schlafzimmer zu meinem Kleiderschrank zu stürzen. Auf dem Weg fällt mein Blick in den großen Wandspiegel, der im Flur hängt. Eigentlich müsste ich auch noch dringend zum Friseur, aber das schaffe ich jetzt nicht mehr. Dann muss es eben so gehen, schließlich sind es die inneren Werte, die zählen. Die inneren Werte. Ich muss an das Ultraschallbild in meiner Handtasche denken – und breche in Gelächter aus.

Zwei Stunden später bringe ich mit quietschenden Reifen meinen Golf in einer großen Parklücke direkt vor meiner Wohnung zum Stehen. Mein Treffen mit Leif steht unter einem guten Stern – sonst ist in meiner Straße nie was frei, ein Parkplatz vor der Tür ist wie ein Sechser im Lotto!

Ein Blick in den Kleiderschrank brachte mich zu der Überzeugung, dass ich *so* unmöglich dem zukünftigen Vater meines ungeborenen Kindes unter die Augen treten kann, also blieb mir nichts anders übrig, als noch mal kurz in die Innenstadt zu düsen und mir für vierhundert Euro ein neues Outfit zuzulegen.

In den zwei großen Tüten, die ich vom Rücksitz klaube, befinden sich ein Paar todschicke braune Stiefel aus weichem Nappaleder, eine enge weiße Jeans, die ich unten in die Stiefel stecken werde, eine blaue Tunika mit langen Fledermausärmeln, die exakt zur Farbe meiner Augen passt, sowie eine lässige kurze Biker-Jacke im gleichen Braunton wie die Stiefel. PER-FEKT!

Okay, jetzt bin ich zwar komplett pleite. Aber ich sehe das quasi als Investition in meine schillernde Zukunft an der Seite eines erfolgreichen Anwalts. Und mit dem kann ich ja wohl schlecht wie Krethi und Plethi an der Elbe rumflanieren!

Wie von Furien gejagt hetze ich hoch in meine Wohnung, wo ich zum zweiten Mal an diesem Tag unter die Dusche springe. Mir bleiben noch eineinhalb Stunden, um mich auf Vordermann zu bringen, und allein mit meinen Haaren bin ich gut dreißig Minuten beschäftigt.

Während mir das warme Wasser über den Körper läuft, versuche ich mir vorzustellen, wie Leif wohl aussieht. Seine Stimme klang nach einem eher dunklen Typ, was mir ja prinzipiell immer gut gefällt. Mirko war ja auch … Ich stoppe meine Gedanken, dieser Idiot sollte mir heute nun wirklich nicht durch den Kopf spuken.

Dass ich keinerlei Erinnerung mehr an Leif habe, bereitet mir keine größeren Sorgen. Er hat mir seine Karte ja vor gut einem Jahr zugesteckt, und da war ich schließlich noch … mit dem Unaussprechlichen zusammen. Und was auch immer Oskar über mich sagt und für wie chaotisch er mich auch hält: In einer Beziehung bin ich eine treue Seele, da sind andere Männer tabu, und ich sehe sie nicht mal an. Möglicherweise ein Fehler, wie sich erst jüngst gezeigt hat, aber … verdammt, nicht schon wieder an Mirko denken!

Nachdem ich mich abgetrocknet habe schlüpfe ich in die »gute« Unterwäsche für besondere Anlässe (ein cremeweißes Set von »Passionata«; nicht, dass ich davon ausgehe, dass Leif heute meine Dessous zu sehen bekommt – schon gar nicht bei einem Spaziergang an der Elbe –, aber ich fühle mich darin einfach besser und selbstbewusster als in einem ausgeleierten Baumwollschlüpper mit Blümchenmuster; außerdem hat schon meine Oma immer gesagt: Kind, achte auf ordentliche Wäsche, falls du mal ins Krankenhaus kommst! Jawoll, Omma, wird gemacht!), ziehe die neuen Klamotten an und drehe mich darin zufrieden vor dem Spiegel hin und her.

Doch, das kann sich durchaus sehen lassen, nicht schlecht für fünfunddreißig. Schade nur, dass ich von der weißen Jeans nicht sonderlich lange etwas haben werde, sie spannt schon jetzt ein bisschen in der Taille. Und ob ich nach der Schwangerschaft jemals wieder in Größe 38 passen werde, weiß auch kein Mensch. Muss ich ja aber auch nicht mehr, ich werde es einfach wie die Italienerinnen machen und bin dann eine gemütliche »Mamma«.

Um kurz vor drei bin ich fertig geschminkt, jetzt habe ich noch eine Dreiviertelstunde für meine Haare, wenn ich nicht zu spät zu meinem Date kommen will. Mit dem Auto sind es exakt zwanzig Minuten, achtzehn, wenn ich aufs Gas trete. Dann oben an der Elbchaussee parken und den steilen Weg runter zum »Strandperle«-Kiosk, macht auch noch mal etwa fünf Minuten – mit etwas Glück bin ich also um kurz nach vier da, eine perfekte Verspätung!

Das Mobilteil meines Festnetztelefons, das ich vor mir auf dem Waschtisch liegen habe, klingelt. Es zeigt die Nummer meiner Eltern an, aber diesmal nehme ich das Gespräch nicht entgegen. Erstens habe ich keine Zeit. Und zweitens reicht es auch noch, wenn meine Mama mir heute Abend erzählt, dass ich es doch mit Matthias noch einmal versuchen soll. Jetzt sind erst einmal meine Locken dran, die brauchen meine volle Aufmerksamkeit, denn es geht um eine wichtige Sache!

»Schönes Haar ist dir gegeben, lass es leben, mit Gard«, singe ich, während ich den Fön in meine Mähne halte. Schon lustig, was auf der Festplatte im Hirn so hängen bleibt – die Werbung ist bestimmt schon über dreißig Jahre alt, aber ich kann mich noch erinnern, wie ich sie als Kleinkind begeistert mitgesungen habe. Gedankenverloren lege ich eine Hand auf meinen Bauch. Na, du Zwerg? Wirst du als Steppke mit vier Jahren auch mal vorm Fernseher stehen und irgendwelche Jingles trällern?

Bei dem Gedanken schießen mir doch tatsächlich spontan ein paar Tränen in die Augen, und meine Wimperntusche verläuft. So ein Mist, jetzt muss ich noch einmal von vorn anfangen, dabei ist die Zeit ohnehin schon knapp!

Ich versuche, mit der einen Hand den Fön zu halten, während ich mit der anderen Hand mit einem Abschminktuch hantiere. Damit mache ich allerdings alles nur noch schlimmer, also beschließe ich, dass zehn Minuten Verspätung auch noch okay sind und mich, im Gegenteil, nur noch begehrenswerter machen. Wenn Leif mich vermisst, kann er mich ja auch auf dem Handy anrufen, die Nummer hatte ich ihm aus der Stadt noch per SMS geschickt.

Wo ist mein Handy eigentlich? Suchend sehe ich mich um, während ich gleichzeitig versuche, mir einen neuen Lidstrich zu ziehen. Natürlich in meiner Handtasche, wo sonst? Und die liegt noch unten im Auto auf dem Beifahrersitz.

Kurz überlege ich, sie zu holen, verwerfe den Gedanken aber wieder. In spätestens einer halben Stunde muss ich eh los, das Auto ist abgeschlossen – was soll schon passieren? Wieder klingelt mein Festnetz, wieder ist es meine Mutter. Und wieder ignoriere ich es. *I'm on a mission,* Mama, ich habe keine Zeit!

Offenbar ist meine Mutter aber nicht die Einzige, die mich von meiner Mission abhalten will, denn nachdem das Telefon endlich Ruhe gibt, läutet es an meiner Tür. Und zwar gleich dreimal nacheinander. Auch darauf reagiere ich nicht, ich erwarte schließlich keinen Besuch. Schätze, es ist eh wieder nur der Postbote, der soll seinen Krempel halt bei einem meiner Nachbarn loswerden. Noch ein Klingeln ertönt, das ist ja schon fast unverschämt! Jetzt mache ich erst recht nicht auf!

Um viertel vor vier wird es langsam höchste Eisenbahn. Ich werfe noch einen letzten und recht zufriedenen Blick in den Spiegel, dann sprinte ich in meinem neuen Outfit nach draußen und renne auf mein Auto zu, drücke im Laufen schon mal den Türöffner – und bleibe wie angewurzelt stehen.

Wo ist mein Golf? Da, wo ich ihn vorhin abgestellt habe, parkt jetzt ein LKW, aus dem mehrere Männer große Kartons und Möbelstücke wuchten. Weit und breit keine Spur von meinem Töfftöff, mit dem ich an die Elbe düsen will. Häh? Was ist da los?

»Suchen Sie Ihr Auto?«, erklingt eine Stimme hinter mir. Ich fahre auf dem Absatz meiner neuen Lederstiefel herum, so schnell, dass ich beinahe das Gleichgewicht verliere. Vor mir steht ein großer blonder Schlacks in Jeans und Sweatshirt und lächelt mich entschuldigend an. »Tut mir leid«, sagt er. »Aber das mussten wir gerade abschleppen lassen.«

»Sie haben WAAAAAS?!« Ich kann nicht glauben, was der Schluffi, der da vor mir steht, gerade gesagt hat.

»Wir mussten Ihren Golf leider abschleppen lassen«, bestätigt er meine schlimmsten Befürchtungen noch einmal. »Sie standen mitten im Halteverbot.«

»Was für ein Halteverbot?«, fahre ich ihn an. »Das hier ist eine öffentliche Straße!«

»Ja, schon«, gibt er zu. »Aber wenn Sie mal links und rechts schauen, dann sehen Sie, dass hier für heute wegen eines Umzuges ein Halteverbot eingerichtet wurde.«

Ich folge seinem Fingerzeig und sehe tatsächlich zwei Schilder mit Halteverbotszeichen, die von rechts nach links genau in meine vermeintliche Parklücke zeigen, über die ich vorhin noch so glücklich war. Unter den Schildern steht auf einer Tafel: »Wegen Umzugs von 7.00 bis 18.00 Uhr.« Mist. Mist, MIST!

»Tut mir echt leid«, spricht der Mann weiter. »Die Polizei hat sogar noch über das Kennzeichen den Halter ermittelt, die Telefonnummer rausgesucht und versucht, Sie anzurufen, damit Sie den Wagen umparken.« Er zuckt mit den Schultern. »Aber da …«

»… ging nur meine Mutter ran«, vollende ich seinen Satz. Denn Nora Bergmann, dieser Schlaufuchs, lässt ihr Auto über ihre Mutter laufen, weil die zum einen eine bessere Schadensfreiheitsklasse und zum anderen eine Garage hat, was sich bei der Prämie für die Versicherung deutlich bemerkbar macht. Dafür nimmt Nora Bergmann sogar den Makel eines Pinneberger Autokennzeichens in Kauf. Was, wie der Schlaufuchs bis eben dachte, zwar ein etwas blöder, aber doch zumindest der einzige Makel wäre. Von wegen.

»Genau«, bestätigt der Mann, »die Polizei hat mit Ihrer Mutter gesprochen, die Sie aber auch nicht erreichen konnte. Dafür hat sie uns gesagt, wo wir hier im Haus klingeln müssen. Aber Sie haben ja nicht aufgemacht.« Er lächelt verlegen und streckt mir dann eine Hand hin. »Ich bin übrigens Erik Ballhaus, Ihr neuer Nachbar.«

Ich schüttele seine Hand und sage gleichzeitig: »Scheiße!«

»Wie bitte?«

»Na, dass mein Auto weg ist. So eine Scheiße!« Ich bin versucht, mit dem Fuß aufzustampfen. »Jetzt ist mein Golf auf dem Weg in den Autoknast nach Rothenburgsort. Das kostet fast dreihundert Euro!« Das weiß ich deshalb so genau, weil mir so etwas leider nicht zum ersten Mal passiert. »Von hier aus gesehen ist das eine Weltreise, da kommt man mit Bus und Bahn kaum hin!«

»Das tut mir echt leid«, entschuldigt sich mein neuer Nachbar zum dritten Mal. »Das wollte ich wirklich nicht!«

»So eine superblöde Scheiße«, wiederhole auch ich mich. Und dann fange ich doch tatsächlich an zu weinen. Vor Wut, aus Enttäuschung und vermutlich auch dank der Hormone. Vor allem aber aus Ärger über mich selbst. Warum hab ich dieses blöde Halteverbotsschild denn nicht gesehen?

Da durchzuckt mich ein Gedanke: »Meine Handtasche ist im Auto!« Und gleich noch einer: »Und darin liegt mein Handy!« Ich muss immer doller schluchzen. »Und ich hab jetzt eine Verabredung … an der Elbe … mit dem Vater meines Kindes … Und wenn ich da nicht hinkomme, bleibe ich allein! Für immer!« Ich heule Rotz und Wasser und kann mich gar nicht mehr beruhigen. Gut möglich, dass ich – heulend und mit *dieser* Geschichte – auf Erik Ballhaus einen etwas seltsamen Eindruck mache. Aber das ist mir im Moment unglaublich egal. Meine kleine Nora-Bergmann-Welt stürzt gerade ein, dabei war ich vor wenigen Minuten doch noch so zuversichtlich. »Das ist alles ein Albtraum. Ein echter, fürchterlicher Albtraum!«, bringe ich stockend hervor.

»Papi?« Ein etwa sechsjähriger Knirps steht neben uns und schaut mich aus großen Augen an. »Warum weint die Frau?«

»Äh«, mein neuer Nachbar wirkt leicht irritiert, fängt sich aber schnell wieder und lächelt dann seinen Sohnemann an. »Sie ist traurig, mein Schatz, weil ihr Auto weg ist.«

»Das, wegen dem die Polizei da war? Und das dann mit dem großen gelben Abschleppwagen abgeholt worden ist?«

»Genau das, mein Schatz.«

»Buhuuuuuu!« Ich muss wieder laut aufheulen, tatsächlich stampfe ich diesmal sogar mit dem Fuß auf. »Das ist das Ende, ich werde nie wieder glücklich, NIE WIEDER!«

»Wissen Sie was?«, wendet Erik Ballhaus sich an mich und strahlt mit einem Mal übers ganze Gesicht. »Wir fahren einfach hinterher! Der Wagen ist erst vor ein paar Minuten weg – mit etwas Glück holen wir den noch ein!«

»Ach, das bringt doch nichts«, wehre ich ab, während ich mir mit dem Taschentuch, das Erik Ballhaus mir reicht, das Gesicht abwische. Mein sorgsam aufgelegtes Make-up kann ich mit Sicherheit schon wieder vergessen. »Und das kann ich doch auch gar nicht von Ihnen verlangen, Sie sind doch …«

»Klar können Sie!«, werde ich von ihm unterbrochen. »Ich bin schließlich irgendwie auch schuld an Ihrer Lage. Und ich glaube schon, dass wir den Abschlepper noch erwischen!«

»Meinen Sie?«, frage ich mit Kleinmädchenstimme, als wäre ich zwölf. Höchstens.

»Ja klar, so schnell sind die Dinger doch nicht. Und mein Wagen steht direkt da drüben«, er deutet auf einen schwarzen BMW auf der anderen Straßenseite. »Anton«, sagt er zu dem Jungen und klingt dabei fast ein bisschen aufgeregt, »lauf bitte schnell rein und sag Bescheid, dass ich mal für eine Stunde weg bin, okay?«

»Okay«, erwidert der Kleine und flitzt los. Gleichzeitig rennt mein neuer Nachbar rüber zu seinem Auto.

Ich verharre regungslos auf der Stelle und sehe ihm überrascht hinterher – damit hätte ich nun wirklich nicht gerechnet.

»Was ist denn?«, ruft Erik Ballhaus, während er die Tür seines Wagens öffnet. »Wollen Sie Ihr Auto jetzt zurück oder nicht?«

Ich löse mich aus meiner Starre, sprinte ebenfalls rüber auf die andere Straßenseite, reiße die Beifahrertür auf und springe zu meinem neuen Nachbarn ins Auto.

»Vielen Dank!«, bringe ich noch hervor, da werde ich auch schon brutal in den Sitz gedrückt, weil Monsieur soeben den Kavalierstart erfunden hat. Mit quietschenden Reifen beginnt die Jagd nach meinem knallroten Golf. Vor Schreck greife ich nach dem Haltegriff oben rechts und klammere mich ängstlich mit beiden Händen daran fest.

»Ich sag Ihnen, den kriegen wir noch!«, ruft Erik fast euphorisch, während er mit mindestens siebzig Sachen übers Kopfsteinpflaster brettert.

»Abbber brrringen Sssie unsss bbbittte nichttt ummm«, ich kann kaum sprechen, weil ich so durchgerüttelt werde. »Bbbittte!«

»Keine Sorge, ich bin ein guter Autofahrer.« Sagt's und nimmt an der nächsten Ecke fast eine Omi mit, die gerade mit ihrem Rollator die Straße überqueren will. Im letzten Moment steigt er in die Eisen und bleibt etwa zwei Zentimeter vor ihr stehen.

»Puh!«, stöhne ich. »Das ist gerade noch mal gut gegangen!« Die Oma wirft uns einen bösen Blick zu und reckt empört eine Faust in die Höhe.

Mein Nachbar lacht. »Ich sagte doch: Autofahren kann ich!« Kaum ist das Hindernis aus dem Weg gerollt, gibt er wieder Vollgas, und weiter geht die wilde Fahrt. »Wie heißen Sie eigentlich?«, fragt er, während er mit einem halsbrecherischen

Manöver einen Bus überholt und dabei fast frontal mit einem Taxi kollidiert.

»Nora«, bringe ich gepresst hervor. Zum Glück ist das Kopfsteinpflaster vorbei, und ich stottere nicht mehr. »Nora Bergmann.«

»Schöner Name!«

»Danke.« Mein Blick fällt auf die Uhr am Armaturenbrett. Fünf Minuten vor vier! Das wird wohl nichts, dass ich um vier an der »Strandperle« bin. Und auch nicht um fünf nach oder um zehn nach, das kann ich vergessen … Ich sende ein Stoßgebet gen Himmel, dass wir diesen idiotischen Abschleppwagen noch irgendwie einholen, damit ich Leif wenigstens per Handy anrufen kann. Vielleicht ist er bereit, eine Stunde auf mich zu warten? Mir entfährt ein genervter Laut. »Mmmrrpfff …«

»Will sagen?« Erik dreht sich zu mir.

»Ach, nichts«, antworte ich und mache kurz eine wegwerfende Handbewegung. Ganz schnell aber krallt sich auch meine Linke wieder an den Haltegriff über der Tür. »Schau *bitte* nach vorn!«

»Ist es wegen Ihrer Verabredung?«

»Ja, auch.« Ich bin kurz verlegen, weil ich den Rennfahrer neben mir gerade aus Versehen geduzt habe.

»Wollen Sie mein Handy haben?«, bietet mein Retter und gleichzeitig Vernichter mir an. »Dann können Sie Ihren Mann anrufen.« Hm, er scheint das Geduze zum Glück nicht gehört zu haben.

»Er ist nicht mein Mann.«

»Gut, dann eben Ihren Freund.« Er dreht sich wieder nach rechts und zwinkert mir fröhlich zu. »Ich meine halt den Vater Ihres Kindes.«

»Ach so«, sage ich – und merke, wie ich jetzt erst richtig rot anlaufe. Da war ich eben in meinem emotionalen Ausbruch wohl etwas zu dramatisch. »Ich kenne seine Nummer leider nicht auswendig«, sage ich schlicht und hoffe, dass Erik Ballhaus nicht weiter nachfragt. Ich will nicht lügen, aber einem wildfremden Menschen die Wahrheit über meine derzeit ja nun wirklich ziemlich chaotische Lebenslage zu erklären, *das* wäre mir dann doch zu peinlich.

»Blöd, oder?«, sagt er.

»Wer? Ich?«

»Nein«, er grinst. »Ich meine, seitdem man immer alle Nummern im Telefon abgespeichert hat, merkt man sich einfach keine mehr. Ich kenn nicht mal meine eigene.« Jetzt lacht er richtig laut, wobei in seiner rechten Wange ein niedliches Grübchen entsteht.

So von der Seite betrachtet sieht mein neuer Nachbar schon echt nett aus. Groß, schlank, blonde Wuschellocken und eben ein ganz schön süßes Grübchen. Tja, und gerade zieht er mit Frau und Kind in meinem Haus ein. Ich will auch so einen, menno! Wieder schiele ich auf die Uhr, drei Minuten vor vier. Bitte, bitte, lass uns diesen Abschlepper einholen, damit ich Leif anrufen kann!

»Wie alt ist Ihres denn?«, will Erik auf einmal wissen.

»Was ist wie alt?«

»Na, Ihr Kind! Junge oder Mädchen?«

»Ach so, das!« Reflexartig lege ich eine Hand auf meinen Bauch. »Das ist noch gar nicht geboren, ich bin schwanger.«

»Echt? Sieht man gar nicht!«

»Na ja, ich bin auch erst ganz kurz schwanger.«

»Glückwunsch!« Er wirft mir ein strahlendes Lächeln zu. »Ihr Erstes?«

»Ja«, sage ich knapp und hoffe, dass die Befragung damit ein Ende hat.

Hat sie aber nicht. Mein Nachbar redet fröhlich weiter. »Kinder sind wirklich das Größte!«, stellt er fest. »Ich weiß noch, als Anton geboren wurde. Kommt mir vor, als wäre das erst gestern gewesen. Tja, und dieses Jahr kommt er schon in die Schule!«

»Hm«, gebe ich mich einsilbig.

»Das Leben ändert sich von einem Tag auf den anderen komplett – aber es ist unheimlich toll! Klar, die durchwachten Nächte und so, das schlaucht ganz schön. Aber dafür gibt ein Kind einem *so viel* zurück! Auf einmal hat alles einen Sinn! Jeder Tag bringt etwas Neues und Aufregendes mit sich!«

»Hm.«

»Wissen Sie, ich hab damals leider den Fehler gemacht, dass ich keine Elternzeit genommen habe.« Er fährt sich mit einer Hand durch die Haare und sieht ganz kurz ein bisschen unglücklich aus. »Damals hab ich mich noch viel zu sehr auf meinen Job konzentriert und dachte, dass ich in der Firma unmöglich zwei Monate lang ausfallen kann. Totaler Schwachsinn, aber so war ich da noch drauf.« Jetzt schlägt er mit einer Hand auf das Lenkrad, als könnte das etwas dafür, dass er keine Vätermonate hatte. »Wenn ich mich noch mal entscheiden könnte, würde ich auf jeden Fall mindestens zwei Monate zu Hause bei meinem Kind bleiben. Die ersten Wochen mit einem Baby – die kommen nie wieder!«

»Hm.« Herrje, was wird das hier? Eine private Selbsthilfegruppe zur Bewältigung entgangener Vaterfreuden?

»Wie sieht es denn bei Ihnen aus?«

»Was meinen Sie?« Was meint er denn jetzt schon wieder?

»Will Ihr Freund auch in Elternzeit gehen, haben Sie sich darüber schon Gedanken gemacht?«

»Noch nicht so richtig«, sage ich ausweichend, »ist ja alles noch so frisch.«

»Also, ich kann das Ihnen und Ihrem Freund nur empfehlen. Sagen Sie ihm das! Ist ja auch heutzutage völlig normal, dass der Papa ebenfalls ein paar Wochen beim Kind bleibt – das versteht mittlerweile jeder Arbeitgeber, da haben sich die Zeiten in den vergangenen Jahren schon sehr geändert. Wenn Ihr Freund mag, soll er sich gern an mich wenden, dann kann ich ihm ein bisschen was darüber erzählen und ihn überzeugen.« Wieder zwinkert er mir zu.

»Hm.« Mannomann, geht mir dieser Kerl inzwischen auf den Keks! Hätte ich geahnt, dass mir mein Nachbar einen Vortrag zum Thema Elternzeit und Vätermonate hält – ich wäre zu Fuß nach Rothenburgsort gelaufen. Zur Not sogar rückwärts. Apropos: Wo ist eigentlich dieser verdammte Abschleppwagen? »Meinen Sie, wir holen den Abschlepper noch ein?«, wechsle ich das Thema.

»Ich hoffe es. Mehr als es zu versuchen, können wir ja nicht tun. Ansonsten müssen wir halt bis zum Autoknast fahren.«

»Hm«, sage ich und werfe wieder einen Blick auf die Uhr. Kurz nach vier. Scheiße, das wird alles nix mehr! »Können wir vielleicht umdrehen?«

Er wirft mir einen irritierten Blick zu. »Zurück? Aber was ist dann mit Ihrem Auto?«

»Nein, ich würde Sie gern bitten, mich an die Elbe zu fahren. Zu meiner Verabredung. Den Wagen hole ich dann einfach später.« Okay, es ist schon ein bisschen dreist, ihn zu fragen, ob er mich zur »Strandperle« kutschiert, von hier aus gesehen liegt die so ziemlich am anderen Ende der Stadt. Aber immerhin hat der Kerl mein Auto abschleppen lassen. Der schuldet mir was!

Das scheint Erik Ballhaus zum Glück genauso zu sehen, denn er sagt sofort: »Klar, kein Problem.«

»Super!«, freue ich mich. »Dann müssten wir jetzt allerdings wirklich mal Gas geben, denn genau genommen bin ich schon fünf Minuten zu spät.«

»Kein Problem!« Und zack! werde ich wieder in den Sitz gepresst.

Anmerkung eines Abschleppwagenfahrers

Schon der sechste Wagen heute, den ich am Haken habe – da klingelt die Kasse! Klar tut's mir ein bisschen leid für die Leute, deren Auto ich in den Knast bringe. Kostet schließlich eine Stange Geld. Dazu noch der Ärger. Und die Fahrt raus nach Rothenburgsort, das ist schon echt fies. Aber die sind natürlich auch selbst schuld. Ich meine: Wer ein so großes Halteverbotsschild übersieht, der muss schon echt mit Blindheit geschlagen sein. Tja, und das kostet dann eben. Ich glaube, nach der Tour hier mache ich noch eine. Und dann freue ich mich auf zu Hause. Marlies hat versprochen, dass es heute Schweinebraten mit Rotkohl und Knödeln gibt. Lecker!

5. Kapitel

Um genau 16:27 Uhr erreichen wir die Elbchaussee auf Höhe des Schulbergs, von wo aus ein steiler Fußweg runter zur »Strandperle« führt.

»Vielen Dank!«, rufe ich eilig, während ich aus dem Wagen springe und die Tür zuknalle, noch bevor Erik Ballhaus irgendetwas antworten kann. Etwas unhöflich, ich weiß, aber für gutes Benehmen fehlt mir gerade die Zeit.

Im Schweinsgalopp (neue Lederstiefel!) sprinte ich den »Schulberg« runter und stolpere dabei fast über meine eigenen Füße. Langsam, Schlauchfuchs! Klar hast du's eilig, aber wenn du da unten mit gebrochenen Knochen ankommst, ist ja auch niemandem geholfen. Außerdem solltest du in deinem Zustand sowieso ab sofort ein bisschen vorsichtiger sein …

Wie bei dem bombastischen Wetter nicht anders zu erwarten war, stapeln sich am Elbufer die Menschen, der kleine Kiosk am Strand platzt aus allen Nähten, und es herrscht ein unübersichtliches Treiben. Selbst, wenn ich wüsste, wie Leif Gustafson aussieht, wäre es hier eine echte Herausforderung, ihn zu finden.

Wirklich saublöd, dass ich mein Handy nicht dabeihabe! Es bleibt mir wohl nichts anderes übrig, als mich in die Menge zu stürzen und zu hoffen, dass mein Date mich entdeckt. Falls er überhaupt noch da ist, eine Verspätung von mehr als einer halben Stunde nimmt schließlich nicht jeder sportlich …

Zehn Minuten lang flaniere ich oder, besser gesagt, quetsche ich mich von links nach rechts und von vorne nach hinten durch die Menschenmassen und warte darauf, dass mir jemand auf die Schulter tippt und begeistert »Da sind Sie ja!« ausruft. Vorzugsweise sollte dieser jemand übrigens groß und gut gekleidet sein und überhaupt umwerfend aussehen. Ach so, ja, und natürlich ein Mann sein.

»Da sind Sie ja!« Zwar hat mir niemand auf die Schulter getippt, aber ich fahre trotzdem zu der Stimme herum, die direkt hinter mir erklingt. Groß, gutaussehend und ein Mann – das ist schon mal richtig. Erik Ballhaus, mein Nachbar – das ist schon mal falsch. »Nicht fündig geworden?«, will er wissen. »Ist Ihr Freund nicht mehr da?«

»Weiß ich nicht, hab ihn noch nicht entdeckt«, sage ich. Und stelle mir gleichzeitig die Frage, was Erik hier unten will. Ist der nicht nur ein Abschlepper, sondern sogar ein Stalker?

»Bei dem schönen Wetter dachte ich, ich vertrete mir auch mal für ein paar Minuten die Beine am Strand«, erklärt er, als hätte er auf meiner Stirn das Wort »Stalker!« gelesen. »Und dann wollte ich sehen, ob es mit Ihrer Verabredung noch geklappt hat oder ob ich Sie vielleicht wieder mit zurücknehmen oder doch noch zum Autoknast bringen soll.«

»Das ist wirklich nett von Ihnen. Aber müssen Sie nicht zu Hause beim Umzug helfen?«

Jetzt grinst er mich schelmisch an. »Erwischt!«, gibt er zu. »Ist mir gar nicht so unrecht, mich ein bisschen zu drücken. Ich stehe dabei die meiste Zeit eh nur im Weg rum – das Delegieren der Möbelpacker überlasse ich lieber meiner …«

»Da sind Sie ja!« Wieder fahre ich herum. Dieses Mal in die andere Richtung.

Ein Mann steht vor mir. Ein kleiner, sehr, sehr dicker Mann. Mit Fastglatze. Mit Brille aus Glasbausteinen. Mit bunter Motivkrawatte. Und – und das ist das Allerschlimmste – mit so starkem Mundgeruch, dass mir sofort ein bisschen übel wird. O Gott, o Gott … Hilfe!

»Ich dachte schon, Sie kommen gar nicht mehr!« Er lacht mich begeistert an. Uh, bitte nicht atmen!

»Äh«, stottere ich. Am liebsten würde ich mich hinter Erik Ballhaus verstecken, der seinen Blick interessiert zwischen dem kleinen Männlein und mir hin und her wandern lässt.

»Ah«, sagt er fröhlich, »da ist ja Ihr Freund!«

»Jaha«, ich kichere blöd. »Da ist er!«

»Erik Ballhaus«, stellt mein Fahrer sich vor und streckt meinem Date eine Hand hin. »Wir sind seit heute Nachbarn.«

»Leif Gustafson«, erwidert der Mundmüffler und schüttelt die ausgestreckte Rechte. »Wir sind Nachbarn?«

»Ja, wir ziehen gerade auch in der Hellbrookstraße ein. Deshalb habe ich auch Ihre Freundin hierhergefahren. Ich habe nämlich vorhin leider …«

»Ich glaube, wir müssen jetzt los«, unterbreche ich Erik, bevor das hier alles noch peinlicher wird, als es eh schon ist. Nicht, dass ich am Ende noch selber den Überblick verliere!

Da ist mein neuer Nachbar, der nun glaubt, ich sei schwanger von diesem übergewichtigen, bebrillten Mickey-Mouse-Krawattenträger. Da ist besagter Dioptrien-Meister, der gerade vermutlich nur deshalb so unglaublich breit grinst, weil er soeben als mein »Freund« bezeichnet wurde – ohne dass ich widersprochen hätte! Und da bin ich. Schwanger, ohne Mann, ohne Auto – und ohne Handy!

»Oh, ja, klar«, erwidert Erik Ballhaus eilig, »ich wollte Sie nicht aufhalten. Dann genießen Sie beide mal den herrlichen Tag! Ich hab ja auch noch viel vor.« Schwupps!, ist er weg. Und lässt mich mit Moby Dick allein.

»Wollen wir was trinken?«, fragt Leif und deutet Richtung »Strandperle«.

»Ja«, sage ich. Und zwar am liebsten gleich drei Caipirinha auf ex, damit ich diese Katastrophe hier irgendwie überstehe. »Eine Apfelsaftschorle würde ich nehmen«, sage ich stattdessen.

»Prima«, antwortet mein Date. »Ich nehme dann ein Wasser und stell mich mal für uns an.« Prima. Ein Wasser. Sexy, sexy, *sexy*!

»Super, ich warte hier.«

»Bin gleich zurück.« Er trollt sich in Richtung Verkaufsbude, um sich in die ziemlich lange Schlange davor einzureihen.

Als er außerhalb meiner Sichtweite ist, tue ich etwas, auf das ich wahrlich ganz und gar nicht stolz bin und auch niemals sein werde. Aber ich *kann* nicht anders, ich KANN EINFACH NICHT! Ich nehme die Beine in die Hand und laufe so schnell weg, dass man von mir nur noch eine Wolke aus aufwirbelndem Elbsand sieht.

Mit hängender Zunge komme ich oben an der Elbchaussee an. Der steile Weg hat mich ganz schön ins Schwitzen gebracht. Jetzt muss ich es irgendwie zum Bahnhof Altona schaffen und mich von dort aus mit U- und S-Bahn nach Rothenburgsort durchschlagen. Als Schwarzfahrer, wohlgemerkt, denn mein Geld liegt ja leider in meinem abgeschleppten Auto. Scheiße – heute ist einfach nicht mein Tag!

Vor meinem inneren Auge blitzt noch einmal das sehr begeisterte und sehr runde Gesicht von Leif Gustafson auf. Und ja, ich fühle mich schlecht bei dem Gedanken, dass der arme Kerl jetzt mit zwei Getränken an der »Strandperle« steht und sich fragt, wo ich abgeblieben bin.

Okay, das gibt sicher fiese Abzüge bei meinen Karmapunkten … Aber einen ganzen Nachmittag mit diesem Mann hätte ich unmöglich ohne bleibende Schäden durchgestanden! Und Schwangere sollen sich schließlich schonen.

»Frau Bergmann! Was machen Sie denn schon wieder hier oben?« Direkt neben mir hält Erik Ballhaus in seinem BMW an und beugt sich rüber zur heruntergelassenen Scheibe auf der Beifahrerseite. War ja klar, dass der mich hier aufgabelt, darauf hätte ich auch selbst kommen können. »Wo ist denn Ihr Freund?«

»Weg«, sage ich und zucke mit den Schultern.

»Wie, weg?«

»Ja, er musste plötzlich …«, setze ich an, aber dann habe ich eine geniale Idee, wie ich Mister Mickymaus meinem Nachbarn gegenüber elegant aus meinem Leben eliminieren kann. »Der hat gerade mit mir Schluss gemacht«, behaupte ich und setze ein möglichst unglückliches Gesicht auf.

»Was?« Erik beugt sich noch weiter vor und öffnet die Beifahrertür. Ich zögere kurz, aber dann steige ich ein. »Was ist denn passiert?«, fragt er, nachdem ich mich angeschnallt habe und wir losgefahren sind.

»Ach«, erwidere ich und denke gleichzeitig fieberhaft darüber nach, was ich nun sagen soll. Kann mir zwar eigentlich echt egal sein, was mein neuer Nachbar über mich denkt (dass ich eine Vollmeise habe, wird er eh schon glauben), aber ein bisschen peinlich ist mir das alles trotzdem. »Leif war schon immer sehr eifersüchtig«, behaupte ich. »Und als er mich eben zusammen mit Ihnen gesehen hat, ist er mal wieder ausgeflippt und hat sich dann von mir getrennt.«

»Was?« Erik Ballhaus steigt so abrupt in die Eisen, dass hinter uns sofort ein Hupkonzert erklingt. »Dann fahren wir eben zurück und erklären es ihm! Da war doch nun wirklich nichts dabei, ich hab Sie doch nur hergebracht!«

»Lassen Sie mal«, sage ich, mache eine wegwerfende Handbewegung und sehe ihn – wie ich hoffe, *dankbar* – an. »Bei uns lief's in letzter Zeit eh nicht mehr so gut, vielleicht ist es besser so. Ich meine, ich sagte ja bereits, dass seine Eifersucht schon immer ein Problem war, aber inzwischen nimmt sie wirklich absurde Züge an, mit so einem Menschen kann man doch nicht zusammensein!«

»Und was ist mit dem Kind?«

Tja, gute Frage. Was ist mit dem Kind?

»Das kommt«, sage ich, »mit oder ohne Papa.« Immerhin, jetzt bin ich zurück auf dem Weg zur Wahrheit.

»Sind Sie sicher, dass wir nicht zurückfahren sollen?«

»Ja«, sage ich und lächele so breit wie möglich. »Glauben Sie mir, es ist besser so. Lieber bin ich allein, als mit so einem Idioten zusammenzubleiben und auch noch ein Kind mit ihm großzuziehen.«

»Na ja«, er zwinkert mir zu. »Eine Frau wie Sie – die bleibt doch nicht lang allein!« Sein Wort in Gottes Ohr! Wie viele Visitenkarten habe ich zu Hause noch zur Auswahl? »Tut mir leid«, schiebt Erik Ballhaus zerknirscht hinterher. »Das war jetzt wohl etwas unpassend, Sie haben vermutlich gerade ganz andere Sorgen.«

Ich seufze. »Ja, hab ich.« Dreihundert Euro für mein abgeschlepptes Auto, zum Beispiel. »Wären Sie immer noch so reizend, mich raus zum Autoknast zu fahren?«, will ich mal wieder mit Kleinmädchenstimme wissen.

»Ja, sicher«, erwidert er. »Das ist doch das Mindeste, was ich tun kann. Vor allem unter diesen Umständen, ich bin doch kein Unmensch!«

»Vielen Dank!«

Mein neuer Nachbar nimmt sein Handy, das in der Mittelkonsole des Autos liegt, drückt ein paar Tasten und hält es sich dann ans Ohr.

»Ja, hallo, Heike, ich bin's«, sagt er. Und dann weiter: »Du, es dauert leider noch ein bisschen länger, vor einer Stunde bin ich wohl nicht zurück.« Kurzes Schweigen. Dann: »Du hast alles im Griff? Super, bis später!« Er legt auf. Und ich denke: Was für ein netter, *netter* Kerl. Und, ja klar, natürlich hat der 'ne Frau.

Eineinhalb Stunden und zweihundertsiebenundsiebzig Euro später fahre ich mit meinem Golf in der Hellbrookstraße vor.

Der Umzugswagen ist mittlerweile weg, so dass ich immerhin wieder direkt vor der Tür parken kann. Erik Ballhaus, der mir nachgefahren ist, parkt ebenfalls in der großen Lücke und steigt aus.

»Vielen Dank noch mal«, sage ich zu ihm, als wir voreinander stehen.

»Hab ich wirklich gern gemacht«, erwidert er und lächelt mich an. »Sind Sie sicher, dass mit Ihnen alles in Ordnung ist und ich Sie allein lassen kann?«

Ich nicke. »Ja, es geht schon.« Dann füge ich so zerknirscht wie möglich hinzu: »Muss ja.«

»Wenn Sie irgendwelche Hilfe brauchen«, bietet Erik Ballhaus mir an, »klingeln Sie einfach.«

»Das mach ich.« Nebeneinander trotten wir zum Hauseingang.

»Aber ich muss schon sagen«, stellt mein neuer Nachbar fest, »mit einer schwangeren Frau Schluss zu machen – das ist echt ein starkes Stück!«

»Wem sagen Sie das?«, seufze ich. Und denke dabei wieder an den armen Leif Gustafson. Ob der noch immer mit Wasser und Apfelsaftschorle an der »Strandperle« steht und mich verzweifelt sucht? Der Akku meines Handys, das ich ja jetzt wiederhabe, ist alle, aber ich gehe fest davon aus, dass Leif inzwischen versucht hat, mich zu erreichen. Vielleicht denkt er sogar, mir sei was zugestoßen oder so. Wobei, wenn ich ehrlich bin, könnte ich mir vorstellen, dass es ihm nicht zum ersten Mal passiert ist, dass eine Frau ihn einfach hat stehen lassen. Bei dem Gedanken fühle ich mich gleich noch schlechter, bestimmt habe ich ein Herz, das eh schon gebrochen ist, nun endgültig zertrümmert.

Ich werde ihn einfach anrufen und ihm sagen, dass ich plötzlich schlimmen Durchfall bekommen habe und deshalb wegmusste. Ach, nee, das ist blöd, dann macht er sich sicherlich weiter Hoffnungen. Vielleicht sage ich ihm, dass ich ein Kind bekomme? Ja, das ist eine gute Idee, *das* müsste ihn doch abschrecken! Und finde den Gedanken gleichzeitig superduper kontraproduktiv. Schließlich wünsche ich mir doch *eigentlich* genau das Gegenteil …

»Also dann«, sagt Erik, als wir ins Treppenhaus kommen. »Ich werde mich dann mal in die Kartons stürzen.«

»Viel Spaß dabei«, antworte ich. In diesem Moment geht die Tür zur Erdgeschosswohnung auf, und eine blonde, sehr hübsche Frau kommt heraus. Die ist höchstens dreißig, eher Ende zwanzig!

»Da bist du ja endlich!«, ruft sie und legt dabei die Stirn missbilligend in Falten. »*So* war das aber nicht gedacht, mein lieber Freund, dass ich hier *alles* allein mache!«

»Tut mir leid«, sagt Erik, »es hat halt länger gedauert als gedacht, deshalb hab ich doch auch angerufen!«

Jetzt sieht die Frau mich an und hebt eine Hand zum Gruß. »Sorry, ich wollte nicht unhöflich sein. Ich bin Heike Ballhaus.«

»Nora Bergmann«, sage ich und winke zurück. »War meine Schuld, dass er so lange weg war. Seien Sie ihm bitte nicht böse.«

Sie lächelt und zeigt mir dabei eine Reihe perfekter weißer Zähne. »Ist ja nicht so schlimm, ich hab nur Spaß gemacht.« Denn wendet sie sich wieder an Erik. »Aber Anton nervt schon seit einer Stunde, dass du endlich sein Hochbett aufbauen und die Playstation anschließen sollst.«

»Mache ich sofort«, erwidert mein Nachbar.

»Na, dann wünsche ich noch einen produktiven Abend!«, sage ich und wende mich zum Gehen.

»Danke«, kommt es von Erik. »Das wünschen wir Ihnen auch.«

»Du«, sage ich. »Ich finde, nach dem heutigen Tag können wir ruhig ›Du‹ zueinander sagen.«

»Klar, gerne!« Er lächelt. Seine Frau hingegen sieht etwas irritiert aus.

»Was habt ihr denn alles miteinander erlebt?«, will sie wissen, und ich meine, dass sie jetzt nicht mehr ganz so freundlich dreinblickt wie noch vor Sekunden.

Erik legt einen Arm um ihre Schultern. »So einiges«, stellt er grinsend fest. »Erzähle ich dir nachher.«

Wir verabschieden uns, ich gehe hoch, schließe die Tür zu meiner Wohnung auf, werfe sie hinter mir zu und lasse mich erschöpft daran heruntersinken. Das kann man allerdings sagen, dass ich heute so einiges erlebt habe. Überhaupt waren die letzten Tage überaus ereignisreich – für meinen Geschmack könnte es jetzt gerne etwas ruhiger weitergehen.

Nach ein paar Minuten stehe ich wieder auf und hänge zuerst einmal mein Handy ans Ladekabel. Kurz darauf piept es und zeigt mir fünf entgangene Anrufe sowie zwei SMS an.

Drei der Mailboxnachrichten sind von meiner Mutter, die mich darauf hinweist, dass mein Auto abgeschleppt wird, wenn ich es nicht umparke (danke, Mami!), eine Nachricht ist von Oskar, der wissen will, wo ich stecke (In der Hölle, Oskar, in der Hölle!), die letzte Nachricht und die beiden SMS stammen, wie zu erwarten, von Leif. Per Kurznachricht fragt er mich zuerst, ob ich noch komme – und dann, wo ich stecke. Die gleiche Frage hat er mir parallel auch noch auf die Mailbox gesprochen. Okay, es nützt ja nichts, mache ich es also kurz und schmerzlos.

»Lieber Leif«, tippe ich drauflos, »es tut mir leid, und ich schäme mich, aber, was ich dir nicht gesagt habe, ist, dass ich schwanger bin und mein Freund mich verlassen hat. Vorhin an der Elbe ist mir klar geworden, dass ich dir das nicht zumuten kann, und deshalb bin ich abgehauen. Sorry und liebe Grüße! Nora.« Ich drücke auf »Senden«.

So, das wäre erledigt. Etwas ratlos betrachte ich mein Handy. Und jetzt? Jetzt sitze ich hier in meinem neuen Vierhundert-Euro-Outfit, habe fast dreihundert Euro für mein Auto geblecht, bin also komplett pleite und ansonsten so schlau wie schon zuvor. Hm.

Soll ich es gleich noch einmal versuchen und den nächsten meiner Auserwählten anrufen? Die Visitenkarte vom Frauenarzt Guido Mertens bleibt mir ja noch. Der hatte mir immerhin ein Herzchen gemalt und noch seine Handynummer dazugeschrieben, scheint also ein Netter zu sein. Und vielleicht meldet sich ja sogar Thomas Distel auf meine Nachricht auf dem AB zurück.

Ich überlege einen Moment, ob ich es bei Guido Mertens versuchen soll. Und beschließe, es für heute gut sein zu lassen. Ein Fehlschlag pro Tag reicht mir, davon muss ich mich erst einmal erholen. Am liebsten würde ich das bei Oskar tun, mir ist gerade ein bisschen nach behaglicher und familiärer Wärme zumute. Abends kocht Oskars Frau Bettina immer für die ganze Familie, und weil sowohl mein Kühlschrank als auch mein Portemonnaie leer sind, könnte ich da zwei Fliegen mit einer Klappe schlagen.

Ich rufe kurz bei meinem besten Freund an, um zu fragen, ob es passt (von meiner Pleite an der Elbe erzähle ich lieber nichts, denn ich habe keine Lust, mir ein »Ich hab's dir doch gleich gesagt!« einzufangen), und werde mit einem begeisterten »Super, dann kannst du gleich mit beim Streichen helfen!« eingeladen. Na ja, besser, als hier frustriert rumzuhocken, ist das allemal.

Eilig schnappe ich mir Jacke und Tasche. Als ich gerade mein Handy einstecken will, piept es. Eine Nachricht von Leif. Mit gemischten Gefühlen öffne ich sie und erwarte eine pampige Pöbel-SMS. Lieber wäre es mir, er hätte sich gar nicht mehr gerührt, aber nachdem ich mich ihm gegenüber ja nicht gerade mit Ruhm bekleckert habe, habe ich natürlich auch eine Abreibung verdient.

»Liebe Nora«, schreibt er. »Das hättest Du mir ruhig sagen

können, das ist doch nicht schlimm! Im Gegenteil, ich *liebe* Kinder, Kinder sind toll! Und es stört mich gar nicht, dass Du schwanger bist. Wenn Du einen lieben Kerl suchst, der das gemeinsam mit Dir durchsteht und für Dein Baby ein Ersatzpapa ist, wäre ich da genau der Richtige. Also, liebe Nora, mach Dir keine Sorgen! Ich freue mich, Dich bald wiederzusehen!«

Okay. Eine Pöbel-SMS wäre eindeutig besser gewesen. Was fange ich denn jetzt damit nur an? Was schreibe ich ihm darauf, um mich elegant aus der Affäre zu ziehen? Erst einmal gar nichts, beschließe ich, stecke das Handy ein und mache mich auf den Weg zu Oskar, Bettina und den Kids.

»Sag mal, welchen Teil von ›Super, da kannst du mir gleich beim Streichen helfen!‹ hast du eigentlich nicht verstanden?!« Oskar steht vor mir und mustert mich erstaunt von oben bis unten. Er trägt einen lustigen Papierhut mit lila Farbspritzern darauf, eine alte Jeans und ein ausgeleiertes Sweatshirt mit den gleichen Farbklecksen wie auf seiner Kopfbedeckung.

»Wieso?«

»Na, schau dich mal an!« Mit einer ausladenden Geste deutet er auf mein Outfit. »Du siehst aus, als wolltest du zur *Fashion Week,* nicht gerade die optimale Kleidung zum Renovieren.«

»Äh, sorry«, sage ich. »Ich bin eben so schnell von zu Hause los, dass ich das mit dem Streichen doch glatt vergessen habe.«

»Nora!« Er schüttelt seufzend den Kopf und lässt die Wohnungstür nach innen aufschwingen. »Du kannst dir ja nicht mal was von zwölf bis mittags merken, so langsam mache ich mir Sorgen, dass du kein Gehirn im Kopf hast, sondern ein Sieb.«

»Ist vermutlich schon die Schwangerschaftsdemenz«, behaupte ich.

»Wir haben bestimmt noch ein paar alte Klamotten von Bettina, die du haben kannst. Warte kurz.« Ohne weiter auf meine

Demenz einzugehen, marschiert er Richtung Schlafzimmer davon.

»Tante Nora!« Zwei ebenfalls farbbekleckste Mädchen kommen auf mich zugestürmt und rennen mich dabei fast um, die fünfjährige Alma und ihre siebenjährige Schwester Sophie.

»Hoppla!«, rufe ich aus, während ich versuche, das Gleichgewicht zu halten, als die beiden an mir hochspringen und sich wie zwei nasse Säcke an mich hängen. »Nicht so stürmisch!«

»Hast du uns was mitgebracht?«, will Sophie wissen und guckt mich aus großen blauen Augen an. Sie ist das Abbild ihres Vaters, mit langen blonden Haaren und einem vollen Schmollmund, während Alma mit dunklen Mandelaugen, kräftigem Teint und fast schwarzen Haaren eindeutig nach Bettina kommt. Dass die beiden Schwestern sind, würde man auf den ersten Blick nicht für möglich halten.

»Klar hab ich euch was mitgebracht«, antworte ich und ziehe die beiden Tafeln Schokolade, die ich unterwegs noch an der Tanke gekauft habe, aus meiner Handtasche.

»Klasse!«, freut sich Sophie. »Sssuper!«, stimmt ihre kleine Schwester lispelnd ein.

»Hi, Nora!« Bettina erscheint im Flur. Wie immer bin ich von ihrem Anblick hingerissen, selbst in Jeans und T-Shirt sieht sie aus wie ein Supermodel und erinnert an eine größere und schlankere Ausgabe von Selma Hayek. Dass sie schon zweimal schwanger war, ist ihr null anzusehen, die könnte schon morgen bei einer Schau von »Victoria's Secret« mitlaufen. Ja, die Welt ist nicht gerecht.

Einmal hat sich sogar ein Fluggast geweigert, in die Maschine einzusteigen, nachdem er sie als Pilotin gesehen hatte. Er war doch tatsächlich der Meinung, eine so gutaussehende Frau könne unmöglich in der Lage sein, eine große Verkehrsmaschine zu fliegen. Nun ja, die Welt ist nicht nur ungerecht – sondern auch ziemlich bekloppt!

»Kinder«, ermahnt Bettina ihre Töchter, »lasst ihr Nora bitte los und zerrt nicht so an ihr herum? Sie darf sich im Moment nicht anstrengen.«

»Wieso?«, fragt Sophie, »was hat Tante Nora denn? Ist sie krank?« Ihre Schwester und sie lassen von mir ab.

»So in der Art«, antwortet ihre Mama und zwinkert mir dabei verschwörerisch zu. Oskar hat es ihr also schon erzählt, aber damit hatte ich eh gerechnet. Sie begrüßt mich mit Küsschen links und recht und flüstert mir dabei ein »Ich freu mich so für dich!« ins Ohr.

»Danke«, sage ich. »Allerdings gibt's da ja gerade ein paar kleine Probleme.«

»Davon hab ich auch schon gehört«, sagt Bettina. »Komm, lass uns in der Küche einen Kaffee trinken.«

»Aber für mich bitte entkoffeiniert«, erwidere ich und meine das halb im Spaß und halb im Ernst.

»Kein Problem, ist alles da. Kinder, geht ihr wieder in eure Zimmer und sortiert weiter eure Spielsachen aus? In einer halben Stunde gibt's Abendessen, aber bis dahin könnt ihr ja noch ein bisschen ausmisten.« Sie wendet sich an mich. »Wir renovieren gerade die Zimmer der Mädchen.«

»Ja, ich weiß.«

Alma und Sophie verziehen sich, ich folge Bettina Richtung Küche. »Dann setzen wir uns jetzt mal gemütlich an den Küchentisch. Ich wollte eh gleich mit dem Kochen anfangen, da kannst du mir gut Gesellschaft leisten. Gibt Hähnchengeschnetzeltes, das magst du doch so gern.«

»Oh, lecker!«, freue ich mich.

»Moooment!«, erklingt Oskars Stimme hinter uns, und wir drehen uns zu ihm um. Er steht vor mir und streckt mir ein Bündel Klamotten hin. »Nix da mit ›gemütlich hinsetzen‹, Nora wollte mir beim Streichen helfen!«

Schon will ich pflichtbewusst die Wechselkleidung entgegennehmen, aber da schaltet Bettina sich ein. »Bist du verrückt?«, schimpft sie mit ihrem Mann.

»Wieso soll ich verrückt sein?«

Sie grabscht nach den Klamotten und nimmt sie ihm ab. »Nora ist schwanger, da wird sie sich kaum auf eine Leiter stellen und giftige Farbdämpfe einatmen.«

»Aber …«, will Oskar widersprechen.

»Tante Nora ist schwanger?«, kommt es aus Richtung von Sophies Zimmer geplärrt, eine Sekunde später stehen sie und Alma wieder im Flur. »Das ist ja toll!«, trompetet die Große, »wird es ein Junge oder ein Mädchen?«

»Das weiß ich noch nicht«, antworte ich und muss gegen meinen Willen grinsen.

»Hoffentlich ein Mädchen!«, stellt Sophie fest. »Jungs sind doof!«

»Ja«, gibt Alma ihr Recht, weil sie meistens nachplappert, was ihre große Schwester sagt, »Jungs sind echt doof!«

»Wo ist denn Onkel Mirko?«, will mein großes Patenkind als Nächstes wissen.

Tja. Was soll ich dazu sagen? Jungs sind halt *echt* doof!

Anmerkung einer Tresenkraft

So ein armer Kerl! Seit einer halben Stunde steht der mit dem Wasser und der Apfelsaftschorle, die ich ihm vorhin verkauft habe, unten am Strand und sieht sich nach der Frau um, für die er die Getränke geholt hat. Ich hab die beiden gesehen, als sie sich begrüßt haben – und als er sich in die Schlange vorm Kiosk eingereiht hat, ist sie hinter seinem Rücken einfach abgehauen und nicht zurückgekommen. So was Gemeines! Okay, der Typ sieht echt scheiße aus. Klein und dick und mit bunter Krawatte – aber deshalb lässt man jemanden nicht einfach so stehen, das ist doch fies! Ob ich gleich mal zu ihm rübergehe und ihn frage, ob er mit mir einen Kaffee trinken will, wenn ich in einer halben Stunde Feierabend habe?

6. Kapitel

»Also, jetzt erzähl doch mal in Ruhe«, fordert Bettina mich auf, als wir zusammen am Küchentisch sitzen und sie mir einen Kaffee ohne Koffein hingestellt hat (nicht zu fassen, dass es so etwas in diesem Haushalt gibt, vermutlich hat Bettina auf Wunsch auch Sojabratlinge und alkoholfreies Bier da). Sie selbst ist dabei, auf einem Brett zwei große Stücke Hähnchenbrustfilet in kleine Streifen zu schneiden. »Oskar hat die Lage bisher nur mit ein paar Stichpunkten umrissen.«

»Dafür reichen auch ein paar Stichpunkte«, erwidere ich. »Ich bin schwanger, Mirko hat sich in eine Blondine namens Sandy oder Susan verliebt, mich für sie verlassen und wandert mit ihr nach Australien aus.«

»Uff! Das ist harter Tobak.« Sie lässt überrascht das Messer in der Luft schweben.

»Ja«, gebe ich ihr Recht, »das ist es.«

»Und was sagt er zu der Schwangerschaft?«

»Davon weiß er noch nichts.«

»Du willst sie ihm verschweigen?«

»Im Moment erst einmal schon.« Ich spüre, wie mir wieder mal die Tränen in die Augen steigen. »Weißt du, ich will auf keinen Fall, dass er nur aus Mitleid oder falschem Verantwortungsbewusstsein wieder zu mir zurückkommt.«

»Okay, das verstehe ich.«

»Aber ich denke, wenn ich über die ersten kritischen zwölf Wochen hinaus bin, werde ich es ihm irgendwann sagen. Ist ja schließlich auch sein Kind.«

»Hm.« Bettina nickt zustimmend und schneidet weiter. »Und vielleicht …«

»Lass uns bitte nicht über ›vielleicht‹ reden«, unterbreche ich sie, »das alles deprimiert mich nur – und momentan bin ich schon deprimiert genug.«

»Mensch, Nora, du bekommst ein Baby, das ist doch toll!« Bettina knufft mich mit dem Ellbogen in die Seite. »Weißt du nicht mehr, wie traurig du bei Almas Taufe warst? Da hast du auf der Feier Rotz und Wasser geheult und immer wieder gesagt, dass du bestimmt niemals Kinder bekommen wirst, weil es dafür schon viel zu spät ist. Und dass du dir nichts sehnlicher wünschst auf der Welt, als irgendwann auch einem Baby das Leben zu schenken.«

»Wenn ich mich recht erinnere, war das nachts um eins nach ungefähr zwei Flaschen Champagner – da darf man schon mal dramatisch werden.«

Sollte ich wirklich gesagt haben, dass ich mir nichts sehnlicher auf der Welt wünsche, als einem Baby das Leben zu schenken – woran ich mich sooo wörtlich nicht erinnern kann, denn ich hatte wohl wirklich versucht, sämtliche Champagner-Bestände der Feier allein auszutrinken –, dann ist mir das auch noch nach Jahren ein bisschen peinlich. Was für eine Theatralik! So was passt eigentlich gar nicht zu mir. Zumindest nicht oft …

»Klar darf man beim Thema Kinderwunsch dramatisch sein. Obwohl ich das damals schon etwas übertrieben fand, da warst du ja gerade dreißig.«

»Wie gesagt, der Schampus!«

»Ist ja auch egal. In jedem Fall geht jetzt einer deiner größten Träume in Erfüllung, ich finde, du solltest dich freuen!«

»Nur leider geht er nicht ganz auf die *Art und Weise* in Erfüllung, wie ich es mir immer vorgestellt habe.«

»Ach, Nora!« Bettina verdreht gespielt genervt die Augen. »Bei wem läuft schon immer alles perfekt?«

»Bei euch, zum Beispiel?«

»Ha!« Sie lacht kurz auf und hackt mit dem Messer auf ihr Brettchen ein. »Das denkst aber auch nur du. Oskar und ich, wir haben auch unsere Probleme.«

»Was denn? Einen abgebrochenen Fingernagel?«

»Das war jetzt nicht nett und ziemlich unfair.«

»Tut mir leid«, entschuldige ich mich zerknirscht, »war nicht so gemeint.«

»Doch, war es«, erwidert sie, aber sie schmunzelt dabei, ist also nicht wirklich böse. »Du badest gerade genüsslich in deinem Selbstmitleid, und das kann ich einerseits ja auch verstehen. Andererseits jammerst du auf sehr hohem Niveau. Wie gesagt, jeder hat Probleme, mit denen er fertig werden muss.« Sie senkt die Stimme. »Weißt du, bei Oskar und mir hat es auch oft Differenzen gegeben.«

»Bei euch? Kann ich mir überhaupt nicht vorstellen! Warum das denn?«

»Na ja«, sie überlegt einen kurzen Moment, so, als würde sie nach den richtigen Worten suchen. »Es ist für einen Mann eben nicht immer leicht, wenn seine Frau eine höhere Position hat als er selbst.«

»Äh, du meinst jetzt beruflich?«

Sie nickt.

»Weil du Pilotin bist und Oskar ›nur‹ Flugbegleiter?«

»Ja, sicher. Was meinst du, was das manchmal mit seinem Ego macht?«

»Häh?«, wundere ich mich. »Oskar?«

»Was das betrifft, ist er eben auch nur ein typischer Mann. Und natürlich kratzt es manchmal an ihm, wenn er mitkriegt, was hinter seinem Rücken so geredet wird.«

»Was wird denn da geredet?«

»Na, dass er halt nur ’ne Saftschubse ist und sich einen Flugkapitän geschnappt hat und so.« Sie wirft mir einen entschuldigenden Blick zu. »Das mit der Saftschubse meine ich nicht abfällig.«

»Ich weiß«, beruhige ich sie. »Kannst auch gern Flugente sagen, mich stört das nicht.« Ich grinse.

»Jedenfalls wird da schon viel gequatscht«, fährt sie fort. »Zum Beispiel, dass Oskar auch nicht besser ist als die ganzen anderen Dummchen, die nur als Stewardess arbeiten, weil sie hoffen, sich jemanden aus dem Cockpit zu angeln. Außerdem«, sie wird noch ein bisschen leiser, »halten ihn einige für eine verkappte Schwuchtel. Weil doch ein ›richtiger‹ Mann niemals so einen Job machen würde.«

»Das ist doch totaler Unsinn!«, stelle ich im Brustton der Überzeugung fest. »Mir gegenüber hat noch nie jemand so etwas behauptet!«

»Nora!« Wieder verdreht sie die Augen. »Jeder weiß, dass du mit Oskar richtig dicke bist – glaubst du, da wäre irgendwer so dumm, ausgerechnet bei dir über ihn zu lästern?«

»Äh.« Ich denke einen Moment nach. »Nein«, gebe ich dann zu, wende aber ein: »Trotzdem, Oskar ist doch bei allen beliebt. Ich kann mir nicht vorstellen, dass jemand so etwas Gemeines über ihn sagt.«

»Ist aber so. Denn gerade, weil er so beliebt ist und im Privatleben auch noch glücklich, erzeugt das natürlich auch Neid.« Sie grinst mich an. »Oder wie viele Stewardessen kennst du, die in einer glücklichen Beziehung leben?«

»Nicht so viele.« Ich seufze. »Mich selbst ja leider eingeschlossen.«

»Na ja«, spricht Bettina weiter, »meistens prallt so ein Geschwätz an Oskar komplett ab, wenn er davon was mitkriegt. Aber hin und wieder geht's ihm dann halt doch an die Nieren und beschäftigt ihn.«

»Warum hat er mir denn nie was davon erzählt?«, will ich wissen. »Wir sind doch Freunde!«

»Ich schätze, zum einen, weil er eben ein Mann ist.« Sie zuckt mit den Schultern. »Und Männer geben nie gern zu, wenn sie etwas trifft. Und zum anderen neigst du ja schon ein bisschen dazu, permanent um dich selbst und deine eigenen Probleme zu kreisen, da ist nicht viel Platz für anderes.«

»Hat Oskar das gesagt?« Jetzt bin ich echt getroffen, so sehen er und Bettina mich also?

Als hätte sie meinen Gedanken erraten, lässt Bettina sofort das Messer los und legt eine Hand auf meine. »Das nimm dir bitte mal nicht zu Herzen. Oskar mag dich genau so, wie du bist. Und ich auch. Da gehört eben auch das Exzentrische dazu, sonst wärst du nicht Nora, sondern eine andere.«

»Aha.« Mehr fällt mir dazu nicht ein. Also rudere ich tatsächlich lieber schnell zurück zum Thema »Die Welt ist schlecht und gemein zu mir«: »Immerhin habt ihr einander, haltet zusammen und werdet auch mit solchen Problemen fertig. So ganz allein mit Kind – das stelle ich mir eben schrecklich vor.«

»Sicher ist es mit Partner schöner – aber ein Drama ist es nun auch wieder nicht«, meint Bettina. »Mal ganz ehrlich: Bei Sophies Mitschülerinnen sind noch nicht mal mehr die Hälfte der Eltern zusammen.« Sie lacht. »Genau genommen sind Leute wie Oskar und ich eher die Exoten. In einer Großstadt ist es heute fast normal, dass Paare sich trotz Kind trennen.«

»Wir haben uns ja nicht einmal ›trotz Kind‹ getrennt«, wende ich ein. »Sondern wegen Sandy oder Susan.«

»Das ist doch egal, im Ergebnis ist es dasselbe.« Wieder ein aufmunterndes Augenzwinkern. »Du freust dich jetzt erst einmal auf dein Baby, das da«, sie zeigt auf meinen Bauch, »unterwegs ist. Und der Rest findet sich schon.«

»Ich hoffe, du hast Recht. Momentan fühle ich mich echt überfordert.«

»Aber dafür hast du doch noch Freunde wie Oskar und mich. Wir lassen dich schon nicht allein!«

»Echt?«, will ich wissen und bin mal wieder zwölf.

»Natürlich, darauf kannst du dich verlassen.« Dann steht sie auf, wäscht sich am Spülbecken die Hände, trocknet sie ab und streckt mir dann die Rechte hin. »Komm mit!«

»Wohin denn?«

»Seit Oskar mir erzählt hat, dass du schwanger bist, habe ich hier mächtig rumgewirbelt.«

»Rumgewirbelt?«

Sie nickt. »Wir renovieren ja eh gerade die Kinderzimmer, da war das Timing quasi perfekt. Unten im Keller stehen schon vier große Kartons, die ich für dich beim Ausmisten gepackt habe. Mit Umstandsklamotten, Babysachen, Schwangerschaftsratgebern und so weiter und so fort.«

»Echt?« Augenblicklich bin ich gerührt.

»Ich hab das alles für dich aufgehoben, weil ich gehofft habe, es dir eines Tages geben zu können.«

»Echt?«, wiederhole ich, mein Wortschatz hat sich auf ein Minimum reduziert.

»Ja«, bestätigt Bettina. Dann lacht sie wieder. »Und ehrlich gesagt flog das hier noch rum, weil ich einfach nie zum Ausmisten gekommen bin. Von daher fügt sich gerade alles ganz wunderbar.«

Ich grinse. »Freut mich, wenn ich helfen kann.«

»Wir haben sogar noch einen Stubenwagen, einen Wickeltisch und eine Wiege für dich.«

»Ich fürchte, ich werde anbauen müssen. Für ein Kinderzimmer habe ich gar keinen Platz.«

»Am Anfang reicht eine kleine Ecke in deiner Wohnung, und die ersten Wochen schläft der Knirps eh bei dir im Schlafzimmer.« Sie schließt die Augen und sieht einen Moment lang richtig verträumt aus, so, als würde sie sich an die erste Zeit mit Sophie und Alma erinnern. »Dafür habe ich noch ein Baby-Bay, das kannst du seitlich an dein Bett stellen. Dann hat das Kleine seinen eigenen Platz, und du kannst sie oder ihn nachts zum Stillen ganz einfach zu dir rüberziehen.«

»Danke!« Ich muss schlucken. Und dann schon wieder heulen. Ganz spontan falle ich Bettina um den Hals. »Danke, danke, *danke*! Das ist sooo lieb von dir!«

»Also«, sie schiebt mich glucksend von sich weg. »Ganz uneigennützig ist das nicht. Denn natürlich bestehe ich darauf, dass ich Patentante werde! Und dass ich ganz oft mit dem Baby spielen darf.«

»Geht klar«, verspreche ich. Dabei denke ich gleichzeitig: Ich kann alle Hilfe brauchen, die ich kriegen kann!

»Na, Mädels!« Oskar kommt in die Küche und betrachtet uns amüsiert. »Ihr liegt euch ja schon in den Armen.«

»Bettina hat mir gerade gesagt, dass ich von euch Sachen für die Schwangerschaft und fürs Baby bekomme«, erkläre ich.

»Klar!« Oskar lacht. »Wir sind ja froh, wenn der Krempel wegkommt. Wenn du magst, kann ich dir die Sachen Montagnachmittag vorbeibringen, da habe ich Zeit, und es müsste alles in den VW-Bus passen.«

»Das wäre natürlich klasse!«

»Aber jetzt habe ich erst einmal *Hunger*! Und außerdem müssen die Kinder bald ab in die Falle«, stellt Oskar fest und grinst Bettina an. »Könnte mein holdes Weib also bitte mal mit dem Kochen anfangen?«

»Bin doch schon dabei, mein Göttergatte!«, sagt sie und wirft ihm eine Kusshand zu. Neid, Neid, *Neid*!!!

Als ich am Montagmorgen wieder mit meinem Golf nach Hause zuckele – bei Oskar und Bettina habe ich mich so wohl gefühlt, dass ich gleich mal das ganze Wochenende geblieben bin; wieso auch nicht? Bei mir wartet eh niemand auf mich! –, fühle ich mich zu hunderttausend Prozent besser als noch am Samstagnachmittag.

Oskar und Bettina haben mich richtig schön aufgepäppelt, mich bekocht und betüdelt und mir die Angst vor der Zeit genommen, die jetzt vor mir liegt. Heute Nachmittag bringt Oskar mir die Sachen vorbei, die Bettina für mich rausgesucht hat, und hilft mir, meine Wohnung schon mal ein bisschen »babygerecht« herzurichten. Ein bisschen sehr früh vielleicht – aber was man hat, hat man.

Stichwort »was man hat«: Ich bin echt froh, dass ich die beiden habe, zwei richtig gute Freunde, die mir zur Seite stehen. Sie haben mich sogar davon überzeugt, dass ich nicht sofort wieder einen neuen Mann finden muss, weil es wirklich keine Katastrophe ist, in meiner Situation allein zu sein. *Gala* hin, *Bunte* her: Gut Ding will Weile haben, das kann ich nicht erzwingen, und irgendwann wird schon wieder einer auftauchen, der passt.

Sogar die Leif-Geschichte habe ich ihnen gestanden und mit Hilfe von Oskar eine SMS formuliert, mit der ich ihm nett, aber bestimmt, eine Abfuhr erteilt habe. Ich habe ihm einfach geschrieben, dass ich ihn sehr nett finde, aber den Eindruck habe, dass es zwischen uns nicht passen würde. Er hat sofort geantwortet, dass er sich über meine ehrliche Nachricht freut – und dass er an dem Nachmittag noch eine nette Frau am Strand kennengelernt hat, mit der er sich nach meiner Absage nun guten Gewissens verabreden wird.

Also alles halb so tragisch, ich habe sein Herz offenbar nicht in Schutt und Asche gelegt und muss mir keine Sorgen mehr um mein Karma machen. Doch, es geht mir wesentlich besser, ich freue mich jetzt richtig auf mein Baby und blicke optimistisch in die Zukunft.

Pfeifend drehe ich das Radio lauter, weil gerade mein derzeitiger Lieblingssong »Happy« gespielt wird. Fröhlich, laut und vermutlich ziemlich schief singe ich mit: »*Because I'm happy! Clap along if you feel like a room without a roof. Because I'm happy! Clap along if you feel like happiness is the truth. Because*

I'm happy!« Ja, ich bin happy. Happy, happy, happy! Oder zumindest nicht mehr ganz so selbstmordgefährdet.

Als die Nachrichten beginnen, drehe ich etwas leiser. Ich kann mich gerade auf nichts anderes konzentrieren als auf den Zwerg in meinem Bauch. Nora Bergmann wird jetzt Mama! Dummdidummdidummm …

»Alleinerziehende.« Ich horche auf. Habe ich mich verhört? Oder hat die Frau im Radio da gerade etwas über »Alleinerziehende« gesagt? Um was geht es da? Etwa um mich? Also, indirekt, versteht sich. Ich drehe lauter.

»… das besagt eine aktuelle Studie der Bertelsmann-Stiftung«, erklingt die weibliche Stimme nun deutlicher aus den Lautsprechern. »Demnach sind alleinerziehende Mütter besonders häufig von Arbeitslosigkeit betroffen, zwei von fünf beziehen Hartz-IV-Leistungen. Grund hierfür seien die schlechten familienpolitischen und rechtlichen Bedingungen für unverheiratete Frauen mit Kind. Jörg Dräger, Vorstandsmitglied der Bertelsmann-Stiftung, sagte hierzu: ›Der Politik gelingt es nicht, die Lebenslage der Alleinerziehenden zu verbessern.‹«

Arbeitslos? Hartz IV? AAAAAAAHHHHHHHHH! Leif Gustafson, triff dich nicht mit der Tante vom Strand, ich KOMME!!!

»Ach, hallo, Nora!« Im Treppenhaus stolpere ich prompt über meinen neuen Nachbarn Erik, der sich gerade an den Briefkästen zu schaffen macht.

»Äh, hi!«, stottere ich und wische mir verstohlen übers Gesicht, damit er nicht sieht, dass ich schon wieder heule. Aber diese blöde Nachricht im Radio hat mich von jetzt auf gleich komplett aus der Fassung gebracht.

Denn egal, wie sehr Bettina und Oskar mich unter ihre Fittiche nehmen – sie werden wohl kaum wollen, dass ich bei ihnen einziehe und mich von ihnen durchfüttern lasse. Damit wird Pinneberg immer wahrscheinlicher, da kann man ruhig den nächsten hysterischen Aussetzer bekommen!

»Hier!« Erik hält mir einen Zettel unter die Nase. »Den wollte ich dir gerade in den Briefkasten werfen, aber dann kann ich dir die Einladung ja persönlich geben.«

Ich werfe einen Blick auf das Blatt Papier:

Liebe Nachbarn!
Wir drei
Sind jetzt auch dabei!
Wir sind Heike, Erik, Anton
Und wir feiern unser Ankomm'
Hier in diesem schönen Haus
Schaut vorbei auf Wein und Schmaus
Gleich am Samstag geht es los
Ab 15:00 Uhr, das wird famos!

»Na?«, fragt Erik, als ich einigermaßen fassungs- und sprachlos auf dieses Kleinod der Dichtkunst starre. »Was meinst du?«

»Das Versmaß humpelt«, gebe ich ehrlich zurück und sehe ihn entschuldigend an. Für den Bruchteil einer Sekunde verfinstert sich sein Gesicht, aber einen Augenblick später lacht er schon wieder fröhlich.

»Das meine ich doch nicht! Ich will wissen, ob du auch zu unserer Einweihungsfeier kommst?«

»Mal sehen«, antworte ich vage. Und denke gleichzeitig: Auf gar keinen Fall lasse ich mich da blicken! In meinem Zustand ist mir ja nach vielem – aber bestimmt nicht nach der »Heiti-Teiti-Willkommen-in-unserem-neuen-Heim«-Veranstaltung einer dreiköpfigen Familie. Da stünden die Chancen nicht schlecht, dass ich mich danach tatsächlich erhänge. Oder zumindest alle Anwesenden übel beschimpfe.

Überhaupt finde ich es fast ein bisschen unsensibel von meinem neuen Nachbarn, dass er mir diese Einladung unter die Nase hält, schließlich weiß er ja um meine Lage …

Nein, ich will nicht ungerecht sein, Erik Ballhaus kann ja nichts dafür, dass ich als künftige Hartz-IV-Empfängerin gerade ein wenig negativ auf die Welt blicke. Also schiebe ich lächelnd ein »Danke für die Einladung!« hinterher.

»Würde uns echt freuen, wenn du kommst!«

»Ich schau mal, ob ich's einrichten kann.« Mit diesen Worten sprinte ich die Treppe hoch zu meiner Wohnung. Während ich die Tür aufschließe, rattert nur ein einziges Wort durch meinen Kopf: Pinneberg, Pinneberg, Pinneberg! Und egal, was Oskar und Bettina sagen – ich *muss* es erzwingen! Findet auch der Mann von der Bertelsmann-Stiftung. Und der sollte es schließlich wissen!

Von meiner ersten Panikreaktion, doch noch mal bei Leif Gustafson anzurufen, nehme ich nach reiflicher Überlegung Abstand. Aber mir bleibt ja noch Dr. Guido Mertens, der Facharzt für Frauenheilkunde.

Ich überlege, ihn anzurufen, verwerfe den Gedanken aber gleich wieder, denn am Montagvormittag um elf wird er vermutlich in seiner Praxis sein und arbeiten. Das verschiebe ich auf heute Abend. Ob ich es noch einmal beim Therapeuten Thomas Distel versuchen soll? Nee, auch eine blöde Idee, ich hab ihm ja aufs Band gesprochen. Da muss ich schon auf seinen Rückruf warten, sonst klingt es ein bisschen sehr verzweifelt. Und Verzweiflung macht nicht gerade sexy, das weiß ja jeder Depp.

Und nun? Wo bekomme ich Männernachschub her? Ich setze mich an meinen Küchentisch und gehe noch einmal alle Visitenkarten durch. Aber leider ist da keiner mehr dabei, der in Frage kommt.

Was tun? Raus auf die Straße und wildfremde Typen ansprechen? »'tschuldigung, haben Sie eine Freundin? Und wenn nein, hätten Sie gern eine? Und vielleicht auch irgendwann Nachwuchs? Dann nehmen Sie einfach mich, da schlagen Sie gleich zwei Fliegen mit einer Klappe, das Kind ist bereits unterwegs! Toll, oder?«

Bei der Vorstellung muss ich kichern. Immerhin, originell wäre das, ich persönlich würde mich über so eine Anmache köstlich amüsieren. Allerdings teilen nur die wenigsten meinen etwas schrägen Humor.

Hm, hm, hm. Zu blöd, dass ich jetzt nicht mehr fliegen darf! Im Dienst wäre es ein Leichtes, noch ein paar Männer kennenzulernen; aus irgendwelchen Gründen sind viele Typen ganz scharf darauf, sich mit einer Stewardess zu verabreden (auch, wenn ich darauf bisher nie sonderlich großen Wert gelegt und die meisten ignoriert habe; war ja auch die vergangenen Jahre in einer festen Beziehung, ha, ha! Danke noch einmal an Sandy!). Flugbegleiterin kommt im Beliebtheitsranking meinem Empfinden nach jedenfalls gleich hinter Model. Vielleicht, weil die Kerle sich vorstellen, dass wir Saftschubsen ihnen direkt nach einer heißen Nummer im Bett einen Tomatensaft servieren? Oder ist es einfach nur unsere Uniform, die sie anmacht?

Ich könnte mich in meinen Arbeitsdress werfen und damit ein paar Stunden durch den Flughafen spazieren, vorzugsweise durch die Business-Lounge. Aber da ich mich ja krankgemeldet habe, wäre es irgendwie doof, dort von einem Kollegen entdeckt zu werden. Wie soll ich meine Anwesenheit dann erklären? Dass ich allein zu therapeutischen Zwecken durch den Airport laufe, weil ich … weil ich … da so eine komplizierte Terminal-Phobie entwickelt habe, die ich so in den Griff zu bekommen hoffe?

Nee, das ist alles Kappes! Ich denke weiter fieberhaft nach, so schwierig kann das doch nicht sein. Wie machen das denn andere Frauen in meinem Alter? Die ziehen doch wohl auch nicht mehr durch irgendwelche Kiezkneipen, um sich einen volltrunkenen Typen zu angeln, der bei Tageslicht betrachtet längst nicht mehr so gut aussieht wie in der verrauchten Bar! Ach, es ist zum Heulen, die meisten Frauen in meinem Alter sind doch schon längst glücklich vergeben und pflegen in ihrem schönen Häuschen im Grünen den Vorgarten, während die Kinder in der Schule sind! Wer mit Mitte dreißig noch nicht vom Markt ist, für den bleiben doch nur noch …

Dann habe ich plötzlich eine Idee – und wundere mich, warum ich nicht gleich darauf gekommen bin. Das Internet! Klar, das ist die Lösung, ich melde mich bei einer Singlebörse an! Neulich erst habe ich darüber im Fernsehen eine Reportage gesehen, und da wurde erzählt, dass es heutzutage das Normalste der Welt ist, im Netz nach dem potentiellen Traumpartner zu suchen. Gerade für Leute, die keine Lust mehr haben, um die Häuser zu ziehen. Nichts, wofür man sich schämen muss, das machen mittlerweile alle! Okay, vermutlich machen das nicht so wahnsinnig viele Leute, die schwanger sind, aber warum eigentlich nicht?

Ich koche mir eine Tasse Tee und lümmele mich mit meinem Notebook aufs Sofa. Dann wollen wir doch mal schauen, ob ich im Internet nicht die Lösung all meiner Probleme finde!

Zuerst öffne ich mal wieder Google und gebe die Suchbegriffe »beste Online-Partnerbörse« ein. Schließlich will ich mich nicht irgendwo anmelden, nein, für Nora Bergmann muss es schon der Porsche unter den Portalen sein!

Leider muss ich kurz darauf feststellen, dass ein Porsche eben auch seinen Preis hat: Sämtliche empfohlenen Börsen kosten für sechs Monate Mitgliedschaft hundertfünfzig Euro aufwärts, ab zwölf Monaten wird's ein bisschen billiger.

Mal abgesehen davon, dass ich so abgebrannt bin, dass an so eine Investition momentan nicht zu denken ist (ob ich die Stiefel wieder zurückbringen kann? Hab sie ja erst einmal getragen!), habe ich gar keine sechs Monate Zeit! In einem Monat muss das Thema vom Tisch sein, spätestens in zweien!

Ich suche weiter, irgendwo muss es doch ein Portal geben, das umsonst ist und trotzdem was taugt. Während ich mich durch diverse Links klicke, schüttele ich innerlich den Kopf. Schon traurig, wie die Leute versuchen, aus der Verzweiflung einsamer Singles Kapital zu schlagen, wie sie deren Hoffnungen und Sehnsüchte ausnutzen! Ja, ja, die Welt ist schlecht …

Und gleichzeitig überlege ich, dass das ja vielleicht ein möglicher Job für mich wäre. Fliegen werde ich nicht mehr können, aber von zu Hause aus eine florierende Online-Singlebörse betreiben – warum nicht? Bei hundertfünfzig Euro pro Mitglied für sechs Monate … na, sagen wir hundertachtzig Euro, das rechnet sich leichter, sind das dreißig Euro im Monat. Da müsste ich also nur … etwa, ähm, hundert Mitglieder finden und dann …

Nora Bergmann!, rufe ich mich innerlich selbst zur Ordnung. Jetzt schweif nicht schon wieder mit deinen Gedanken ab, was soll der Unsinn? Eine Online-Partnerbörse, was für eine bescheuerte Idee! Fokussiere dich auf die wichtigen Dinge und behalte deine Mission im Auge, die da lautet: Traummann finden! Aber flott!

Nach einer guten Stunde entdecke ich tatsächlich ein Portal, das einen seriösen Eindruck macht und die ersten drei Monate Mitgliedschaft kostenlos anbietet. Wunderbar, perfekt – länger will ich ja eh nicht suchen.

Ich klicke auf »Anmelden«, es öffnet sich eine Maske, in die ich meine Daten eingeben soll. Zunächst werde ich nach meinem Wunschnamen gefragt.

Hm, was nehme ich da? Nora Bergmann, nee, das geht nicht, am Ende stolpere ich noch über jemanden, den ich kenne, und das wäre mir irgendwie zu peinlich. Ich versuche es mit »Königin der Lüfte« – und bin überrascht, dass es schon jemanden mit diesem Namen gibt. Na ja, wäre mir eh ein bisschen zu pathetisch, das erinnert irgendwie an »Titanic« – und wie *die* Geschichte ausgegangen ist, wissen wir ja alle.

Ich denke nach. Hm, hm, hm, gar nicht so einfach. Der Name soll schließlich ansprechend sein. Feminin. Und gleichzeitig geheimnisvoll. Aber auch nicht *zu* geheimnisvoll, das könnte sonst abschrecken. Pippi Langstrumpf? Damit würde ich schon mal auf meine roten Haare hinweisen. Aber nein, das ist albern. Die rote Zora? Auch Quatsch. Pumuckl? Das wäre dann eher das Gegenteil von feminin, und einen Meister Eder suche ich ja nun nicht gerade.

Dann habe ich auf einmal eine Idee und tippe los: »Madame Butterfly.« Ich klicke auf »Okay« – und stelle zu meiner großen Freude fest, dass der Name noch zu haben ist, sehr schön!

Jetzt kann ich meine weiteren Daten eingeben. Alter: 35. Haarfarbe: rotblond. Augenfarbe: blau. Größe: 1,72 m. Gewicht: so was fragt man eine Dame nicht, und eine Madame schon gar nicht! Figur? Ich gehe die Alternativen durch: zierlich, schlank, sportlich, ein bisschen zu viel. Hm, wo kann ich das Häkchen für »schwanger« machen, hö, hö? Ich entscheide mich für »schlank«. Vor Weihnachten habe ich immerhin Größe 38, danach bis etwa Ende Februar eine 40, aber ich denke, das geht durchaus als schlank durch. Noch. Denn schon in wenigen Wochen …

Nein, Nora, nicht ablenken lassen, weiter im Text! Ich beantworte die Frage nach meinem Familienstand mit »ledig«. Hier kann man auch »verheiratet« angeben, und ich frage mich spontan, wer so etwas macht und dann trotzdem auf ein überquellendes Postfach hofft! Das Gleiche gilt für »in einer Beziehung«, das ist ja wohl auch nur für Schwachsinnige. Sonst gibt es noch »getrennt lebend« und »verwitwet«, und ich kann nicht umhin, mir in Hinblick auf Mirko mit einem diabolischen Grinsen vorzustellen, wie es wäre, wenn ich darauf klicken würde …

Ich scrolle weiter und beantworte diverse Fragen nach meinen Hobbys (bis vor kurzem Ausgehen und dabei viel Weißwein trinken, jetzt nur noch Sofahocken mit Roibusch-Tee) und Interessen, welche Musik ich gern höre und welchen Sport ich (nicht) mache (gilt Minigolf wohl als sportliche Aktivität? Das habe ich in den vergangenen drei Jahren immerhin ganze zweimal gespielt!).

Tja, und dann kommt die Frage nach Kindern. Und ob ich gerne welche hätte. Ich klicke wahrheitsgemäß an, dass ich keine habe (stimmt doch noch!), mir aber gut welche vorstellen könnte (auch das ist nicht gelogen!).

Last, not least werde ich aufgefordert, ein Foto von mir einzustellen, weil das zum einen Voraussetzung für eine erfolgreiche Anmeldung ist und zum anderen angeblich meine Chancen ins Unermessliche steigern soll.

Das ist mir natürlich nicht so recht, da kann ich mir dann auch den Nickname sparen, wenn ich für jeden gut sichtbar in die Kamera lächele. Außerdem, was sagt schon ein Bild aus? Geht es nicht viel mehr um den Menschen, um seine inneren Qualitäten? Ach, die Welt ist so oberflächlich!

Für den Bruchteil einer Sekunde flackert Leif Gustafsons lächelndes Gesicht vor meinem inneren Auge auf. Okay, okay, ich stelle ein Foto ein! Allerdings keins, auf dem ich sofort zu erkennen bin, schließlich wimmelt es im Netz von Psychopathen, da muss frau schon vorsichtig sein!

Ich gehe rüber ins Schlafzimmer und krame in der untersten Schublade meiner Wäschekommode. Irgendwo hier muss noch eine Perücke sein, die ich mal auf einer Motto-Party getragen habe, für meine Zwecke ist die jetzt ideal.

Nach kurzer Suche finde ist das blonde Teil, dass irgendwie an die Faye-Dunaway-Gedächtnis-Frisur aus »Bonnie und Clyde« erinnert. Ein wenig verstrubbelt zwar, aber das wird sich schon wieder richten lassen.

Vorm Badezimmerspiegel setze ich die Perücke auf und fange an, die künstliche Haarpracht mit einer Bürste zu bearbeiten und sie so lange hin- und herzuschieben, bis sie erstaunlich echt aussieht. Der kritische Betrachter würde sich vielleicht an eine Transe erinnert fühlen, aber wer will da schon so kleinlich sein?

Um mein Outfit perfekt zu machen, schnappe ich mir von der Garderobe im Flur noch meinen beigen Trenchcoat und eine große dunkle Sonnenbrille, fertig ist die Gangsterbraut! Gut, passt jetzt nicht mehr ganz zu »Madame Butterfly«, aber vielleicht macht das am Ende ja sogar den Reiz aus?

Zurück auf dem Sofa schnappe ich mir mein Handy, schieße etwa zwanzig Selfies, bis ich mit dem Ergebnis einigermaßen zufrieden bin und stelle das beste Foto ein.

»Vielen Dank für deine Anmeldung, Madame Butterfly!«, öffnet sich ein Textfenster. »Wir überprüfen deine Angaben in den nächsten 24 Stunden und schalten deinen Account dann frei!« 24 Stunden? Was soll das denn, Leute? Ich hab doch keine Zeit! Aber gut, wenn das die Regeln sind, ist es eben so, da kann man nichts machen.

Durchaus zufrieden mit mir fahre ich den Computer herunter und klappe mein Notebook zu. Das hätten wir also, morgen um diese Zeit kann ich mich als »Madame Butterfly« in die Partnersuche stürzen. Und dann wird schon bald alles wieder gut, ich weiß es!

Anmerkung einer Nachrichtensprecherin

Zwei von fünf Alleinerziehenden leben von Hartz IV! *Puh, das ist echt 'ne Menge! Was bin ich froh, dass ich meinen Martin habe und wir mit den Kids so glücklich sind! Will mir gar nicht vorstellen, wie es wäre, wenn ich mich mit Tamara und Lukas allein durchschlagen müsste. Ich wüsste auch gar nicht, wie das in meinem Job gehen sollte? Die Schichtdienste und das alles, wer würde da auf die Kinder aufpassen, wenn ich morgens um vier im Sender sein muss? Echt, die Frauen, die das ganz ohne Kerl wuppen müssen, tun mir leid! Ich meine, zwei von fünf beziehen Sozialhilfe? Horror! Ich glaube, ich muss heute Abend mal wieder ein bisschen netter zu Martin sein … in den letzten Wochen hatten wir kaum Zeit füreinander. Vielleicht koche ich was Leckeres? Und ich könnte auch mal wieder das schöne Wäscheset anziehen, das er mir zu meinem vorletzten Geburtstag geschenkt hat. Ja, ich glaube, das mach ich. Sicher ist sicher – nicht, dass der mir noch von der Stange geht!*

7. Kapitel

Zwei Stunden später taucht Oskar bei mir auf, um mir wie versprochen die aussortierten Klamotten und Möbel fürs Baby vorbeizubringen.

»Das ist wirklich total nett von dir!«, rufe ich ihm entgegen, während ich zu ihm runter ins Erdgeschoss laufe.

»Und was willst du hier unten?«, fragt er, als ich schwer atmend vor ihm stehe.

»Na, dir helfen, alles hochzutragen. Was denn sonst?«

»Du spinnst wohl! In deinem Zustand lasse ich dich mit Sicherheit keine Kisten und Möbel schleppen!«

»Ich bin schwanger, nicht krank!«

»Ob du nicht krank bist«, er tippt sich lachend mit dem Zeigefinger an die Schläfe, »lasse ich jetzt mal dahingestellt. Aber wenn Bettina rauskriegt, dass ich dich auch nur ein paar Babysocken tragen lasse, kriege ich mächtig Ärger. Also ab mit dir nach oben! Ich mach das schon.«

»Ich könnte meinen neuen Nachbarn fragen, ob er dir hilft«, schlage ich vor. »Die Wiege und den Wickeltisch kriegst du doch eh nicht allein in meine Wohnung.«

»Die wollte ich auseinanderschrauben und in Einzelteilen hochtragen.« Oskar zuckt mit den Schultern. »Aber klar, wenn du einen netten Nachbarn hast, der kurz mit anfassen könnte, wär's natürlich leichter.«

»Fragen kostet ja nichts.« Mit diesen Worten marschiere ich auf die Wohnungstür von Familie Ballhaus zu und klingele. Dreißig Sekunden später öffnet mir Eriks Frau.

»Ja?« Am Samstag sah sie irgendwie … netter aus. Jetzt mustert sie mich so feindselig von oben bis unten, dass ich vor Schreck beinahe zwei Schritte rückwärts mache. Oder bilde ich mir das nur ein?

»Hallo, Frau Ballhaus«, sage ich und gebe mir Mühe, wie die Liebenswürdigkeit in Person zu klingen. »Ist Erik vielleicht da?«

»Warum?« Jetzt verschränkt sie doch glatt die Arme vor der Brust, habe ich der irgendwas getan?

»Äh, also, mein Freund und ich«, ich trete einen Schritt zur Seite, um den Blick auf Oskar frei zu geben, der hinter mir steht und freundlich winkt, »müssen ein paar Kindersachen noch in meine Wohnung tragen, und ich darf ja in meinem Zustand nicht mehr schleppen und …«

»Ach so!« Schlagartig verändert sich ihr Gesichtsausdruck, jetzt lächelt sie breit. »Aber natürlich kann Erik Ihrem Freund helfen, kein Problem!« Sie wendet den Kopf und ruft hinter sich in die Wohnung: »Erik! Könntest du Noras Lebensgefährten wohl dabei helfen, ein paar Sachen hochzutragen?«

»Klar!«, ertönt es aus einem der Zimmer, Sekunden später tritt ein gut gelaunter Erik in den Flur. »Habt ihr euch doch wieder vertragen?«, will er wissen. »Das ist ja schön, ich dachte schon …« Er verstummt, als er die Wohnungstür erreicht und Oskar erblickt, der auch ihn mit erhobener Hand begrüßt. »Oh!«, entfährt es meinem Nachbarn. Auch, wenn er meinen eigentlichen »Freund« an der Elbe nur kurz gesehen hat – selbst ein Blinder würde Leif Gustafson und Oskar nicht miteinander verwechseln. »Sie sind …«

»Oskar«, sagt mein Kumpel, macht einen Schritt auf die Tür zu und schüttelt erst Heike Ballhaus und dann ihrem Mann die Hand. »Ich bin Noras bester Freund und helfe ihr dabei, ihre Wohnung ein bisschen aufs Baby vorzubereiten. Ist zwar noch eine Weile hin, aber damit kann man ja nicht früh genug anfangen.«

»Das ist ja nett«, erwidert Erik Ballhaus, während die Miene seiner Frau sofort wieder zwei bis drei Nuancen missmutiger wird. »Da pack ich doch gern mit an!«

»Prima, zu zweit geht das auch ganz schnell«, sagt Oskar.

»Gut«, Heike Ballhaus wirft mir einen weiteren nicht gerade freundlichen Blick zu und sagt an ihren Mann gerichtet: »Aber beeil dich, ich brauch gleich auch noch deine Hilfe.« Rumms, schon ist die Wohnungstür wieder zu. Außer mir scheint niemandem aufzufallen, dass Eriks Frau irgendwie recht unfreundlich war. Die Männer fangen sofort an, sich jeder einen der Kartons zu schnappen, die Oskar bereits im Flur abgestellt hat, und sie die Treppe hochzutragen.

Etwas ratlos bis verwundert folge ich ihnen, mir ist das Verhalten meiner Nachbarin echt ein Rätsel. Hab ich der Frau was getan? Oder stört es sie, dass ihr Mann so nett zu mir ist?

Aber das wäre doch absurd, sie hat ja wohl mitbekommen, dass ich in anderen Umständen bin. Wobei, na ja, ich bin in der Tat auf Partnersuche – aber da würde ich mich doch nicht auf einen Familienvater aus der Nachbarschaft stürzen! Ach, was weiß ich, vielleicht war sie auch einfach nur schlecht gelaunt, bringt ja nichts, sich darüber jetzt den Kopf zu zerbrechen.

Den Kopf zerbrechen sollte ich mir allerdings über die zukünftige Einrichtung meiner Wohnung. Denn nachdem die beiden Jungs alles hineingetragen haben, sieht meine Bleibe aus wie … ein Möbel- und Flohmarktlager.

Eineinhalb Zimmer und fünfunddreißig Quadratmeter lassen eben nur bedingt Platz für einen weiteren Menschen, auch wenn der Mensch, der hier einziehen soll, ja anfangs noch ziemlich klein ist.

Nicht so klein ist das, was dieser Mensch braucht; schon die Wiege findet kaum Platz, und ob ich einen Wickeltisch, der direkt vorm Fernseher steht, auf Dauer so gut finde, weiß ich auch noch nicht.

Okay, Bettina hatte ja gesagt, dass anfangs eine kleine Ecke in meiner Wohnung reicht – aber jetzt, umgeben von zig Sachen, die wir hier unmöglich unterkriegen werden, muss ich leider feststellen, dass meine Wohnung als solche nicht viel mehr als eine kleine Ecke *ist* .

»Hm, tja.« Erik Ballhaus kratzt sich am Kopf und blickt etwas ratlos drein. »Bisschen eng hier.«

»Ja«, gibt Oskar ihm Recht. »Da müssen wir uns irgendwas einfallen lassen.«

»Was denn?«, will ich einigermaßen mutlos wissen. »Soll ich in Zukunft draußen auf dem Balkon schlafen?« Ich grinse schief. »Also, auf dem Balkon, den ich gar nicht habe?«

»Quatsch!«, widerspricht Erik. »Da findet sich schon eine Lösung.« Er lässt den Blick durch mein Wohnzimmer schweifen, das durch einen offenen Torbogen mit meinem Mini-Schlafzimmer verbunden ist. »Man könnte hier zum Beispiel«, überlegt er laut und deutet auf mein Bett, »ein Hochbett reinstellen. Dann passen Wickeltisch und Wiege bequem darunter, damit sparst du unheimlich viel Platz!«

»Gute Idee«, pflichtet Erik ihm bei. »Mein Sohn hat auch ein Hochbett, und er *liebt* es!«

»Ein Hochbett?«, rufe ich aus. »Im Gegensatz zu Anton bin ich doch nicht mehr sechs!« Vor meinem geistigen Auge sehe ich mich im Halbschlaf auf wackeligen Beinen die Leiter zu meiner Matratze erklimmen. Die erste Zeit mit einem Säugling dürfte das ja öfter vorkommen, so fünf- bis sechsmal die Nacht wird der Knirps mich zum Stillen aus dem Schlaf reißen. Da nützt mir auch das praktische Baby-Bay nichts, denn das kann ich ja schlecht in zwei Metern Höhe an meinem Bett anschrauben lassen. Nicht auszudenken, wenn das Kind da rausfällt!

»Ist doch nur für die erste Zeit«, will Oskar mich beruhigen. »Nur für den Übergang, bis …«

»Bis was?«, herrsche ich ihn an. Ich weiß, ich bin ungerecht

– aber meine Nerven liegen blank. »Bis ich im Lotto gewonnen habe? Oder bis ich ins Frauenhaus ziehe? Oder zurück zu meinen Eltern? Bis wann?«

»Nora, jetzt sei doch vernünftig …«

»Nein!«, schneide ich ihm das Wort ab und ignoriere dabei, dass Erik Ballhaus peinlich berührt seine Schuhspitzen betrachtet, weil es ihm offenbar unangenehm ist, Zeuge eines weiteren emotionalen Ausbruchs zu werden. Mir egal, darauf kann ich gerade keine Rücksicht nehmen, mein Leben ist ein einziges Trümmerfeld! »Ihr wollt mir das alles schönreden, aber die Wahrheit sieht doch so aus: Mirko hat mich einfach sitzenlassen, ich habe bald allein ein Baby zu versorgen, und wenn ich nicht ganz schnell einen neuen Kerl finde, sieht's für mich echt düster aus!«

»Habe ich da eben meinen Namen gehört?« Alle drei fahren wir mit unseren Köpfen zur Wohnungstür herum, die noch immer offen steht – und durch die in diesem Augenblick ein extrem verwunderter Mirko blickt.

»Was machst du denn hier?«, fahre ich ihn an.

»Ich hab geklingelt«, entgegnet er, »aber keine Antwort bekommen. Unten war der Stopper vor der Tür, und hier oben war auch … Da dachte ich, ich könnte mal kurz …« Er unterbricht sich und deutet auf die Wiege, die ihm den Weg in meine Wohnung versperrt. »Darf ich fragen, was hier los ist?« Er sieht erst mich, dann Oskar fragend an.

Und bevor ich meinen besten Freund erschlagen kann, macht er einen Schritt auf Mirko zu, streckt ihm strahlend seine rechte Hand entgegen und sagt: »Meinen Glückwunsch – du wirst Vater!«

Rummmms! Mit einem lauten Knall geht Mirko zu Boden, mein Exfreund ist doch tatsächlich ohnmächtig geworden und umgekippt. Dabei wäre das doch, wenn wir da jetzt mal ganz genau sind, meine Rolle!

»Ich, äh …«, stammelt Erik Ballhaus, »ich glaube, ich geh dann mal. Ist ja auch alles erledigt, und da werde ich mal lieber …« Mein Nachbar ist richtig blass geworden, das Schauspiel scheint ihn doch mitzunehmen. Was ich durchaus verstehen kann, ich selbst schwanke auch schon zwischen hysterischem Lachanfall und Heulkrampf. Nur Oskar macht einen überaus amüsierten Eindruck, sein Grinsen sagt klar und deutlich: »Das ist hier ja besser als Kino!« Na warte, mein Freundchen, darüber reden wir noch!

Erik will umständlich über Mirko hinweg aus meiner Wohnung steigen, scheint dann aber zu merken, dass das ein bisschen daneben ist, und streckt meinem Ex stattdessen eine helfende Hand hin.

»Danke!«, bringt der stöhnend hervor, während er sich daran hochzieht und mühsam wieder auf die Füße kommt. »Also«, er klopft sich seine Hose ab, als wäre es bei mir irgendwie schmutzig, »ich muss gestehen, dass das … ziemlich überraschend kommt. Ihr nehmt mich doch auf den Arm! Das ist ein Witz, oder?«

Ich schüttele den Kopf. »Nein, es ist wahr, ich bin schwanger.«

»Von mir?«, stellt Mirko prompt die Frage, die jede Frau in meiner Situation am liebsten hören möchte.

»Natürlich von dir!«, fahre ich ihn an. »Im Gegensatz zu dir bin ich nicht seit einem Jahr zweigleisig gefahren.«

»Ja, also, ich muss jetzt aber wirklich …« Erik Ballhaus stolpert hinaus, dicht gefolgt von meinem Kumpel Oskar, der ein »Ich hau auch mal ab, ihr habt jetzt bestimmt einiges zu besprechen« nuschelt. Und dabei kichert, der Spaßvogel.

Ich schließe die Tür hinter den beiden. »Komm«, sage ich zu Mirko, »setzen wir uns.«

»Wohin denn?« Er sieht sich fragend um, denn sowohl mein Sofa als auch mein Bett sind unter zahllosen Kartons mit Babyklamotten begraben.

»Tja, wir müssten wohl kurz …« Ich deute auf den Kleiderschrank. Mirko schnappt sich einen Hocker und macht sich daran, das Sofa freizuräumen, indem er die Kartons auf meinen Schrank wuchtet.

»Okay, danke«, sage ich, als er fertig ist, und lasse mich auf die Couch fallen. Mirko setzt sich neben mich.

»Ich verstehe das immer noch nicht ganz. Wie kann es sein, dass du schwanger bist?«

»Na ja, wenn eine Frau und ein Mann miteinander schlafen, kann das schon mal vorkommen. Das ist Biologie, weißt du? Die Sache mit den Bienen und den Blumen und …«

»Aber du nimmst doch die Pille!«, unterbricht er mich.

»Hm«, erwidere ich unbestimmt. Okay, dann mal raus mit der Wahrheit, es nützt ja nichts, wenn ich hier weiter rumeiere. Ich hole tief Luft – und setze zu meinem Geständnis an: »Ich war da beim Einnehmen in letzter Zeit vielleicht ein bisschen … na ja, schlampig und hab die eine oder andere Pille vergessen.« Innerlich mache ich mich auf das Donnerwetter gefasst, das nun gleich kommen wird. Aber es bleibt aus.

»Verstehe«, sagt Mirko stattdessen nur und zuckt mit den Schultern.

»Bist du sauer?«

»Ja«, antwortet er. »Auf mich.«

»Auf dich?« Jetzt bin ich überrascht.

»Klar! Ich meine, ich hab ja gewusst, wie sehr und wie lange du dir schon Kinder wünschst. Und dich damit so in der Luft hängen zu lassen und dir nicht zu sagen, was in Wirklichkeit los ist – das war schon echt scheiße von mir.«

»Ja?« Huch, was ist denn hier los? Anstelle meines Ganges nach Canossa kommt … Was genau ist eigentlich das Gegenteil vom Gang nach Canossa? Die Schlacht von Waterloo? Nee, Unsinn, aber ist ja auch egal.

»Ja«, bestätigt Mirko. »Ich hätte damit rechnen müssen, dass du mich irgendwann vor vollendete Tatsachen stellst. So was machen Frauen eben manchmal, da muss man sich ja nur mal im Freundeskreis umsehen oder die Zeitung lesen. Tja, und in deinem Fall kann ich es dir nicht mal verübeln.« Er wirft mir einen Blick zu, den ich als irgendwas zwischen verschämt und schuldbewusst interpretiere. »Blöd halt, dass es jetzt so ist, wie es ist.«

Ich kann immer noch nicht glauben, was ich da gerade höre. Mirko nimmt hier gerade sämtliche Schuld auf sich? Toll! Aber statt ihm das zu sagen, nuschel ich nur ein: »Ja, echt ganz schön blöd.«

»Du wolltest mir am Flughafen erzählen, dass du schwanger bist, oder? Deshalb hast du mich überraschend abgeholt!«

Ich nicke.

»Mann!« Er schlägt sich mit der flachen Hand vor die Stirn. »Und ausgerechnet da komme ich mit Susan an!«

»Ja. Das hatte schon sehr viel Schönes.« Wenn ich jetzt an diesen Moment zurückdenke, muss ich schon beinahe lachen. Zwar ein bitteres und zynisches Lachen, aber immerhin ein Lachen.

Mirko scheint das genauso zu sehen, denn mit einem Mal prustet er los. »Das ist ja alles total absurd!«, bringt er hervor und schlägt sich dabei klatschend auf die Oberschenkel. »So was glaubt einem doch kein Mensch!«

Sein Kichern steckt mich an, auch ich fange an zu giggeln. »Nein, das glaubt einem echt keiner!«

Und dann geht es richtig los: Gemeinsam schütten wir uns aus und kriegen uns gar nicht mehr ein, als hätte uns jemand gerade einen wahnsinnig guten Witz erzählt. Wir hauen uns abwechselnd gegenseitig den Ellbogen in die Seite und werden beim Lachen immer lauter, Mirko wischt sich sogar schon die Tränen aus den Augenwinkeln, und ich selbst bekomme Schluckauf, weil mein Zwerchfell mittlerweile Purzelbäume schlägt.

»Pfffffffr!«, macht mein Ex.

»Hafffffsch, hicks!«, kommt es von mir.

Nach gefühlten zehn Minuten beruhigen wir uns einigermaßen, zumindest so weit, dass wir wieder normal sprechen können.

»Und jetzt?« Mirko legt einen Arm um meine Schulter und sieht mich nachdenklich an. »Wie geht's nun weiter?«

»Keine Ahnung. Ich bin zum ersten Mal schwanger und frisch verlassen.«

»Nora …«

»Ist doch aber so.« Ich schiele seitlich zu ihm hoch. »Oder? Ich meine, du hast mich doch verlassen, das sehe ich doch richtig?« Bumm, bumm, sofort stolpert mein kleines Herz wieder los, denn in einem verräterischen winzigen Winkel hofft es tatsächlich darauf, dass Mirko nun gleich das Gegenteil behauptet.

Tut er nicht. Stattdessen seufzt er. »Was soll ich denn dazu sagen?«

»Sag einfach, was du denkst.«

»Im Moment denke ich nicht sonderlich viel. Bis vor ein paar Minuten wusste ich ja nicht einmal, dass du schwanger bist, das muss ich erst einmal verarbeiten.«

»Auch wieder wahr.«

»Aber natürlich lasse ich dich in dieser Situation nicht allein, das ist doch wohl klar!«

»Wie meinst du das?«

»Tja«, er seufzt noch einmal, »vielleicht könntest du ja doch mit uns nach Australien kommen?«

»Hast du 'ne Macke?« Sofort mache ich mich von ihm los und starre ihn entsetzt an.

»War ja nur eine Idee!« Mirko hebt entschuldigend die Hände. »Ich bin auch zum ersten Mal mit einer Frau nicht mehr zusammen, die ein Kind von mir erwartet.« Er grinst schief. »Vor fünfzig Jahren hätte ich dich jetzt heiraten müssen.«

»Sehr witzig! Was ein Glück für dich, dass wir im 21. Jahrhundert leben!«

»So hab ich das doch nicht gemeint. Aber findest du etwa, wir sollten zusammenbleiben, nur, weil du ein Kind von mir bekommst?«

»Über das ›nur‹ müsste ich noch einmal nachdenken.«

Schon wieder ein Seufzen. »Ach, Nora! Was für eine verfahrene Situation! Im Augenblick bin ich einfach ratlos, aber wir finden bestimmt eine Lösung. Und natürlich werde ich auch meinen finanziellen Verpflichtungen nachkommen, das ist doch wohl klar.«

Ich lache bitter auf. »Dann ist ja alles in Butter, und ich muss mir keine Sorgen mehr machen!«

Einen Moment lang schweigen wir beide und hängen unseren Gedanken nach. Für den Bruchteil einer Sekunde schießt mir die Frage durch den Kopf, ob ich das Baby wirklich bekommen soll.

Aber darüber muss ich nicht einmal nachdenken, schließlich habe ich mir immer Kinder gewünscht! Nur, weil die Situation vielleicht nicht ganz optimal ist – nein, das ist nun wirklich kein Grund. Ich sollte es positiv sehen: Mirko ist gutaussehend und schlau, seine Gene werden schon nicht die schlechtesten sein. Und wer weiß? Am Ende ist es möglicherweise sogar ganz gut, wenn einem keiner reinredet. Ich habe Freundinnen, die sich mit ihren Männern beim Thema Kindererziehung schon so dermaßen in die Wolle gekriegt haben, dass von familiärer Harmonie nicht mehr sonderlich viel zu spüren ist.

»Sag mal«, breche ich nach einer Weile das Schweigen, »warum bist du eigentlich hierhergekommen? Irgendwas wolltest du doch.«

»Nicht so wichtig.«

»Sag schon!«

»Nein, ist echt egal.« Mirko windet sich sichtlich, und natürlich will ich deshalb umso mehr wissen, warum er bei mir aufgetaucht ist. Mein Bauchgefühl sagt mir, dass es nicht darum geht, dass er mir doch noch einen Heiratsantrag machen will. Leider.

»Bitte, Mirko, das ist echt nicht fair, mach es nicht so spannend!«

»Okay«, er macht eine Pause. Scheint ja wirklich schwierig zu sein, mit der Sprache herauszurücken. »Ich hab zu Hause überall meinen Neoprenanzug gesucht und ihn nirgends finden können. Und weil ich eh gerade bei dir in der Gegend war, dachte ich, ich schau mal kurz vorbei und frage, ob der vielleicht bei dir im Keller liegt.«

»Aha.« Zugegeben, ich bin ein wenig geschockt über den profanen Grund, der Mirko zu mir getrieben hat. Etwas wie ein »Ich dachte, wir reden noch einmal in Ruhe. Nach immerhin vier Jahren sollten wir nicht auf so eine Weise auseinandergehen« hätte mir wesentlich besser gefallen. Aber gut, der Neoprenanzug, der ist natürlich auch wichtig. In Australien braucht man so was bestimmt, vermutlich kann man ohne überhaupt nicht auswandern, weil die Behörden einen erst gar nicht ins Land lassen …

»Du wolltest, dass ich es sage«, nimmt mein Ex sofort eine Verteidigungsposition ein. »Ich hätte von mir aus die Klappe gehalten und mir einfach einen neuen gekauft.«

»Schon gut.« Ich stehe auf. »Ich glaube, das Ding liegt unten in meinem Schlafzimmerschrank in einer der Schubladen. Ich schau mal nach.«

»Das ist toll, danke!«

Während ich in den Tiefen meines Kleiderschranks nach dem schwarzen Tauchanzug forsche, kommen mir schon wieder die Tränen. Ich Heulsuse! Nur auf die Hormone kann ich das nicht mehr schieben, ich bin wohl einfach zu zartbesaitet. Aber insgesamt ist es natürlich besser, dass Mirko nun weiß, was los ist, ich hätte es ihm ja sowieso irgendwann sagen müssen. Und bevor er sich mit seinem Neoprendings davonmacht, werden wir gleich bestimmt noch mal in Ruhe reden. Ich lasse mir beim Suchen Zeit, dann kann er noch einen Moment nachdenken und das alles in Ruhe sacken lassen.

Ich bin ganz überrascht, was ich so alles in meinem Schrank finde. Zwei Paar Schuhe, die ich ewig nicht mehr gesehen habe und schon verloren glaubte. Mein Glätteisen – warum habe ich das denn hier zu den Unterhosen gepackt? Schließlich halte ich eine angegilbte Brötchentüte in der Hand, in der sich ein altes Plunderstück befindet, das so hart ist, dass man es als Diskus benutzen könnte. Wie gut, dass Mirko nicht sieht, was ich gerade alles zu Tage fördere, das wäre mir schon ein bisschen peinlich.

»Und?«, ruft Mirko nach ein paar Minuten vom Sofa aus zu mir rüber, »hast du ihn gefunden?«

»Noch nicht, aber ich bin mir eigentlich ziemlich sicher, dass er hier irgendwo ist.« Vermutlich eingeklemmt zwischen einer leeren Colaflasche und einem Paar miefiger Socken, aber das sage ich natürlich nicht.

Im Wohnzimmer klingelt mein Festnetztelefon, was ich aber geflissentlich ignoriere. Wer auch immer da anruft (bestimmt meine Mutter) – im Moment bin ich nicht in Plauderlaune, sondern will gleich noch ungestört mit Mirko sprechen.

»Soll ich rangehen?«, ruft mein Ex.

»Nee, lass mal!« Die Zeiten, in denen er das Recht hatte, meine Anrufe entgegenzunehmen, sind ja wohl eindeutig vorbei.

Nach dem vierten Klingeln schaltet sich der Anrufbeantworter ein. Wie zu erwarten ertönt die Stimme meiner Mutter.

»Hallo, Schatz«, schnarrt es durch meine Wohnung. »Nachdem du ja so gar nichts mehr von dir hören lässt, wollte ich mal nachfragen, wie es dir geht. Und ob du Michael mittlerweile von deiner Schwangerschaft erzählt hast. Wäre nett, wenn du mich zurückrufst, falls es deine kostbare Zeit erlaubt.« Piiiiep.

»Wer ist denn Michael?«, ruft Mirko.

Ich stecke meinen Kopf rüber ins Wohnzimmer. »Du kennst doch meine Mutter«, erkläre ich grinsend. »Mirko, Michael, Manuel – das ist für die alles dasselbe.«

»Verstehe.« Er grinst ebenfalls. »Dachte nur, ich frage mal nach, so von wegen Vaterschaft und so.«

»Du!« Ich hebe gespielt drohend den Zeigefinger. »Keine blöden Witze!« Dann wende ich mich wieder meinem Kleiderschrank zu, irgendwo muss das Ding doch sein.

Wieder klingelt das Telefon, meine Mutter geht mir echt *so was* von auf die Nerven! Ich werde später garantiert keine solche Klette sein, sondern mein Kind brav in Ruhe lassen. Erst recht, wenn das »Kind« schon auf die vierzig zugeht!

Zum zweiten Mal springt der AB an, just in diesem Moment entdecke ich den Neoprenanzug und ziehe ihn aus der Schublade. Weitere Lebensmittel, die daran kleben könnten, kommen dabei glücklicherweise nicht zum Vorschein, das Teil sieht sauber und ordentlich aus.

»Tadaaa!« Triumphierend strecke ich Mirko seinen Anzug entgegen, als ich zurück zu ihm ins Wohnzimmer komme. »Gefunden!«

»Hallo, Nora!«, erklingt eine männliche Stimme, und ich bin etwas verwirrt. Denn Mirko bewegt nicht die Lippen, und selbst, wenn er es täte, würde ein »Hallo Nora!« ja überhaupt keinen Sinn machen! »Ich bleib gleich mal ganz leger beim Du«, spricht der Mann weiter – und erst jetzt raffe ich, dass es nicht mein Ex ist, der da zu mir redet, sondern dass gerade jemand eine Nachricht auf dem AB hinterlässt. »Ich meine, wenn wir uns schon zum Date verabreden, können wir uns die blöde Siezerei doch schenken, oder?« Der Mann lacht. Wer, zum Teufel, ist das? Prompt erhalte ich die Antwort: »Ach so, ja, Thomas hier, Thomas Distel.«

Mirko wirft mir einen irritierten Blick zu – und ich stürze

Richtung Telefon, um den blöden Anrufbeantworter auszuschalten. Muss der Typ gerade *jetzt* zurückrufen? Was ist denn das für ein Therapeut, der so unsensibel ist, dass er nicht erspürt, dass das gerade *überhaupt nicht* passst??? Okay, er ist Psychologe und kein Hellseher – aber trotzdem …

»Ich hab mich total gefreut, dass du dich gemeldet hast!«, spricht der Thomas Distel weiter. »Und natürlich weiß ich noch, wer du bist! Ich meine, so heiß, wie wir miteinander geflirtet haben – das hab ich doch nicht vergessen!« Wieder lacht er, und mir wird gleichzeitig heiß und kalt.

Mirko sieht jetzt nicht mehr irritiert aus, sondern eher interessiert. Wenn ich mich nicht täusche, hat sich auf seinem Gesicht ein ziemlich spöttisches Grinsen ausgebreitet, eins von der Marke »So, so!«. In der Zwischenzeit habe ich das Telefon erreicht und reiße den Stecker aus der Dose. Das Letzte, was von Thomas Distel noch zu hören ist, ist ein »Lass uns also gerne wieder treffen und …«.

Uff. Das Teil ist tot, die Stimme schweigt. Leider ein bisschen zu spät, aber ist eben nicht mehr zu ändern.

»Also, Nora«, sagt Mirko und grinst dabei noch immer, »ich hab gerade noch mal nachgedacht: Vielleicht hätte ich doch ganz gern, dass wir einen Vaterschaftstest machen.«

»Es ist nicht so, wie du denkst!«, versichere ich eilig und kann dabei selbst kaum glauben, dass diese abgedroschene Floskel tatsächlich meinen Mund verlässt.

»Natürlich nicht«, antwortet Mirko und steht vom Sofa auf. Er nimmt mir den Neoprenanzug aus der Hand, drückt mir links und rechts ein flüchtiges Küsschen auf die Wange und entschwindet dann mit den Worten: »So long. Und ein schönes Rendezvous mit Thomas«.

Einen Moment bleibe ich unschlüssig in meiner Wohnung zurück, dann hechte ich Mirko hinterher in den Hausflur. Das hier lasse ich nicht auf mir sitzen!

Er ist schon am Fuß der Treppe angelangt, im Schweinsgalopp setze ich ihm nach.

»Da war rein gar nichts!«, rufe ich atemlos, als ich ihn eingeholt habe. Er dreht sich zu mir um.

»Ich hab da was von einem heißen Flirt gehört.«

»Ach, das war doch nur ein Fluggast, der mir seine Visitenkarte zugesteckt hat.«

»… und den du angerufen hast.«

»Ja, sicher. Aber das war doch NOTWEHR! Du hast mich schließlich für deine Sandy abserviert, erst *danach* habe ich den Typen angerufen!«

»Susan, sie heißt Susan.«

»Ist mir auch scheißegal!«

»Ich weiß gar nicht, worüber du dich so aufregst. Sobald das Baby auf der Welt ist, machen wir einen Vaterschaftstest und gut. Wenn du die Wahrheit sagst, hast du doch nichts zu befürchten.« Er lächelt mich süffisant an. Habe ich eben noch gedacht, dass Mirko doch ein ganz netter Kerl ist? Pustekuchen, er ist und bleibt ein Arsch!

»Natürlich sage ich die Wahrheit!«, brülle ich.»Dir passt es doch gerade nur gut in den Kram, dass du glaubst, du wärst nicht der einzige Fremdgänger von uns beiden. Aber ich sage dir was, da hast du dich geschnitten!«

»Bis bald, Nora.« Er wendet sich der Haustür zu. Im Hinausgehen ruft er mir über die Schulter noch ein »Und reg dich nicht so auf, das ist in deinem Zustand nicht gut!« zu.

»Arschloch, doofes«, schimpfe ich vor mich hin. Dann drehe ich ihm den Rücken zu. Und stehe direkt vor Erik Ballhaus, der offenbar gerade mit einer vollen Mülltüte aus seiner Wohnung gekommen ist. »Männer!«, pöbele ich weiter und marschiere an meinem verdutzten Nachbarn vorbei. »Alle scheiße, außer Mutti!« Und selbst die ist ja … ach, lassen wir das!

Anmerkung eines Singlebörsen-Webmasters

Also, ich weiß ja nicht. Was die Leute, die hier bei uns den Partner fürs Leben suchen, so für Fotos von sich einstellen – das kann doch nichts werden! Zum Beispiel diese »Madame Butterfly«! Die trägt eindeutig eine Perücke, und eine Sonnenbrille hat sie auch noch auf der Nase. Was soll das werden? Kölner Karneval? Was sie über sich schreibt, klingt ja ganz nett, und bevor ich ihr Bild gesehen habe, hab ich sogar kurz überlegt, mich selbst mal bei ihr zu melden. Aber, nee, so kann die vielleicht zum Transenball gehen, aber ein Mann beißt da garantiert nicht an. Und wenn doch, dann nur einer mit seltsamen Vorlieben … Ob ich ihren Account so überhaupt freischalten kann? In unseren AGBs *steht immerhin, man soll ein Foto nehmen, auf dem man gut und deutlich zu erkennen ist, und das ist hier eindeutig nicht der Fall. Ich glaube, ich werd mal die Chefin fragen, was sie dazu meint. Sicher ist sicher, ich hab lange genug auf den Job hier gewartet und hab keinen Bock, wegen so einer verkleideten Tussi am Ende noch rauszufliegen und wieder Taxi fahren zu müssen!*

8. Kapitel

Oskar lacht sich – natürlich! – schlapp, als ich ihm am Telefon wutschnaubend von den jüngsten Ereignissen berichte.

»Nora, Nora, Nora«, prustet er, »so was bringst auch nur du zustande!«

»Was heißt denn hier ›so was bringst nur du zustande‹?«, keife ich. »Ich hab doch gar nichts gemacht! Wie sollte ich denn ahnen, dass dieser Therapeut ausgerechnet dann durchbimmelt, wenn Mirko bei mir auf dem Sofa sitzt?«

»Ich hab dir gleich gesagt, dass die Idee mit den Visitenkarten totaler Unsinn ist.«

»Ja, natürlich, Oskar hat es mal wieder gleich gewusst.«

»Hab ich ja auch.«

»Ach, du gehst mir auf die Nerven!«

»Danke, Schatz, ich hab dich auch lieb.« Wieder kichert er. »Und was hast du nun vor?«

»Das ist doch wohl klar! Ich treffe mich so schnell es geht mit dem Therapeuten.«

»Nora …«

»Red mir nicht rein!«, unterbreche ich ihn. »Es gibt da nämlich eine neue Studie der Bertelsmann-Stiftung, die besagt, dass Alleinerziehende quasi ein Abonnement auf Hartz IV haben.«

»So? Sagt sie das?«

»So ungefähr jedenfalls. Und auf Mirko bin ich gerade dermaßen sauer, dass der sich seine ›großzügige Unterstützung‹ sonst wohin stecken kann, von dem nehme ich keinen einzigen Cent an!«

»Das ist ein Geschäft zu Lasten Dritter.«

»Ein was?«

»Na ja«, erklärt mein bester Freund, »der Kindesunterhalt ist fürs Kind und nicht für dich. Wenn du Mirkos Zahlungen ausschlägst, nimmst du nicht dir, sondern dem Kind etwas weg, auf das es aber ein Anrecht hat. Und das nennt man dann eben ein Geschäft zu Lasten …«

»Sag mal, bist du jetzt auch noch Jura-Professor, oder was?«, blaffe ich ihn an.

»Nein. Ich lese Zeitung und interessiere mich.«

»Oskar?«

»Ja?«

»Halt endlich deine Klappe!«

»Jawoll, Madame!«

»Also, ich sag dir was: Ich werde diesen Thomas Distel treffen, ganz egal, wie du das findest! Und außerdem habe ich mich noch im Internet bei einer Singlebörse angemeldet. Wenn das Baby da ist, bin ich wieder in festen Händen, darauf kannst du wetten!«

»Und was?«

»Wie, und was?«

»Na, um was wir wetten wollen. Zehn Euro? Hundert? Oder lieber um eine Kiste Bier? Oder, nein, eine Flasche Champagner fände ich passend, wir wetten um eine Pulle Dom Pérignon, den trinken Bettina und ich so gern!«

»OSKAR!« Ich lege auf. Das ist zu viel für meine Nerven. Sind denn alle um mich herum komplett verrückt geworden?

Um mich ein bisschen abzureagieren, fange ich an, meine Wohnung aufzuräumen, schließlich sieht es hier aus wie in der Fundgrube bei IKEA.

Ich überlege, wie ich die Kindermöbel am besten unterbringe und beschließe als Erstes, die Babywiege nicht in mein Schlafzimmer zu stellen, sondern im Wohnzimmer hinters Sofa zu verfrachten. Das Baby-Bay kriege ich gerade so zwischen Bett und Fenster gequetscht, ich selbst werde in Zukunft dann eben nach vorn und nicht mehr seitlich von der Matratze aufstehen. Der Wickeltisch passt glücklicherweise im Badezimmer noch neben das Waschbecken, was vielleicht sogar ganz praktisch ist, wenn ich dann an vorderster Windelfront kämpfe.

Während ich so vor mich hinräume, merke ich, wie ich ruhiger werde. Nach und nach kann ich mich in meiner Wohnung wieder bewegen, und als ich mich dann noch über den ersten Karton mit der Aufschrift »Babysachen Größe 50 bis 56« hermache und einen niedlichen Strampler nach dem nächsten in Händen halte, breitet sich in mir sogar ein Gefühl von – ja, Freude aus. Ich bin wirklich richtig glücklich, während ich alles für den neuen Erdenbürger vorbereite, der gerade in mir heranwächst.

Zwei Stunden später blicke ich mich zufrieden um. Das Chaos ist beseitigt, und auch ohne Hochbett habe ich es hinbekommen, dass ich hier zumindest in erster Zeit genug Platz für mich und ein Baby haben müsste.

Ich bin richtig stolz, dass ich das allein geschafft habe (mal abgesehen davon, dass Oskar mir die Sachen vorbeigebracht hat), letztlich habe ich keinen Kerl gebraucht, um mein Heim in ein gemütliches Plätzchen für meinen Bauchzwerg zu verwandeln. Jawoll, ich, Nora Bergmann, hab das Zeug zur Baby-Interior-Designerin!

Hier und da vielleicht noch eine bunte Borte mit Bärchen oder Elfen (je nachdem, was es wird), Kuscheltiere und eine Lampe, die Sterne an die Decke projiziert – dann passt das schon alles. Wobei ich mir mit den Details wohl tatsächlich noch ein bisschen Zeit lassen kann. Ein bisschen viel, genauer gesagt: Es ist ja noch sooo lange hin. Plötzlich überkommt mich ein Gefühl von Ungeduld. Von mir aus könnte das Baby schon kommen, Nora Bergmann wäre so weit!

Das heißt, noch nicht ganz, denn von der Mission »Kindsvater gesucht« will ich mich tatsächlich nicht abbringen lassen. Und so beschließe ich, dass es nach getaner Arbeit nun Zeit ist, Thomas Distel zurückzurufen. Mir egal, was Oskar meint, den Typen werde ich mir ansehen!

Ich schnappe mir mein Telefon und drücke die Rückruftaste. Diesmal habe ich Glück, er geht sofort nach dem zweiten Klingeln dran.

»Nora!«, ruft Thomas erfreut, nachdem ich ihn begrüßt habe, »wie schön, dass du dich so schnell meldest!«

»Ja«, sage ich, »ich habe mich auch gefreut, dass du dich gemeldet hast.«

»Kann ich mir vorstellen«, er lacht. Ich bin kurz irritiert, der Mann ist selbstbewusst! Aber andererseits: lieber selbstbewusst als verhuscht und verklemmt.

»Ähm, ja«, sage ich. »Gilt das noch mit dem Treffen?«

»Klar, logisch! Wann hast du denn Zeit?«

Mir liegt schon ein »immer« auf der Zunge, aber ich bremse mich noch schnell. Erstens soll er nicht den Eindruck bekommen, dass ich so verzweifelt bin, dass ich mich *sofort* mit ihm treffen will – zweitens haben Leute, die nicht gerade schwanger sind und einen Beruf ausüben, von dem sie dann freigestellt werden, ja auch noch was anderes zu tun, als sich zu jeder x-beliebigen Tageszeit auf ein Date zu treffen. »Wie sieht es denn am Wochenende aus?«, frage ich stattdessen. Immerhin habe ich ja auch noch meinen Account bei der Singlebörse, dann kann ich bis zum Treffen mit Thomas vielleicht schon mal ein bisschen die Lage sondieren, wie meine Online-Chancen so stehen. Sollte Thomas Distel sich als Zwillingsbruder von Leif Gustafson herausstellen, ist meine Verzweiflung vielleicht nicht ganz so groß, wenn ich zwei, drei andere Ersatzeisen im Feuer habe.

»Wochenende passt mir gut!«, antwortet er. »Wie wäre es am Samstagnachmittag zu einem Spaziergang? So um drei?«

Wieder lacht er und senkt dann die Stimme: »Das ist dann auch unverfänglicher als gleich eine Abendverabredung.«

Kurz überlege ich, denn am Samstag ist ja das famose Willkommensfest von Familie Ballhaus. Aber wenn ich nicht schon vorher beschlossen hätte, mich da nicht blicken zu lassen, wäre das spätestens nach dieser seltsamen Begegnung mit Heike Ballhaus der Fall. »Klingt super«, antworte ich. »Wo wollen wir denn hin?«

»Wie findest du die ›Strandperle‹?«

»Nein!«, rufe ich erschrocken aus. Vor meinem geistigen Auge sehe ich mich mit Thomas Distel direkt in Leif Gustafson hineinlaufen. So von wegen »immer an den Tatort« zurückkehren und so.

»War ja nur ein Vorschlag«, kommt es etwas verwundert aus der Leitung. »Findest du es an der Elbe so blöd?«

»Nein, natürlich nicht«, erwidere ich. »Da ist nur so viel Sand und so.«

»So viel Sand?« Zum dritten Mal lacht er. »Hast du eine Sandphobie?« Aha, sofort meldet sich der Therapeut in ihm.

»Nein, das nicht. Ich dachte nur … ich dachte nur …« Ja, verdammt, was dachte ich denn? »Also«, ich räuspere mich, »also, äh, ich dachte nur, an der ›Strandperle‹, da ist es immer so voll, es sind so viele Leute unterwegs, und da, äh …«

»Du hast Angst, dass dich jemand, den du kennst, bei unserem Date erwischt?«, vollendet Thomas mein wirres Gestammel.

»Ja, genau«, erwidere ich erleichtert. Und denke gleichzeitig, dass das ja nicht mal gelogen ist, schließlich hatte ich sofort Leif Gustafson vor Augen.

»Dann mach du doch einen Vorschlag!«

»Lass mal überlegen … Was hältst du denn von der ›Alsterperle‹?«

Kurzes Schweigen, dann erklingt zum vierten Mal ein Lachen, diesmal richtig laut und haltlos. »Klar!«, prustet Thomas. »An der Alster ist ja am Wochenende überhaupt nichts los, das leuchtet mir ein!«

»Weißt du«, behaupte ich in meiner Not und ärgere mich über meine eigene Blödheit, »ich wohne direkt an der Elbe, und da kennen mich in diesem Viertel hier natürlich viel mehr Leute als in der Gegend um die Alster.«

»Verstehe.«

»Ja, so ist das.« Mir tritt der Schweiß auf die Stirn, aus der Nummer komme ich so schnell nicht wieder raus. Denn Barmbek ist ganz eindeutig *nicht* an der Elbe. Mehr so am anderen Ende der Stadt. Aber darüber werde ich mir später den Kopf zerbrechen. Muss ja jetzt auch gar nicht sein, zumal ich Thomas Distel selbst für den Fall, dass wir uns sofort unsterblich ineinander verlieben, nicht sofort zu mir nach Hause einladen würde. Zuerst müsste ich ihn ja mal zartfühlend darauf vorbereiten, dass es in meiner Wohnung momentan aussieht wie bei »Baby One«. Und warum natürlich, das auch.

»›Alsterperle‹ ist auch wunderbar, können wir gern machen. Dann sehen wir uns da am Samstag um drei?«

»Ja, gern! Ich freue mich.«

»Okay, dann bis dann!«

»Ach, Thomas«, rufe ich noch schnell in den Hörer.

»Ja?«

»Könntest du mir einen Gefallen tun?«

»Klar. Was denn?«

»Würdest du mir vorab noch ein Foto von dir mailen?« Sein Vorschlag mit der »Strandperle« hat mich tatsächlich ein bisschen misstrauisch gemacht, vielleicht ist er *doch* der Zwillingsbruder von Leif Gustafson! Das würde ich mir dann lieber bereits im Vorfeld ersparen … Vorsicht ist die Mutter der Beziehungskiste!

»Wieso das?«

»Na, damit ich dich erkenne.«

»Das war jetzt aber uncharmant. Du hast mich doch angerufen!«

»Ja, sicher, klar!«

»Aber wenn du nicht mal mehr weißt, wie ich aussehe ...«

»Natürlich weiß ich noch, wie du aussiehst!«, behaupte ich. »Es ist nur so ...« Himmel, Nora, der hält dich schon für schwachsinnig, bevor er den ersten Kaffee mit dir getrunken hat. Und mit was? Mit Recht! »Weißt du, ich bin ein bisschen kurzsichtig, die Statuten unserer Airline verlangen aber, dass wir keine Brille tragen, sondern Kontaktlinsen.«

»Häh?«

Schwachsinnig, ich sag's ja. »An dem Tag, an dem wir uns kennengelernt haben, hatte ich eine meiner Kontaktlinsen verloren, und deshalb hab ich dich ein bisschen verschwommen gesehen.« Argh, es wird immer schlimmer. Ich brauche weder Brille noch Kontaktlinsen!

»Aber du hast trotzdem mit mir so wild geflirtet?«

»Hab ich gar nicht«, sage ich ehrlich, denn da war ich ja noch mit Mirko zusammen und hätte bestimmt mit keinem anderen Mann geflirtet. Und an einen wie Thomas hätte ich mich dann sicher auch erinnert.

»Hast du nicht?«

»Nö.«

Er kichert. »Dann habe ich das wahrscheinlich nur geträumt, quasi eine Art Wunschtraum. Allerdings verstehe ich dann echt nicht ganz, warum du mich angerufen hast, wenn du nicht mit mir geflirtet hast und auch nicht mal mehr weißt, wie ich aussehe.«

Mist, stimmt, da hat er natürlich Recht.

»Na ja«, erwidere ich leicht stotternd. »Einen Mann von Welt erkennt man doch nicht nur an der Optik!« Uuuuuuhhhhh!

»Das war jetzt allerdings wieder *sehr* charmant!« Er lacht.

»Und dass du ein bisschen wirres Zeug redest, finde ich ganz niedlich.«

»Was für wirres Zeug meinst du denn?« Angriff ist die beste Verteidigung!

»Ist egal, vergiss es.« Wieder erklingt ein Kichern, der Mann von Welt ist zurück auf Kurs. »Das mit dem Foto ist kein Problem, gib mir einfach deine Adresse, ich mail dir eins.«

»Super, danke!« Ich sage ihm noch meine E-Mail-Adresse, dann verabschieden wir uns und legen auf.

Puh! Das ist ja gerade noch mal gut gegangen. Abgesehen von den paar kleinen Schwindeleien, die ich ihm gerade aufgetischt habe. Aber wenn das was mit ihm werden sollte, kriege ich das schon wieder hingebogen und erklärt. Ich blicke an mir hinunter auf meinen immer noch flachen Bauch. Das hier wird allerdings ein etwas größeres Problem.

Am nächsten Morgen bin ich bereits um acht Uhr wach, nachdem ich gestern nach meiner Aufräumaktion und dem etwas aufregenden Telefonat mit Thomas Distel sofort müde ins Bett gekippt bin.

Ich räkele mich gemütlich auf meiner Matratze und überlege, was ich mit dem heutigen Tag anfange. Um 11 Uhr habe ich einen weiteren Termin bei meinem Frauenarzt, wo ich die Ergebnisse der Blutuntersuchung erfahre und dann auch meinen Mutterpass bekomme. Danach könnte ich dann bei Air-Sky anrufen und offiziell mitteilen, dass ich schwanger bin. Zwar sind die drei Monate dann noch nicht rum, aber wenn ich mich länger einfach nur so krankmelde, denken die sicher bald, man hätte mich irgendwo zwangseingewiesen …

Und dann? Ich könnte meine Eltern besuchen, verwerfe den Gedanken aber gleich wieder. Damit warte ich, bis ich seelisch ein bisschen stabiler bin. Kleiner Shopping-Bummel? Wird schwierig bei meiner Finanzlage. Zu Oskar und Bettina fahren? Nö, hab keine Lust, mir von Oskar wieder irgendwelche Vorträge bezüglich meines Plans, bis zur Geburt einen neuen Mann zu finden, anzuhören.

Ein neuer Mann! Ich springe aus dem Bett, laufe rüber ins Wohnzimmer und werfe mein Notebook an. Mal sehen, ob Thomas schon ein Foto gemailt hat. Und vielleicht ist ja auch mein Account bei der Partnerbörse schon freigeschaltet!

In Sachen Foto – Fehlanzeige. Aber tatsächlich ist mein Zugang über Nacht verifiziert worden, ab sofort kann ich mich einloggen. Und nicht nur das – ich habe sogar schon vier Partnerschaftsanfragen. VIER! Ha!

Mit fahrigen Händen klicke ich mich zu der Seite der Singlebörse, logge mich ein und öffne die erste Nachricht. Und schließe sie sofort wieder. Dasselbe passiert mit der zweiten Mail. Und mit der dritten. Und mit der vierten auch.

Frustriert klappe ich mein Notebook wieder zu. Denn von den vier Typen, die mich da angemorst haben, ist der jüngste so alt wie mein Vater. Und ähnlich attraktiv wie Donald Trump.

Was für eine Frechheit! Was denken sich diese alten Knacker, dass sie eine Frau anschreiben, die ihre Tochter sein könnte? Männer sind so, so, sooo … eine Frau würde das *nie* machen, das würden wir uns gar nicht *trauen*!

Einer schrieb sogar, dass er noch die Traumfrau sucht, die mit ihm seinen Lebensabend verbringen möchte. Seinen LEBENSABEND! Ich glaube, es hackt. Ich bin schwanger! Nix hier Lebensabend, Babyturnen ist angesagt!

Aber ich sage mir, dass das kein Grund ist, die Hoffnung gleich aufzugeben. Ist ja erst der Anfang! Und außerdem gibt es ja noch Thomas Distel. Wo bleibt eigentlich sein Foto? Hat der beide Hände in Gips, oder was?

Bevor ich mich weiter aufrege, beschließe ich, es erst einmal mit einer schönen heißen Dusche und einem schöööönen koffeinfreien Kaffee zu versuchen. Und dann sieht die Welt doch schon gleich ganz anders aus. Wenn nicht, gehe ich einfach zurück ins Bett, bis ich zum Arzt muss.

Als ich eine Stunde später angezogen und mit nassen Haaren mein Notebook ein weiteres Mal aufklappe, sieht die Welt *in der Tat* ganz anders aus. Beziehungsweise Thomas Distel sieht *ganz* anders aus, als ich gedacht hätte. Denn nicht nur, dass er endlich ein Bild von sich gemailt hat – offensichtlich musste der Mann sich seinerzeit entscheiden, ob er lieber Therapeut oder Männermodel werden will. Hammer, Hammer, HAMMER!

»Colin Farrell« ist der erste Gedanke, der mir bei seinem Anblick durch den Kopf schießt. Tatsächlich ist die Ähnlichkeit zu dem US-Schauspieler erstaunlich: volles schwarzes Haar, warme braune Augen mit dichten Brauen, ebenmäßige Gesichtszüge und ein verwegener Dreitagebart. Na gut, er ist eindeutig der Typ »Mirko«, aber das heißt ja nicht automatisch, dass er auch denselben miesen Charakter hat wie mein Ex. Immerhin ist der Mann Psychologe!

Gekleidet ist er recht leger in Jeans und Kapuzenpullover, was mir ziemlich gut gefällt, auch wenn er mit Sicherheit schon über vierzig ist. Meine Mutter nennt solche Männer gern »Berufsjugendliche«, aber schließlich suche ich nach einem Kerl für *mich* und nicht für meine Mutter. Mirkos ständiges Anzugtragen hat mir ehrlich gesagt nie sonderlich gut gefallen, warum also nicht mal ein lässiger Hund, der vermutlich noch mit Wollmütze auf dem Kopf umwerfend aussieht? Selbst dann, wenn die Mütze einen Bommel hat!

Nun sitze ich also mit glühend roten Öhrchen vor meinem Notebook und kann mich von Thomas Distels Foto gar nicht mehr losreißen. So ein Mann will mich treffen? Wahnsinn! Und noch mehr Wahnsinn ist es, dass ich mich tatsächlich nicht daran erinnern kann, ihn als Fluggast gehabt zu haben, und dass er mir darüber hinaus auch noch seine Karte gegeben hat. Ich war meinem Ex gegenüber ja wohl echt eine treue Seele, dass ich selbst für solch ein Abbild eines Mannes komplett blind gewesen bin! Mirko, wenn du wüsstest! Geh du mal ruhig mit Samantha nach Australien, ich date am Sonntag Colin Farell! Ha!

Sofort tut es mir leid, dass ich Thomas und mein Treffen so lange hinausgezögert habe, denn natürlich würde ich ihn jetzt gern sofort sehen! Aber ich kann ja schlecht noch einmal bei ihm anrufen und ihm sagen, dass bei mir überraschend ein Time-Slot frei geworden ist. Also werde ich mich in Geduld üben müssen, eine meiner leichtesten Übungen, pffffrrrrr!

Allerdings, um es positiv zu sehen: So bleibt mir noch genug Zeit, mich bis Sonntag in Nicole Kidman zu verwandeln. Also, die jüngere Version von Nicole Kidman, die mit den hinreißend roten Locken aus »Tage des Donners«, dem Porzellanteint aus »In einem fernen Land« und vor allem die Nicole Kidman *ohne* Botox. Wobei …

Ach, Unsinn, ich mache mich schon wieder verrückt. Ich lasse mir einfach einen Termin im Kosmetikstudio und beim Friseur geben, und gut – das muss selbst für einen Beau wie Thomas reichen. Wenn wir erst in trauter Zweisamkeit auf dem Sofa sitzen, gemütlich eine DVD gucken und ich meinen Babybauch streichele, ist sowieso alles andere egal!

Am liebsten würde ich jetzt Oskar anrufen und ihm von meiner Verabredung mit Mister Sensationell erzählen, aber ich lasse es bleiben. Von Thomas erfährt er erst, wenn ich Arm in Arm mit ihm bei ihnen zu Hause aufkreuze und wir unsere Verlobung verkünden. *Da* wird er Augen machen!

Mein Blick fällt auf die Uhr auf meinem Sideboard. Schon kurz nach halb elf, höchste Zeit, mich auf den Weg zu Dr. Spingel zu machen. Von unterwegs werde ich dann versuchen, meine beiden Beauty-Termine zu bekommen. So bin ich dann bestens versorgt, innen wie außen, hi, hi!

Die restliche Woche zieht sich leider wie Kaugummi. Nach meinen Besuchen beim Frauenarzt (mein Mutterpass liegt nun sicher verwahrt unter meiner Matratze; Dr. Spingel hat netterweise noch ein neues Ultraschallbild gemacht, auf dem nun immerhin schon ein kleiner Fleck – das Baby! – zu erkennen ist), beim Friseur (okay, nicht Nicole Kidman – aber immerhin auch nicht mehr das Sams) und beim Kosmetiker (fühle mich mindestens zwei Wochen und drei Tage jünger), sitze ich mehr oder weniger nutzlos zu Hause herum und warte darauf, dass es endlich, endlich Samstag wird.

Dreimal widerstehe ich der Versuchung, doch bei Thomas Distel anzurufen und ihn zu fragen, ob wir unser Date nicht vorverlegen wollen. Aber jedes Mal, wenn ich zum Hörer will, fällt mir das Buch ein, das mir eine Freundin mal vor Jahren geschenkt hat: »Die Kunst, den Mann fürs Leben zu finden«. Im Englischen auch schlicht »*The Rules*«, die Regeln, genannt. Und da steht drin, dass ein Mädchen sich nie, nie, *niemals* einem Mann an den Hals werfen oder durchblicken lassen darf, dass sie Interesse an ihm hat. Dann ist der Ofen nämlich aus, von wegen Jäger und Sammler und so. Klingt vielleicht simpel – aber Männer sind ja auch eher einfach gestrickt.

Also halte ich brav die Füße still und zähle die Minuten, hin und wieder werfe ich einen Blick in mein Postfach bei der Singlebörse, aber bis auf weitere Greise, die mich kennenlernen möchten, tut sich da rein gar nichts. Das heißt, nein, ich will nicht ungerecht sein, auch ein Siebzehnjähriger ist dabei, der Lust hat, bei einer »reiferen Frau« ein paar »sinnliche Erfahrungen« zu sammeln. Wäh!

Wenn ich nicht gerade in der Singlebörse rumhänge oder bei *gala.de*, *bunte.de* und Co. meinen Bildungshorizont in Sachen Promis erweitere, lese ich mich durch diverse Schwangerschaftsforen und klicke sogar einmal auf youtube ein Filmchen an, bei dem eine natürliche Geburt zu bestaunen ist. Ein Fehler, schon nach dreißig Sekunden wird mir schlecht, und ich beschließe, mir noch etwas Zeit zu lassen, ehe ich mich mit dem Thema Entbindung befasse. Gleichzeitig google ich schon mal alles rund ums Thema »geplanter Kaiserschnitt«, sicher ist sicher.

Bei Air-Sky haben sie sich sehr über meine Schwangerschaft gefreut und mir doch glatt eine große »Windeltorte« – bestehend aus sechsundvierzig Windeln, die zu einem dreistöckigen Kuchen arrangiert wurden – zugeschickt. Zusammen mit einer Karte, auf der die meisten meiner Kolleginnen und Kollegen gratulieren, und zwar »der lieben Nora und ihrem Mirko«. Nun ja, es ist der Gedanke, der zählt. Wenn Mirko und Schantall auch mal Nachwuchs erwarten, gebe ich ihnen vielleicht dreiundzwanzig Windeln ab … Pöh!

Freitagmittag bin ich schließlich komplett runter mit den Nerven und gleichzeitig so dermaßen gelangweilt, dass ich beschließe, doch raus zu meinen Eltern zu fahren. Besser, als Thomas Distel anzurufen und ihn zu bitten, meinem Elend ein Ende zu bereiten, ist das allemal!

»Na, das ist ja eine Überraschung, dass du dich freiwillig hier blicken lässt! Brauchst du irgendwas?« Vielleicht war die Idee doch nicht so gut, denn die Begrüßung meiner Mutter ist wie immer … beknackt.

»Zwei Eier und ein bisschen Zucker«, antworte ich.

»Deshalb fährst du bis nach Pinneberg?«

»Neihein«, gebe ich genervt zurück. »Ich wollte euch nur besuchen.«

»Einfach so?« Meine Mutter setzt eine misstrauische Miene auf. Ich stöhne innerlich. Geht das nur mir mit meinen Eltern so, oder ist das bei allen gleich? Wie man es macht, macht man es falsch. Melde ich mich nicht, bin ich das undankbare Gör – komme ich vorbei oder rufe von mir aus an, wird mir sofort unterstellt, dass ich irgendetwas will. Wobei das, wenn ich ehrlich bin, meistens schon auch irgendwie der Fall ist. Was aber daran liegt, dass meine Mutter es einem nicht gerade leicht macht, sich ohne Grund zu melden.

»Ja«, gebe ich zurück, »stell dir vor, einfach so.«

Jetzt lächelt sie. »Da freu ich mich aber, komm rein!«

Ich folge ihr ins Haus, wir gehen ins Wohnzimmer, und Mama ruft in Richtung Keller: »Wolfgang, Nora ist da!«

Seit seiner Pensionierung hat sich mein Vater zum Hobbyerfinder entwickelt und werkelt meist den gesamten Tag da unten herum. Neulich kam er mit einer Gabel um die Ecke, an deren Stiel er einen batteriebetriebenen Mini-Ventilator angebracht hatte, der die Funktion des Pustens zum Abkühlen der Speisen übernehmen sollte. Versteht kein Mensch, braucht kein Mensch – aber Vatti hat Spaß. Und, so zumindest insgeheim mein Verdacht, einen Grund, sich jeden Tag ein paar Stunden vor meiner Mutter zu verstecken.

»Was braucht sie denn?«, ruft mein Vater aus dem Keller. Hmpf.

»Nichts, sagt sie«, antwortet meine Mutter. »Angeblich ist sie *nur so* vorbeigekommen.«

»Bin gleich da!«, kommt es von unten zurück.

Mama und ich nehmen am Esszimmertisch Platz, sie bietet mir eine Tasse Tee an und gießt mir aus der Kanne, die dort steht, ein. Dazu reicht sie mir eine Schale mit Vanillekipferln, und ich greife großzügig zu, denn man kann über meine Mutter sagen, was man will – sie backt die besten Kekse der Welt, und das zu jeder Jahreszeit.

»Wie geht's dir denn so?«, will Mama wissen, während sie sich auch eine Tasse Tee einschenkt.

»Gampf gut«, antworte ich mampfend. »Ich hab dir waf mitgebraft.« Ich krame das neue Ultraschallbild aus meiner Handtasche und lege es ihr hin.

»Ach!« Sie klatscht erfreut in die Hände. »Ein Junge!«

»Wo siehft du daf denn?«

»Na, da!« Sie deutet auf das kleine Pünktchen in der Fruchthöhle.

»Mama«, sage ich ernst und nehme einen Schluck Tee, »das ist jetzt noch gar nicht zu erkennen.«

»So?«, gibt sie spitz zurück und betrachtet mich kritisch. »Eine Mutter weiß so etwas. Glaub mir, da habe ich schließlich ein bisschen mehr Erfahrung als du.«

»In Ordnung«, sage ich, weil ich weiß, dass Diskussionen mit ihr sinnlos sind und zu nichts führen. »Ein Junge.«

»Wie schön!«, freut sie sich. Bei aller Liebe: Die hat sie nicht mehr alle. Die hat sie *echt* nicht mehr alle! Hoffentlich vererbt sich das nicht in der nächsten Generation!

»Hallo, mein Engel!« Papa kommt herein, begrüßt mich lächelnd und hält mir zwei Plastikbecher hin, die mit einem Stoffband verbunden sind. »Guck mal!«, sagt er.

»Was ist das?«, will ich wissen.

»Das habe ich für dich gemacht!«

»Für mich?«

»Ja, pass auf!« Mein Vater setzt sich neben mich und beginnt, mir seine neueste Erfindung zu erklären. »Das ist ein Still-BH.« Er hält mir die zwei Becher hin, und erst jetzt sehe ich, dass bei beiden im Boden ein Gummisauger steckt.

»Still-BH?« So was habe ich schon mal gesehen – aber mit dieser Apparatur hier hatte das nur wenig Ähnlichkeit.

»Wolfgang!«, schaltet sich nun meine Mutter ein. »Was soll der Unsinn schon wieder? Hast du nichts Besseres zu tun? Du könntest dich zum Beispiel mal um den Garten kümmern!«

»Nun lasst mich doch mal erklären«, gibt mein Vater etwas beleidigt zurück. »Die Idee ist wirklich genial! Also, passt auf…« Er fängt an, sich die Becher mithilfe des Bandes um den Oberkörper zu schnallen. »Tatsächlich legt man das Ganze an wie einen Büstenhalter«, erläutert er, während er an sich herumzuppelt. »Und zwar so, dass die Becher auf Höhe der Brustwarzen anliegen.« Er hantiert weiter herum, und ich kann ihn nur noch fassungslos anstarren. Träume ich das alles bloß, oder ist mein Vater wirklich gerade dabei, sich zwei Plastikbecher mit Nippeln vor die Brust zu schnallen? Hilfe! Wir brauchen einen Arzt! Und zwar ganz, ganz schnell!

»Wolfgang«, kommt es wieder von meiner Mutter, »bitte!«

»Bin gleich fertig.« Er ächzt ein wenig und streckt dabei vor Eifer die Zungenspitze raus. Als die Becher vor seiner Brust sitzen, zieht er die Haltebänder noch ein bisschen fester, dann strahlt er mich stolz an. »Tadaaa! Fertig!«

»Ja, äh …« Ich glotze ihn an. Vor mir sitzt mein Vater im gesetzten Alter von siebenundsechzig Jahren und hat sich einen BH aus zwei Plastikbechern mit Gummisaugern umgeschnallt. Entfernt erinnert das Ganze an einen dieser spitzen Kegel-BHs, die Madonna und Lady Gaga bei ihren Bühnenshows tragen (im besten Fall) oder ein besonders abartiges Sado-Maso-Spielzeug (im wahrscheinlichsten Fall). Ich werde IRRE!

»Toll, oder?«, spricht mein Vater weiter, der offenbar überhaupt nicht merkt, dass Mama und mir soeben die Kinnlade heruntergefallen ist. »In die Becher kann man Babymilch füllen und das Kind auf dem Schoß dann damit stillen. Fast natürlich, ist das nicht großartig?«

»Ja«, stelle ich trocken fest. »Aber was mache ich damit? Ich *habe* schließlich Brüste!«

Papa lacht. »Das ist doch nicht für dich, mein Dummerchen! Ich habe das für Miroslav erfunden, damit er dich unterstützen kann. Moderne Männer wollen sich gleichberechtigt um ein Baby kümmern, das weiß ich vom Neffen meines früheren Chefs! Und mit dieser Erfindung kann Miroslav dann beinahe genauso stillen wie du, das ist für das Baby ganz natürlich!«

»Papa!« Ich verdrehe die Augen und verzichte darauf, aus

»Miroslav« ein »Mirko« zu machen, denn das ist ja sowieso zwecklos. »Wir sind doch gar nicht mehr zusammen!«

Er sieht mich erstaunt an. »Wieso das denn nicht?« Dann wendet er sich, ebenfalls erstaunt, meiner Mutter zu. »Du hast doch gesagt, dass die zwei sich wieder vertragen haben.«

»Hab ich nicht!«, protestiert Mama.

»Hast du doch!«, insistiert Papa.

»Nein!«

»Doch!«

»Nein! Ich habe lediglich gesagt, dass ich *glaube,* dass das mit den beiden schon wieder in Ordnung kommt.«

»Das heißt doch aber, dass wieder alles gut ist.«

»Nein, heißt es nicht.« Sie ringt verzweifelt mit den Händen. »Wenn ich sage, dass ich glaube, dass es wieder in Ordnung kommt, heißt das nicht, dass ich es *weiß*. Ich bin schließlich nicht das Orakel von Delphi! Wolfgang Bergmann, wenn du nur *einmal* richtig zuhören könntest.«

»Na, hör mal …«

»Äh«, gehe ich dazwischen. »Leute, ich muss jetzt auch mal los.« Ich springe eilig vom Tisch auf.

»Du bist doch gerade erst gekommen!«, ruft meine Mutter aus.

»Ja, ich weiß«, antworte ich. »Aber ich hab vergessen, dass ich zu Hause das Bügeleisen angelassen habe. Vielen Dank für das Geschenk!« Mit diesen Worten schnappe ich mir noch einen Vanillekipferl und mache mich aus dem Staub.

»Engelchen!«, ruft mir mein Vater hinterher, als ich schon halb aus der Haustür bin. »Du hast den Still-BH vergessen!«

Rumms, mit einem Knall fällt die Tür hinter mir ins Schloss, ich hechte zu meinem Auto, springe hinein, lasse den Motor an und düse davon. Bloß weg hier, weg!

Auf dem Heimweg schicke ich ein stilles Stoßgebet gen Himmel. Bitte, lieber Gott, mach, dass mein Bauchzwerg weder etwas von meiner Mutter erbt – noch von meinem Vater!

Anmerkung eines Sachbearbeiters beim Deutschen Patent- und Markenamt

*O nein! Nicht schon wieder eine Patentanmeldung von diesem Wolfgang Bergmann! Das gibt's doch gar nicht, der Typ hat einen Output wie andere Leute ... Na ja, so oft laufen andere nicht aufs Klo! Und was der immer für Ideen hat, eine schwachsinniger als die nächste. Neulich kam er mit einer Gabel an, bei der ein Mini-Ventilator das Essen abkühlen soll. »Pust-Food« hat er das genannt, was für ein Unsinn! Und jetzt also dieser Still-*BH*, das kann man doch höchstens den Japanern andrehen. Mannomann, der Kerl muss echt zu viel Zeit haben. Wo ist mein Ablehnungsstempel?*

9. Kapitel

Als ich am nächsten Morgen um zehn nach neun aufwache, fühle ich mich wie gerädert. Nicht nur, dass mir die halbe Nacht lang übel war und ich immer wieder zur Toilette laufen musste (was sich jedes Mal als Fehlalarm herausstellte, ich aber als eindeutiges Zeichen dafür deute, dass die Hormonumstellung im vollen Gange ist), in den kurzen Schlafphasen, die mir vergönnt waren, habe ich die wildesten Träume gehabt, aus denen ich immer wieder schweißgebadet hochgeschreckt bin.

Mein Vater, der zwei Plastikbecher mit Saugern auf dem Kopf trug, während meine Mutter versuchte, mich mit einer Gabel zu füttern und mir gleichzeitig ein riesiger Ventilator Essen mitten ins Gesicht blies, zum Beispiel. Um zu begreifen, wo dieser Spinnkram herkommt – dafür muss man nun wahrlich nicht Psychologie studiert haben!

Aus dem Badezimmerspiegel blickt mir ein müdes Gesicht entgegen, und ich ärgere mich, dass ich ausgerechnet heute so fertig aussehe. Dabei ist doch endlich der große Tag, ich treffe Thomas Distel an der »Alsterperle!« Wäre ich gestern besser mal nicht zu meinen Eltern gefahren, dann hätte ich bestimmt erholsamer geschlafen! Aber *hätte* ist auf Toilette, also bleibt mir nichts anderes übrig, als aus der Situation das Beste zu machen.

In meinem speziellen Fall ist das zunächst ein Besuch im Drogeriemarkt meines Vertrauens, um dort diverse Cremes, Gesichtsmasken und Augenpflege-Pads zu erstehen, und ich hoffe, mit der Hilfe die Spuren der vergangenen Nacht wirkungsvoll beseitigen zu können.Was die Natur nicht hinkriegt, wird die

Chemie schon richten, ein Hoch auf die moderne Kosmetikindustrie!

Wieder zu Hause angelangt breite ich mich im Badezimmer aus und trage die neu erstandenen Produkte auf (erst das gute Tonic zum Erfrischen der Haut, darüber eine verjüngende Maske, zum Schluss sind die Gel-Pads für die Augen dran), dann lasse ich die Wanne mit Wasser volllaufen, tröpfele meinen Lieblingsbadezusatz mit Lavendelduft hinein, mache mir klassische Musik an und lasse mich seufzend ins warme Nass sinken. Ein paar Minuten liege ich mit geschlossenen Augen da und denke an Thomas Distel.

Ich sehe, wie er mit einem großen Rosenstrauß an der »Alsterperle« auf mich wartet und mich mit einem zärtlichen Kuss begrüßt, bevor wir gemeinsam losspazieren. Hand in Hand, als hätten wir schon immer zusammengehört, als wäre es das Selbstverständlichste auf der Welt. Ein Weichzeichner liegt über der gesamten Szenerie, und ich meine sogar, das sanfte Lied von ein paar Streichern zu hören …

Ein lautes Seufzen erklingt, was nur von mir selbst stammen kann, und ich träume mich weiter. Thomas und ich beziehen ein hübsches Stadthaus mit Garten, direkt an einem der Kanäle gelegen, die sich kreuz und quer durch Hamburg schlängeln. Sogar einen eigenen Bootsanleger haben wir, und unter einem großen Kirschbaum steht eine Schaukel, auf dem Mausel (in meinem Traum sehe ich ein Mädchen) juchzend immer höher fliegt, so dass ihre langen Zöpfe im Wind flattern … Ach ja, das wird sooo schön!

Aber damit dieser Traum auch in Erfüllung geht, öffne ich die Augen und schnappe mir das Buch, das ich bereits am Badewannenrand bereitgelegt habe. »Die Kunst, den Mann fürs Leben zu finden.« Ich glaube, es kann nicht schaden, sich noch einmal kurz vor der Verabredung die wichtigsten Regeln ins Gedächtnis zu rufen.

Innerhalb der nächsten Stunde überfliege ich im Schnelldurchlauf die wesentlichen Kapitel des Ratgebers, dann fühle ich mich für mein Rendezvous gewappnet und habe außerdem Schwimmhäute zwischen Fingern und Zehen, so dass es an der Zeit ist, die Wanne – die inzwischen auch nicht mehr so richtig warm ist – zu verlassen.

Ich steige aus, wickele mich in meinen flauschigen Bademantel (dieselbe Marke übrigens, die ich mal Mirko geschenkt hatte; in dem Teil stolziert nun Sabine durch die Gegend, pah!), lasse das Wasser ablaufen und gehe zum nächsten Teil meiner Schönheitsbehandlung über.

Vorm Spiegel ziehe ich erst die Augenpads ab, dann schnappe ich mir einen Wattebausch und wische vorsichtig die Gesichtsmaske weg. Zehn Sekunden später trifft mich fast der Schlag. Denn das, was unter der braunen Creme zum Vorschein kommt, bin nicht ich. Nein, das ist Freddy Krueger aus »A Nightmare on Elm Street«!

Meine Haut ist feuerrot und von unappetitlichen Pusteln überzogen, ich sehe aus, als wäre ich kopfüber in eine Brennnesselhecke gefallen. Dazu haben sich unter meinen Augen Tränensäcke gebildet, die Horst Tappert alias »Derek« zu Ruhm und Ehre gereicht hätten. Aaaah! Das darf nicht wahr sein, DAS DARF EINFACH NICHT WAHR SEIN!!!

Hektisch suche ich im Badezimmerschrank nach der Wund- und Heilsalbe, die ich hier aufbewahre, finde die XL-Tube und verteile den gesamten Inhalt großzügig auf meinem Gesicht. Jetzt nicht aufregen, Nora, bloß nicht aufregen, das ist nur eine kleine Reizung, eine harmlose Irritation, die wird in wenigen Minuten wieder verschwunden sein!

Ich lege mich auf mein Sofa im Wohnzimmer und atme flach, als würde ich befürchten, dass sich mein Ausschlag bei zu großer Sauerstoffzufuhr noch weiter ausbreitet. Dabei murmele ich wie eine Art Mantra vor mich hin: »Alles wird gut, alles wird gut! Das ist überhaupt nicht schlimm, das ist nur wie in der Homöopathie eine Erstverschlimmerung, gleich ist das wieder weg!«

Nach einer Viertelstunde wage ich es, zurück ins Bad zu gehen und erneut in den Spiegel zu gucken. Die Salbe ist größtenteils eingezogen – nur gebracht hat sie nichts. Im Gegenteil, mit den weißen Flecken zwischen den Pusteln erinnere ich jetzt nicht mehr nur an Freddy, sondern dazu an einen Zombie, bei dem sich die Haut in Fetzen ablöst …

»Scheiße!«, brülle ich und stampfe mit dem Fuß auf. Was ist das bitteschön für ein Dreck, den sie mir da in der Drogerie verkauft haben? Am liebsten würde ich sofort in den Laden stürmen und den Geschäftsführer herbeizitieren, aber in Anbetracht der Tatsache, dass mir nur noch knappe drei Stunden bleiben, bis Thomas mich an der Alster erwartet, habe ich dafür keine Zeit. Aber dieser lausige Drogeriemarkt wird mich noch kennenlernen, ha! Die können sich auf was gefasst machen! Nora Bergman ist *not amused*! Na gut, ich gebe zu: Vielleicht ist Nora Bergmann auch *a bit* selbst schuld …

In Windeseile schlüpfe ich in Jeans und T-Shirt, die einzige Möglichkeit, die ich noch sehe, ist, schnell ein weiteres Mal zum Kosmetikstudio zu düsen in der Hoffnung, dass die da irgendwas retten können. Hoffentlich können sie!

Wenn nicht, bleibt mir nur der Gang zum Kostümladen »Fahnenfleck« in der Innenstadt, wo ich mir eine hübsche Maske besorge. Wer weiß, vielleicht hat Thomas Distel ja so viel Sinn für Humor, dass er Verständnis dafür zeigt, wenn ich ihm erkläre, dass ich in meiner Freizeit ganz gern mal außer der Reihe Karneval oder Halloween feiere und mir gerade heute extrem danach war?

Nachdem ich angezogen bin, schnappe ich mir meine Jacke und flitze los. Mal wieder stolpere ich die Treppe so schnell hinunter, dass ich mich fast hinlege. Und mal wieder rausche ich beinahe in meinen Nachbarn Erik Ballhaus hinein, der gerade damit beschäftigt ist, zusammen mit seiner Frau Heike mehrere Weinkartons durch den Hausflur zu wuchten. Oh, eine Nachmittagswillkommensfeier mit Alkohol? Das hätte ich nicht erwartet, ich hätte alles darauf gesetzt, dass es ein vegetarisches Buffet mit Couscous, Linsensalat, türkischem Fladenbrot und einer Auswahl an bekömmlichen Yogi-Tees gibt!

»Hallo Erik!«, rufe ich im Vorbeilaufen. »Hallo, Frau Ballhaus!« Man sollte selbst in meiner Situation nicht auf gewisse Höflichkeitsformen verzichten, schon gar nicht unter Nachbarn.

»Hi, Nora!«, antwortet Erik. »Was ist denn mit deinem Gesicht…?«

Ich höre ihn nicht mehr, ich bin bereits aus der Tür, sitze im Auto und gebe Gas. Noch zwei Stunden und fünfzig Minuten, der Countdown läuft!

»Heute geschlossen.« Das Schild scheint mich hämisch anzugrinsen. Was soll das heißen, heute geschlossen? Etwa, dass heute geschlossen ist? Ich heule auf und rüttele an der Ladentür, aber sie bleibt natürlich zu. Haben sich denn alle Götter gegen mich verschworen?

Vielleicht nicht ganz, denke ich, denn mir fällt ein, dass Mario, mein – natürlich schwuler – Kosmetiker, direkt über dem Studio wohnt. Ich suche die Namensleiste ab, entdecke ihn tatsächlich und klingele Sturm. Fünf Sekunden später ertönt der Summer: Die Götter haben Erbarmen mit mir.

Schweißgebadet erklimme ich die Stufen in den ersten Stock, wo Mario bereits in der Tür steht.

»Ahhhh!«, schreit er laut auf, als er mich erblickt, und schlägt erschrocken die Hände vors Gesicht. Nur vorsichtig spreizt er dann die Finger, durch die hindurch er mich argwöhnisch mustert.

»Vielen Dank für die nette Begrüßung«, sage ich. »Freut mich auch, dich zu sehen.«

»Schätzchen!«, ruft er bestürzt aus und nimmt die Hände herunter, »was ist denn mit dir passiert?« Dann zerrt er mich am Ärmel in seine Wohnung und donnert die Tür hinter sich zu. Vermutlich, um zu verhindern, dass mich jemand sieht, denn momentan bin ich für ihn wohl nicht die allerbeste Werbung.

Kurz erläutere ich ihm die Sachlage und flehe ihn an, mir zu helfen.

»Tut mir leid«, erwidert er zu meinem Entsetzen, »aber heute geht es absolut nicht, Lars und ich fahren gleich mit Fiffi zu einer Hundeshow, und wir sind schon spät dran.« Besagter Lars, Marios Lebensgefährte, erscheint hinter ihm im Türrahmen, mustert mich mit hochgezogenen Augenbrauen und streichelt irgendeine langhaarige Mischung aus Ratte und Meerschweinchen, die er auf dem Arm hält. Und ich denke nur: *Hundeshow*???

»Bitte, bitte, BITTE!«, bettele ich trotzdem weiter. »Du musst was tun! So kann ich unmöglich unter Leute gehen!«

»Da gebe ich dir vollkommen Recht, Schätzchen«, sagt Mario ungerührt, »das kannst du nicht, bleib also lieber zu Hause, bis das da«, er deutet auf mein Gesicht, »verschwunden ist.«

»Aber das geht nicht!«, rufe ich verzweifelt aus. »Ich habe heute Nachmittag eine Verabredung. Und die ist WICHTIG!«

»Und ich muss mit Lars und Fiffi zu der Hundeausstellung«, gibt er sich eisern, »die ist auch wichtig, es geht immerhin um die Europameisterschaft!«

»Ich zahl dir, was du willst!«, behaupte ich. Jetzt wirkt er wenigstens interessiert, die Augenbrauen von Lars wandern glatt noch ein Stückchen höher. »Oder, besser gesagt, du kannst die hier haben!« Ich hebe den linken Arm und halte ihm meine Armbanduhr unter die Nase. »Die ist von Armani. Eine echte!«

Glaube ich wenigstens, damals in Taiwan hat der Verkäufer es mir wenigstens versichert …

»Schätzchen«, sagt Mario nun und klingt dabei so, wie man mit einem kleinen Kind spricht. »Es geht nicht ums Geld. Ich weiß doch sowieso, dass du immer abgebrannt bist. Und den billigen Plunder da«, er zeigt auf mein Handgelenk, »kannst du gern behalten. Aber ich habe schlicht keine Zeit. Außerdem«, er beugt sich etwas näher an mein Gesicht heran, »sieht mir das hier nach einer schweren allergischen Reaktion aus. Das ist eher ein Fall für den Hautarzt als für mich.«

»Aber es ist doch Wochenende!«, heule ich. »Da finde ich keinen Hautarzt!«

»Ich habe *auch* Wochenende«, werde ich von Mario belehrt. »Am besten, du versuchst es in der Notaufnahme der Uniklinik, die können dir da sicher helfen.«

»Dafür habe ich keine Zeit!« Vor meinem inneren Auge sehe ich das proppenvolle Wartezimmer der Notfallambulanz. Das dauert mit Sicherheit Stunden! Zumal mein Ausschlag zwar fies aussieht, aber wahrscheinlich nicht lebensbedrohlich ist, so dass sie erst einmal alle Leute verarzten werden, denen ein Körperteil fehlt, bevor ich an der Reihe bin. »Bitte!«, versuche ich es ein letztes Mal. »Du *musst* mir helfen, ich bin total am Ende!«

Mario seufzt und dreht sich zu seinem Freund um. Der formt mit stummen Lippen ein »O nein!«, und ich sehe schon alle meine Felle davonschwimmen.

»Okay, ich schau mal, was ich machen kann.« Ich traue meinen Ohren kaum, hat Mario das gerade tatsächlich gesagt? Hat er, denn sofort lässt Lars ein »Das glaub ich ja wohl jetzt nicht!« verlauten und wirft mir böse Blicke zu. Selbst der Hund schaut böse und winselt ein bisschen, während ich innerlich jubiliere. »Fahr schon mal vor, Süßer, ich komm dann nach«, sagt mein Kosmetiker zu Lars mit Hund.

»Danke, Mario!«, rufe ich aus und falle ihm um den Hals. »Du bist mein Retter!«

Pikiert schiebt er mich von sich, weiblicher Körperkontakt scheint nicht so Seins zu sein. »Freu dich nicht zu früh! Keine Ahnung, ob ich da überhaupt was retten *kann.*«

Es fühlt sich ein bisschen so an, als hätte jemand meinen Kopf eingegipst. Oder als trüge ich eine dieser antiken Totenmasken, die man früher Verstorbenen aufs Gesicht modelliert hat. Wenn ich zu sehr lache, platzt mit Sicherheit was ab, Mario hat meine Visage unter einer Tonne Camouflage begraben.

Trotzdem bin ich nicht unzufrieden, als ich um kurz nach zwei seinen Laden verlasse, denn von den roten Pusteln ist nichts mehr zu sehen. Von meiner Mimik zwar auch nichts, aber Lachen wird sowieso überbewertet. In meinem So-finden-Sie-den-Mann-fürs-Leben-Ratgeber steht ja sogar, dass man sich beim ersten Date möglichst geheimnisvoll geben sollte. Damit kann ich dienen, ich sehe aus wie eine Mischung aus der Sphinx und Tutenchamun.

Blöd nur, dass es unter der Schicht aus Make-up und Puder juckt wie Hölle, ich werde mich ganz schön zusammenreißen müssen, um nicht aus Versehen an meinem Gesicht zu kratzen und dabei die zentimeterdicke Make-up-Spachtelmasse herunterzuholen. Aber für Thomas Distel bin ich bereit, dieses Opfer zu bringen. Für Thomas – und für die Zukunft meines Bauchzwergs.

Zurück in meiner Wohnung ziehe ich mich in Windeseile um (das Outfit vom vergangenen Samstag hat mir zwar kein Glück gebracht, muss aber in Ermangelung einer Alternative trotzdem noch mal herhalten) und beschließe, mir ein Taxi zu rufen. Den Luxus gönne ich mir heute mal, denn zum einen will ich die Möglichkeit haben, mit Thomas noch irgendwo anders hinzufahren, falls es sich ergibt, und dann nicht in meinem eigenen

Auto hinter ihm herzuckeln zu müssen – zum anderen kann ich mit meinem Gesichtskorsett den Kopf nur minimal bewegen und hatte schon auf der Heimfahrt einige Schwierigkeiten, in Rück- und Seitenspiegel zu gucken.

Das heißt, ich *will* mir den Luxus gönnen, allerdings ist bei der Taxizentrale kein Durchkommen, auch beim fünften Versuch beim dritten Unternehmen piept mir lediglich ein Besetztzeichen entgegen, einmal erreiche ich nur eine Warteschleife, höre blödes Gedudel und eine monotone Stimme, die mir immer wieder versichert, dass der nächste Mitarbeiter für mich reserviert sei, bis ich nach zehn Minuten entnervt auflege. Was ist denn bloß los? Haben wir Silvester, und ich hab es nicht mitgekriegt?

Dann muss ich wohl doch selbst fahren. Und falls Thomas vorschlägt, die Location zu wechseln, lasse ich das Auto einfach stehen. Muss nur darauf achten, diesmal einen legalen Parkplatz zu erwischen, noch einen Ausflug nach Rothenburgsort kann ich mir wirklich nicht leisten.

So aufrecht wie möglich (den Kopf bloß nicht zu sehr drehen!) schwebe ich das Treppenhaus hinunter und fühle mich majestätisch wie Kleopatra nach einem ausgiebigen Bad in Eselsmilch. Man muss den Dingen nur ihre positive Seite abgewinnen, dann geht es schon. Dabei ziehe ich eine Wolke aus Chanel No. 5 hinter mir her, die momentan eher betäubend als betörend sein dürfte. Mit dem Duftwässerchen habe ich es wohl etwas übertrieben, aber das wird sicher verfliegen, bis ich an der Alster bin.

Unten im Flur steht schon wieder: Erik Ballhaus. Wenn ich es nicht besser wüsste, würde ich meinen, der lauert mir auf. Wenigstens ist seine schlecht gelaunte bessere Hälfte diesmal nicht in Sicht, mit einem großen Blumenstrauß steht er vor der Tür zu ihrer gemeinsamen Wohnung. Hat bestimmt Zoff gegeben, der einzige Grund, der mir bekannt ist, weshalb Ehemänner ihren Frauen Blumen mitbringen.

»Wünsche euch eine schöne Feier!«, rufe ich ihm zu, als ich eilig vorüberhusche. »Ich kann leider nicht kommen, bin verabredet.«

»Wie schade«, höre ich ihn hinter mir sagen. »So eine schöne Frau hätte das Fest bestimmt perfekt gemacht!«

Ich lasse den Spruch unkommentiert und flitze wortlos aus der Tür. Tsss! Kaum ist die Gattin außer Sichtweite, riskiert mein Nachbar schon wieder eine dicke Lippe. Komische Beziehung, die die beiden da führen, aber was geht das mich an? Ich hab genug mit meiner eigenen Beziehung zu tun. Oder, besser gesagt, damit, wieder eine auf die Reihe zu kriegen.

Immerhin: Der Wettergott meint es gut mit mir, draußen werde ich von strahlendem Sonnenschein begrüßt, und die Temperatur ist für Hamburger Verhältnisse nahezu hochsommerlich. Besser kann man es für einen Spaziergang an der Alster kaum treffen, im Auto muss ich glatt meine Lederjacke ausziehen, damit ich nicht schon völlig verschwitzt bei meinem Date erscheine.

Summend lenke ich meinen Golf durch die Straßen, selbst der Verkehrsgott ist auf meiner Seite und beschert mir freie Fahrt!

Kurz vorm Ziel piept mein Handy und verkündet mir den Eingang einer SMS. Während ich die linke Hand am Steuer lasse, krame ich mit der rechten in meiner Handtasche, ertaste auf Anhieb mein Telefon und ziehe es heraus. Eine Nachricht von Thomas Distel. O nein! Will er etwa absagen? Bitte nicht, das darf er mir nicht antun! Nicht nach allem, was ich gerade durchgemacht habe, das wäre unfair!

Ich versuche, auf der Hamburger Straße keinen größeren Verkehrsunfall zu bauen, und klicke auf »Lesen«, eine Sekunde später stoße ich einen Seufzer der Erleichterung aus:

Bin schon da und warte auf Dich. Zähle die Minuten! T.

Tuuuuuuuut! Die Hupe eines ziemlich großen Lasters, der mir auf der Stoßstange hängt, holt meine Aufmerksamkeit zurück in den Straßenverkehr. »Ist ja schon gut«, murmele ich und wedele mit einer Hand in den Rückspiegel. »Man wird doch wohl noch kurz seine SMS checken dürfen!«

Jetzt bin ich richtig aufgeregt. Thomas zählt die Minuten, Mannomann, der will es aber wissen! Urplötzlich werden meine Hände schweißnass, und ich fühle mich wie zuletzt mit vierzehn, als mein Klassenkamerad Justus beim Flaschendrehen einen Kuss von mir einforderte. Tja, damals hätte ich mir in meinen kühnsten Träumen nicht vorstellen können, dass ich gut dreißig Jahre später in meinem jetzigen Zustand auf Männerfang gehen würde. Aber wie wir alle wissen: Leben ist, was passiert, während du gerade andere Pläne machst.

An der Alster angelangt kann ich mein Glück kaum fassen: Direkt vorm Literaturhaus ist ein Parkplatz frei, der sogar legal und kostenlos zu sein scheint, das Universum ist unübersehbar auf meiner Seite! Ich setze meinen Golf in die Lücke, steige aus und sehe mich misstrauisch um (nur für den Fall, dass das Universum nicht *weiß*, dass es auf meiner Seite ist). Nein, kein Halte- oder Parkverbotsschild weit und breit, hier kann ich das Auto getrost stehen lassen.

Ich streife meine Jacke über, beuge mich runter zum Seitenspiegel und werfe einen letzten Kontrollblick hinein. Bis auf die Tatsache, dass ich im strahlenden Sonnenschein leider *doch* ein bisschen an Nicole Kidman in ihrer Botox-Ära erinnere, bin ich recht zufrieden mit dem, was Mario aus dem Katastrophengebiet in meinem Gesicht gezaubert hat. Zumindest wird Thomas Distel nicht schreiend vor mir weglaufen. Hoffe ich jedenfalls.

Natürlich herrscht auch an der »Alsterperle« dichtes Gedränge, als ich mit möglichst lässigen Germany's-Next-Topmodel-Schritten darauf zugehe. Wie an jedem der fünf Sonnentage, die Hamburg pro Jahr zu verzeichnen hat, ist die gesamte Hansestadt auf den Beinen, um wenigstens ein bisschen Vitamin D gegen die nächste drohende Winterdepression zu tanken.

In meinem Job hat mir das miese Wetter hier im Norden bisher noch nie etwas ausgemacht, ich war ja berufsbedingt ständig an den schönsten Orten der Welt – aber bei der Vorstellung, die nächsten Jahre nur noch dann in den Genuss von exotischem Klima zu kommen, wenn ich meinen Zwerg bei meinen Eltern abliefere und mir zwanzig Minuten Solarium gönne, wird mir plötzlich ganz schwer ums Herz. Vieles wird sich ändern. Wenn nicht gar alles.

Weg mit solchen unsinnigen Gedanken, rufe ich mich selbst zur Ordnung, die Wetterlage sollte gerade mein geringstes Problem sein! Vielmehr sehe ich mich mal wieder vor die Aufgabe gestellt, im unübersichtlichen Gewusel der Menschenmassen meine Verabredung zu finden. Allerdings dürfte Colin Farrell kaum zu übersehen sein!

Insgesamt dreimal umrunde ich die »Alsterperle« – keine Spur vom Mann meiner Träume. Ob er noch gar nicht da ist? Aber er hat mir ja schon geschrieben, dass er bereits wartet und die Minuten zählt. Hm, komisch. Ich drehe eine weitere Runde um die kleine Bude, bei der es Getränke und Snacks gibt, aber ich kann Thomas Distel beim besten Willen nicht entdecken.

Sehr seltsam, wo steckt er denn? Er wird mich doch wohl nicht aus Spaß versetzt haben und in Wahrheit zu Hause hocken und sich bei dem Gedanken, dass ich ihn gerade überall suche, scheckig lachen? Unsinn, so etwas machen nur Teenager, das kann ich mir nicht vorstellen. Eher schon, dass wir uns vielleicht missverstanden haben und er gerade doch an der »Strandperle« auf mich wartet.

Ein weiteres Mal krame ich mein Handy hervor, das wird sich ja leicht aufklären lassen. Gerade will ich seine Nummer antippen, als das Telefon vibriert und mir eine Nachricht anzeigt.

Ich sehe Dich. Und bin hingerissen. T.

Lächelnd blicke ich mich um und scanne ein weiteres Mal den Menschenpulk ab, aber hier sieht beim besten Willen niemand aus wie Colin Farrell. Den einen oder anderen Hape-Kerkeling-Verschnitt kann ich entdecken, das war es dann aber auch schon. Wieder piept es.

Kalt. GANZ KALT. *T.*

Aha, Topfschlagen für Erwachsene. Nur ohne Topf und Löffel, dafür aber auch ohne Augenbinde. Ich schreibe eine Antwort.

Gib mir einen Tipp! N.

Ich fühle mich heute uferlos gut. T.

Hm, uferlos gut? Was soll das heißen? Klingt wie eine Geheimbotschaft für eine Lösegeldforderung, hoffentlich habe ich genug Bargeld dabei, hihi!

Und ich bin auf dem rechten Weg. T.

So langsam geht mir die Simserei ein bisschen auf den Geist, kann der Mann mir nicht einfach sagen, wo er ist? Kein schönes Gefühl, zu wissen, dass er hier irgendwo steckt und mich beobachtet, während ich konfus wie eine Henne den Kopf mal nach links, mal nach rechts drehe. Die nächste Nachricht geht ein.

Denn das Gute ist so nah! T.

Wenn das ein Psychospielchen sein soll, bin ich mir nicht sicher, ob ich es witzig finde. Für einen kurzen Moment bin ich versucht, einfach wieder abzuhauen. Meine Kindergeburtstagszeiten sind eindeutig vorbei! Dann aber fällt mir ein, dass sie ja bald schon wiederkommen, also beschließe ich, jetzt mal nicht zickig zu sein und mich weiter umzusehen.

Uferlos … hm … auf dem rechten Weg. Ich marschiere nach rechts und mache dabei gleichzeitig ein paar Schritte Richtung Alsterufer, anders kann ich die kryptischen Nachrichten von Thomas nicht deuten. Es piept.

Warm. Ich würde sogar sagen HEISS! Genau wie Du! T.

Okay, das »genau wie Du« versöhnt mich wieder, bin schließlich auch nur eine normale Frau und leicht zu befrieden. Vor allem, weil ich aufgrund meines kleinen Kosmetikunfalls ja doch ein bisschen unsicher bin, was meine Optik betrifft. Zumindest aus der Ferne scheine ich Thomas zu gefallen – vielleicht sollte ich einfach hier stehen bleiben, und wir halten unser Rendezvous via SMS ab?

Kaum habe ich den Gedanken beendet, entdecke ich ihn. Und bin sprachlos! Denn nicht nur, dass Thomas direkt am Ufer der Alster eine riesige weiße Picknickdecke ausgebreitet hat – offenbar hat er sowohl einen Catering-Service als auch einen Floristen beauftragt: Rund um die Decke liegen zahlreiche rote Rosen verstreut, und mit jedem Schritt, den ich näher komme, kann ich mehr Einzelheiten eines Buffets aus Köstlichkeiten erkennen, das da auf mich wartet.

Auf den ersten Blick sehe ich eine Platte mit italienischen Antipasti, frisches Stangenbrot, das in einem geflochtenen Korb steckt, einen Obstteller, ein Brett mit verschiedenen Käsevariationen, dazu noch drei oder vier Platten mit Häppchen von Minifrikadellen über Hähnchenflügel bis hin zu kleinen Frühlingsrollen und Scampi. Lecker! Dazu stehen richtige Teller mit Besteck und Servietten sowie Gläser und Kerzenständer parat, und inmitten dieses Traums von einem Sommerpicknick thront Thomas, in weißer Jeans und engem schwarzen T-Shirt – und ich kann nur ein Wort denken: »Wow!« So viel Mühe hat sich noch *kein* Mann für mich gemacht!

Aus den Augenwinkeln nehme ich wahr, wie mehrere Passanten stehen bleiben und sogar Fotos von dem Szenario schießen, so etwas haben sie mit Sicherheit auch noch nie gesehen. Täusche ich mich, oder dringt sogar leise Musik an mein Ohr? Tatsächlich, am Rand der Decke steht eine mobile Anlage, aus der gerade die sanften Töne von Peter Gabriels »*In Your Eyes*« zu mir herüberwehen – mir schießen die Tränen in die Augen, und ich habe einen Kloß im Hals. Ich liebe diesen Song!

Dieses Lied gehört zu meinen All-Time-Favorites, seit ich mal als junges Mädchen die romantische Komödie »Teenlover« gesehen habe. In dem Film gibt es eine Szene, in dem John Cusack als männlicher Held seine Angebetete Ione Skye um Verzeihung bittet, indem er sich nachts mit einem Gettoblaster unter ihr Fenster stellt und ebendiesen Song abspielt. Lange habe ich als junges Mädchen davon geträumt, dass jemand so etwas mal für mich macht – und nun ist es ausgerechnet »In Your Eyes«, mit dem ich von Thomas begrüßt werde. Ich schmelze dahin. Vor allem, weil es meinem Date nicht das Geringste auszumachen scheint, mitten in der Öffentlichkeit ein Romantik-Feuerwerk abzubrennen, das seinesgleichen sucht.

Als ich ihn fast erreicht habe, breitet er die Arme aus, macht ein paar Schritte auf mich zu und zieht mich an sich, als wäre es das Normalste der Welt. Ich spüre seinen warmen und muskulösen Körper, seine kräftigen Arme, die mich umschlossen halten, und kann nicht anders, als leise aufzuseufzen. So muss Scarlett O'Hara sich gefühlt haben. Also, bevor es mit Tara und ihrer Familie steil bergab ging, meine ich.

»Da bist du ja endlich«, haucht Thomas mir ins Ohr, und

mich überzieht eine derartige Gänsehaut, dass ich den bereitgestellten Hähnchenflügeln ohne weiteres Konkurrenz machen kann.

»Ja«, hauche ich zurück, weil ich gar nicht anders *kann,* »da bin ich.« Er schiebt mich ein Stückchen von sich weg und mustert mich so eingehend aus seinen schönen braunen Augen, dass ich befürchte, jeden Augenblick in Ohnmacht zu fallen. Genau genommen stehe ich nur noch, weil Thomas mich immer noch festhält. Und er sieht nicht aus wie Colin Farrell – er sieht zehnmal *besser* aus. Und all das hier hat er nur für mich gemacht, NUR FÜR MICH! Kann mich bitte mal wer kneifen?

Während ich noch darüber sinniere, ob ich träume, eine Halluzination habe oder gleich ein Team von der »Versteckten Kamera« hinter einem der Sträucher hervorspringt und laut »Ha! Verarscht!« brüllt, zieht Thomas mich wieder fest an sich, senkt sein Gesicht und gibt mir einen langen, zärtlichen Kuss. Ahhh! Bitte, *jetzt* muss mich aber echt mal wer kneifen!

»Komm, setz dich«, sagt er mit leiser Stimme, als er mich wieder loslässt.

»Gern!« Mit schlotternden Knien folge ich seiner Einladung und lasse mich auf die Decke plumpsen. Das Herz klopft mir bis zum Hals, und ich bin regelrecht besoffen vor Glück. Würde unser Date an dieser Stelle enden – es wäre trotzdem mit Abstand das schönste, das ich je erlebt habe.

Thomas nimmt direkt neben mir Platz und sieht mich auf eine Art und Weise an, die ich am besten als »mit Blicken streicheln« beschreiben kann, ich fühle mich, als wäre ich die schönste Frau auf diesem Planeten. Das Gefühl hat Mirko mir nicht einmal gegeben, als wir frisch verliebt waren. »Hübsch siehst du aus«, war das größte Kompliment, zu dem er sich jemals hatte hinreißen lassen.

Es kommt mir vor, als hätte ich mein Leben lang nur Wasser und Brot gegessen und käme nun unverhofft in den Genuss eines 5-Gänge-Menüs, das Paul Bocuse höchstpersönlich für mich gezaubert hat. Und wenn ich meinen Blick so über die Köstlichkeiten, die hier angerichtet sind, gleiten lasse, ist das nicht einmal ein schiefes Bild.

Thomas langt hinter sich, ohne mich aus den Augen zu lassen, zwei Sekunden später höre ich ein leises »Plop«, und er hält eine Flasche in der Hand, die er offenbar aus einem Eiskühler gefischt hat, kleine Tröpfchen laufen am dampfenden Glas hinunter.

»Champagner, die Dame?«

»Ähm.« Okay, jetzt kommt der komplizierte Teil. Das ging schneller, als ich dachte.

Anmerkung einer Spaziergängerin

Hach! Das waren noch Zeiten, als Hans-Rudolph sich für mich solche Mühe gegeben hat! Was waren wir verliebt am Anfang, und was hat er sich für mich nicht alles ausgedacht! Er hat mir Gedichte geschrieben und mich mit Blumen überhäuft, jeden Sonntag habe ich einen neuen Strauß bekommen! Einmal, da hat der Hans-Rudolph die ganze Nacht unter meinem Fenster darauf gewartet, dass meine Eltern endlich im Bett waren und ich ausbüxen konnte. Hand in Hand sind wir durch den Mondschein spaziert, haben uns geküsst und uns ewige Liebe geschworen … Na ja, das ist über vierzig Jahre her. Heute kann ich froh sein, wenn Hans-Rudolph kurz vom Fernseher aufsieht, wenn ich reinkomme, um ihm seine Schnittchen und sein Bier zu servieren. Ein romantisches Picknick an der Alster? Fehlanzeige, wenn ich so etwas auch nur vorschlagen würde, wüsste ich schon, was Hans-Rudolphs Kommentar dazu wäre: »Ich sehe keinen Sinn darin, Lebensmittel durch die Gegend zu schleppen, unbequem auf dem Boden rumzusitzen und sich von Mücken stechen zu lassen.« Ja, genau das würde er sagen! Ach, Mädchen! Wer auch immer dieser Galan ist, der dich da gerade umschwärmt – genieße die Zeit, so lange sie dauert! Sie geht viel zu schnell vorbei, und du wirst noch früh genug in den Genuss kommen, seine dreckigen Unterhosen wegzuräumen …

10. Kapitel

Es bricht mir das Herz, er bricht mir *absolut* das Herz. Aber was soll ich tun? Den Champagner trinken und meinem Kind später erklären, dass ein Schulabschluss nicht so wichtig ist? Ich hab schließlich noch immer ein schlechtes Gewissen wegen des Piccolos, den ich am Flughafen in einer Art geistiger Umnachtung in mich hineingeschüttet habe!

Auch wenn meine Tante Gertrud – Gott hab sie selig; Leberzirrhose mit zweiundfünfzig, tragisch – zeit ihres Lebens behauptet hat, ein Schlückchen hin und wieder in der Schwangerschaft sei halb so wild. Wenn ich mir meine zwei Cousinen und meinen Cousin ansehe, bin ich mir da nicht so sicher …

»Also, Champagner?«, holt Thomas mich von meinem kleinen Gedankenexkurs wieder zurück auf die Picknickdecke.

»Ich, äh …« Ach, ich hasse es, dieses perfekte Szenario der Romantik zu zerstören – aber ich fürchte, es muss sein. Also sage ich tapfer: »Ehrlich gesagt hätte ich lieber eine Apfelsaftschorle, wenn du so etwas auch dabeihast.« Ja, ich heldenhaftes Muttertier, ich sage es wirklich, Schorle statt Schampus! Bauchzwerg, das musst du mir mindestens mit dem Überspringen von zwei Klassen und einer Summa-cum-laude-Promotion in Jura danken!

Thomas zieht erstaunt die Augenbrauen in die Höhe. »Kein Champagner?« Ein wenig Enttäuschung schwingt in seiner Stimme mit, was ich gut verstehen kann. Für ihn muss es in etwa so sein, als hätte er mir einen teuren Diamantring bei »Tiffany's«

gekauft, ich hingegen hätte aber lieber das verbogene Blechteil aus dem Kaugummi-Automaten.

»Tut mir leid«, entschuldige ich mich. »Ich trinke keinen Alkohol.«

»Nie?« Die Brauen wandern noch ein Stückchen höher. Nicht, dass ich bisher jemals darüber nachgedacht hätte, aber es ist schon erstaunlich, welche Reaktionen man als Abstinenzler so hervorruft.

Doch bevor in meinem Kopf ein soziologischer Diskurs über die Bedeutung von Alkohol in unserer Gesellschaft im Allgemeinen und auf dieser Picknickdecke im Speziellen losgehen kann, lächele ich Thomas so liebenswürdig wie möglich an und sage: »Doch, natürlich. Nur heute nicht.«

»Nimmst du Antibiotika?« Mir kommt es beinahe so vor, als würde er ein Stückchen von mir abrücken. »Bist du krank?«

»Nein«, beruhige ich ihn. »Ich lege nur gerade eine Auszeit ein, das ist alles.« Ich greife nach seiner Hand. »War in letzter Zeit ein bisschen heftig, viele Geburtstage, Familienfeiern und so«, schiebe ich hinterher, um es plausibel zu machen.

»Aha«, sagt er, und nun tritt eine steile Falte zwischen seine Augen. Habe ich was Falsches gesagt? »Kommt das öfter vor?«, will er wissen.

»Was kommt öfter vor?«

»Na, dass du dir eine Alkoholauszeit nimmst?«

»Äh.« Vielleicht bin ich gerade etwas begriffsstutzig, aber ich weiß nicht so recht, worauf er hinaus will. »Hin und wieder«, antworte ich vage, in der Hoffnung, mich damit in keinen Fettnapf zu setzen.

Thomas wirft mir einen Blick zu, den ich nicht deuten kann. Irgendwie … therapeutisch. »Du nimmst dir also in regelmäßigen Abständen vor, bestimmte Zeiten einzuhalten, in denen du keinen Alkohol trinkst? Wie oft denn so im Jahr? Und wie lange dann jeweils?«

»Ich, äh, also …« Mir fehlen die Worte, denn mit einem Mal ist die Stimmung deutlich verändert, man könnte fast sagen: in etwas Feindseliges umgeschlagen. Ich fühle mich, als würde ich beim Psychologen auf der Couch liegen, während er mich ausfragt und Häkchen auf seiner Liste macht. Verdammt! Hätte ich doch bloß diesen blöden Champagner genommen! Ich hätte ja so tun können, als würde ich einen Schluck trinken, dann wäre alles gut gewesen. Stattdessen sehe ich mich unverhofft mit der heiligen Alkohol-Inquisition konfrontiert.

»Hast du beim Trinken schon mal einen Kontrollverlust erlitten?«, geht die Befragung weiter. »Oder einen Filmriss? Hast du mal was getan, was du nüchtern nicht tun würdest? Zitterst du manchmal morgens oder leidest unter Nachtschweiß? Und ist dir …«

»Jetzt mach mal 'nen Punkt«, gehe ich dazwischen, bevor mein Date verlangt, dass ich ihm mein letztes großes Blutbild inklusive Leberwerten vorlege. »Ich möchte im Moment einfach nichts trinken, das ist alles.«

Sofort setzt Thomas eine schuldbewusste Miene auf. »Tut mir leid«, sagt er kleinlaut. »Berufskrankheit.« Ein waidwunder Blick. »Jetzt hab ich's versaut, oder?«

»Nein«, beruhige ich ihn, »ist schon gut.«

»Da bin ich aber sehr erleichtert«, seufzt er. »Ich wollte doch nur …«

»Ja, lass stecken, ist ja nichts passiert.« Trotzdem grummelt es in mir noch ein bisschen. Mag sein, dass der Typ sensationell aussieht und ein echter Romantiker ist – aber wenn ich mit ihm einer Zukunft entgegenblicke, in der ich mir ständig ein Loch in den Bauch fragen lassen muss, warum ich dieses oder jenes tue oder nicht tue – dann habe ich da so meine Zweifel, ob ich das will.

Stichwort »Loch im Bauch« – mein Magen gibt ein lautes und deutliches Knurren von sich.

»Ah!«, ruft Thomas aus, und seine Miene erhellt sich. »Du hast Hunger, sehr gut!« Dann lässt er seinen Blick unsicher zwischen den diversen Platten und Tellern hin- und her wandern. »Oder magst du hiervon auch nichts?«

»Doch, klar!«, versichere ich eilig, »das sieht alles total lecker aus.«

Sein bedröppelter Ausdruck weicht einem strahlenden Lächeln. »Super, dann lass uns mal reinhauen, ich hab nämlich auch mächtig Kohldampf!« Hat er gerade »Kohldampf« gesagt? Dieses verschüttete Relikt aus den 80ern ist mir auch schon länger nicht mehr untergekommen, aber bevor ich nach dem missglückten Start unseres Dates nun anfange, mich in den Gedanken, dass Thomas möglicherweise doch ein Depp ist, hineinzusteigern, schnappe ich mir lieber schnell einen Teller und ein paar von den Scampi, von denen ich den ersten aufpuhle und genüsslich zum Mund führe.

Bevor ich hineinbeißen kann, halte ich in der Bewegung inne. Mist! Was hatte Dr. Spingel gesagt? Waren Meeresfrüchte in meinem Zustand noch erlaubt oder nicht? Ich weiß es schlicht nicht mehr.

Rohes Fleisch, roher Fisch und Rohmilchkäse habe ich mir gemerkt, aber da waren noch zwei oder drei andere Sachen. Zum Beispiel nicht mehr das Katzenklo säubern. Von der Katze, die ich ja gar nicht habe. Gut, das spielt jetzt gerade keine Rolle – aber wie war das mit dem Essen? Gehören Scampi nun auf die Liste der verbotenen Lebensmittel oder nicht? Und ist der, den ich gerade in der Hand halte, wohl richtig durchgegart? Aber selbst wenn, wüsste ich im Moment nicht, ob ich ihn essen darf.

Hätte ich Dr. Spingel doch nur richtig zugehört! Besser noch: alles mitgeschrieben; die Schwangerschaftsdemenz scheint selbst in meinem frühen Stadium schon voll zuzuschlagen. Frustriert lasse ich den köstlichen Happen wieder auf meinen Teller sinken.

»Was ist?«, will Thomas wissen. »Stimmt was nicht?«

»Doch, doch«, behaupte ich.

»Dann iss doch!«

»Ja, gleich, es ist nur …« Ja, was ist nur? Ich muss fieberhaft nachdenken, damit mir eine logische Erklärung einfällt, warum das leckere Teil noch nicht in meinem Mund verschwunden ist und ich es stattdessen anstarre, als sei es irgendwas Hochgiftiges.

»Ja?«, hakt Thomas nach und wirkt schon wieder etwas ungehalten. Gleich wird er mich fragen, ob ich häufiger Entscheidungsschwierigkeiten habe, ob ich etwas essen will oder nicht, ob das seit meiner frühesten Kindheit so ist und ob ich als Dreijährige vielleicht mal vom Töpfchen gefallen bin, als meine Mutter in der Küche gerade damit beschäftigt war, Scampi zu garen.

Doch dann, völlig unverhofft, kommt mir mal wieder das Schicksal zu Hilfe. Zwar nicht so, wie ich es mir wünschen würde, aber man kann nicht alles haben: Mir wird schlecht. Und zwar so richtig.

Keine Ahnung, ob es am Knoblauchgeruch liegt oder an den heißen Sonnenstrahlen, die mich in meiner Lederjacke mittlerweile grillen, oder – diese Vermutung liegt nahe – an meiner Schwangerschaft, aber von einem Moment auf den anderen ist mir kotzübel.

»Ich«, will ich noch herausbringen, aber da ist schon alles zu spät. Bevor ich es verhindern kann, ergießt sich ein regelrechter Schwall aus meinem Mund quer über die Picknickdecke und die Delikatessen, die bis vor einer Sekunde noch so appetitlich angerichtet um mich herum verteilt standen. Zwar habe ich heute nur gefrühstückt – aber die Menge, die sich explosionsartig aus meinem Magen den Weg ins Freie bahnt, ist dennoch überaus beeindruckend. Müsli und Nutellabrot, eine recht ansehnliche Mischung.

»Oh!«, ruft Thomas aus und springt hektisch auf. Zu spät.

Mit dem nächsten Würgekrampf erwische ich seine weiße Jeans, und zwar volle Lotte.

Wieder bleiben ein paar Passanten stehen. Allerdings diesmal nicht, um Fotos zu machen – sondern um mich angewidert und entsetzt zu mustern, ein paar von ihnen können sich das Lachen nicht verkneifen und zeigen mit ausgestrecktem Finger auf mich, ein kleines Mädchen schreit sogar kieksend auf.

Mir bleibt keine Zeit, um vor Peinlichkeit im Boden zu versinken, denn ich muss mich darauf konzentrieren, beim Kotzen wenigstens meine Seele im Leib zu behalten. Es schüttelt mich wieder und wieder, so schlimm habe ich mich noch nie übergeben, es hört gar nicht mehr auf.

Thomas hat sich in der Zwischenzeit auf Sicherheitsabstand begeben und betrachtet mich ähnlich angewidert wie die Spaziergänger. Er wirkt, als würde er überhaupt nicht zu mir gehören und stünde nur rein zufällig hier herum. Selbst in meinem leicht benebelten Kopf muss ich an Oskar denken, der mir in unseren wilden Feierjahren (damals, in einem anderen Jahrhundert) mehr als einmal meine Hand und die Haare aus meinem Gesicht gehalten hat, wenn ich mich in einem ähnlichen Zustand befand.

Jetzt zeigt sich, was für ein Kavalier Thomas wirklich ist! Ich rechne fest damit, dass er mir nach meinem kleinen … Ausdruck des Unwohlseins die versaute Decke in die Hand drückt mit der Bitte, das Malheur in einer Reinigung entfernen zu lassen …

Als hätte er meine düsteren Gedanken erraten, löst sich mein Date aus seiner Schreckstarre, kommt zu mir zurück und kniet sogar neben mir nieder.

»Nora«, sagt er leise, streicht mir über den Rücken und nimmt dann tatsächlich meine Hand. Ich scheine über telepathische Kräfte zu verfügen und über die Fähigkeit, anderen meine Wünsche aufzuzwingen. »Ganz ruhig«, fährt er fort und klopft mir noch einmal sachte auf den Rücken. »Gleich geht's schon wieder. Lass einfach alles raus.«

»Ja«, krächze ich und spucke weiter, mittlerweile kommt nur noch Galle. »Bestimmt ist es gleich wieder gut!« Allerdings wird das noch eine Weile dauern, denn meine Übelkeit ist nach wie vor unerträglich, und das Würgen lässt auch nicht nach.

Dafür spüre ich, wie mir Schweiß und Tränen übers Gesicht laufen und garantiert das Meisterwerk, das Mario an mir vollbracht hat, zerstören. Na, super! Ein Anblick, bei dem garantiert jeder Mann schwach wird: Ich, kotzend auf einer Picknickdecke, mit verweintem und aufgequollenem Gesicht, auf dem sich unter verwischtem Make-up eine Kraterlandschaft aus roten Pusteln abzeichnet. Wer da nicht in ewiger Liebe entbrennt, ist nicht ganz dicht!

Nach etwa fünf Minuten tritt Thomas' Prophezeiung ein: Es geht schon wieder. Ich spucke das letzte bisschen Flüssigkeit aus, das sich in meinem Magen befindet, dann lasse ich mich ermattet auf das saubere Stück der Decke sinken, schließe die Augen und atme schwer. Dabei spüre ich, wie Thomas mir zärtlich über die Wange streichelt. Das finde ich ganz süß, zumal er nicht einmal fragt, ob diese seltsame Krankheit, die ich ganz offensichtlich im Gesicht habe, ansteckend ist.

Als ich die Augen öffne, hat er sich über mich gebeugt und betrachtet mich sorgenvoll. »Wieder okay?«, will er wissen.

Ich nicke.

Er grinst: »Dann ist wohl jetzt der richtige Moment, dass du doch einen Schluck Champagner trinkst!«

Ich muss lachen. Immerhin, nachdem er sich eben zuerst so blöd verhalten hat, ist er jetzt ganz witzig. »Klar, immer her damit!«

Thomas nimmt ein Glas, gießt etwas Wasser hinein, hält es mir an die Lippen, während er mit seiner freien Hand vorsichtig meinen Kopf abstützt. Süß!

Aus den Augenwinkeln bemerke ich erneut Passanten, die stehen bleiben und uns zusehen. Schätze, die glauben, dass hier gerade Filmaufnahmen vonstatten gehen. Und mein Auftritt eben war ja in der Tat ziemlich hollywoodreif.

Wie eine Verdurstende kippe ich das Wasser in mich hinein, dann starte ich den vorsichtigen Versuch, mich aufzusetzen. Zwar ist mir noch etwas schummerig, aber wenigstens nicht mehr so übel. Mensch, mein Bauchzwerg, was machst du denn mit mir? So wird das aber nichts mit einem neuen Papi, das kann ich dir sagen!

Thomas reicht mir eine Packung mit Feuchttüchern, mit denen ich mir erst das Gesicht abwische und dann den Rest notbedürftig säubere. Meine neue Lederjacke ist dahin, so viel ist mal sicher, und um meine Stiefel ist es auch nicht viel besser bestellt. Wie ich momentan rieche, darüber will ich gar nicht nachdenken. Chanel No. 5 ist es mit Sicherheit nicht!

»Passiert dir das öfter?«, will Thomas wissen, nachdem ich mit der Wischaktion fertig bin.

»Nein«, antworte ich. Und schiebe in Gedanken ein »Nur, wenn ich schwanger bin und nichts trinke« hinterher.

»Vielleicht hast du einen Sonnenstich?«, mutmaßt er.

»Schon möglich. Jedenfalls geht's mir überhaupt nicht gut.« Und das ist nicht gelogen, ich fühle mich wie ein kleines Häufchen Elend und habe gerade bestimmt zwei Kilo Lebendgewicht verloren. An und für sich eine schöne Sache – aber doch nicht so!

»Kannst du aufstehen?«, fragt er.

»Ich kann's ja mal versuchen.« Meine Beine fühlen sich noch wackelig an, aber ich schaffe es trotzdem mit einiger Mühe in die Vertikale.

»Komm«, sagt mein Date und streckt mir eine Hand entgegen.

»Wohin?«

»Ich denke, es ist besser, wenn ich dich nach Hause bringe.«

»Ja?« Ich höre selbst, wie enttäuscht ich klinge. Obwohl ich weiß, dass er Recht hat – unser Rendezvous ist für heute beendet, ich gehöre eindeutig ins Bett.

»Wir holen das nach, okay?«, sagt er und sieht mich zärtlich an. Ich habe nicht die geringste Ahnung, welchen Anblick ich gerade biete, aber entweder macht es Thomas überhaupt nichts aus, oder er ist auch ein heißer Anwärter auf den nächsten Oscar.

»Da würde ich mich freuen«, antworte ich und laufe dabei so rot an, dass die Pickel in meinem Gesicht bestimmt nicht mehr auffallen, weil sie eine harmonische Melange mit meinem Teint eingehen.

»Ich mich auch.« Er lacht. »Das hier war ja schon einmal … besonders.« Wieder wedelt er mit seiner Hand. »Also komm.«

»Mein Auto steht am Literaturhaus«, sage ich. »Ich kann selbst fahren.«

»Das kommt überhaupt nicht in Frage«, erwidert er energisch. »In deinem Zustand lasse ich dich nicht ans Steuer! Morgen kann ich dich abholen und zu deinem Wagen fahren, aber jetzt kommst du erst einmal mit mir.«

»Okay«, füge ich mich. Wenn der wüsste, in welchem »Zustand« ich in Wahrheit bin.

»Dann mal los.«

»Und was ist hiermit?« Ich deute auf die vollgekotzte Picknickdecke.

Thomas lächelt spöttisch. »Die hole ich später. Glaube kaum, dass die jemand klaut.«

»Nein«, gebe ich ihm Recht mit Blick auf die unappetitliche Sauerei, die ich angerichtet habe »Das glaube ich auch nicht. Wäre ein etwas seltsamer Fetisch.«

Wieder lacht er. »Lass dir von mir als Psychologe gesagt sein: Es gibt nichts, was es nicht gibt!«

Zehn Minuten später sitzen wir in einem sportlichen Zweisitzer mit offenem Verdeck. Darüber bin ich ganz froh, weil die strenge Duftnote, die immer noch an mir haftet wie Hundekacke am Schuh, so wenigstens etwas vom Winde verweht wird … Ja, ja, Scarlett O'Hara ist auf dem Weg nach Hause!

Thomas lässt den Motor an, dann wirft er mir einen fragenden Blick zu. »Also, wohin?«

Und mir bricht augenblicklich schon wieder der Schweiß aus. Ich bin doch wirklich die allerdümmste Nuss, die auf Gottes Erdboden wandelt. Warum habe ich auf dem Weg zum Auto nicht daran gedacht, dass Thomas mich ja gar nicht nach Hause fahren *kann*. Weil ich doch überhaupt nicht, wie ihm gegenüber behauptet, an der Elbe wohne, sondern im schönen Arbeiterstadtteil Barmbek.

»Nora?«, fragt er noch einmal. »Sagst du mir, wohin ich dich bringen soll? Sonst müssen wir hier stehen bleiben.«

»Ja, sicher.« Okay, was mache ich? WAS MACHE ICH? Soll ich mich von ihm irgendwo nach Altona oder Bahrenfeld fahren lassen? Dann könnte ich dort aus dem Auto springen und warten, bis er außer Sichtweite ist, bevor ich mir ein Taxi rufe und mich nach Hause kutschieren lassen.

Aber ich bin so schlapp, dass ich allein bei dem Gedanken, jetzt erst einmal eine halbe Stunde bis zur Elbe zu gondeln, um von dort aus dann gut vierzig Minuten bis zu meiner Wohnung zu brauchen, glatt wieder kotzen könnte.

»Dann raus mit der Sprache.« Er senkt die Stimme. »Oder ist deine Adresse geheim?«

Ich kichere nervös, denn Thomas ahnt ja nicht, wie sehr er gerade den Nagel auf den Kopf getroffen hat. »Nein, natürlich nicht!«, behaupte ich. Und denke weiter nach. Oder in ein Hotel? Das ginge doch. Ich könnte ihm sagen, dass bei mir zu Hause ein Wasserschaden ist und ich deshalb momentan im Vier Jahreszeiten residiere. Oder von mir aus auch in irgendeiner

Pension. Wird nur peinlich, wenn er darauf besteht, mich hineinzubegleiten und an der Rezeption niemand einen Schlüssel oder auch nur eine Reservierung für Nora Bergmann findet. Ob ich heimlich über Handy ein Zimmer klarmachen kann? Nein, das ist auch Mist.

»Nora?« Wieder Thomas. »Irgendwie habe ich den Eindruck, du bist noch nicht ganz bei dir.«

»Ja«, ergreife ich den rettenden Ast, den er mir hinhält. »Bin noch etwas verwirrt.«

»Das merke ich.« Er greift wieder nach meiner Hand und drückt sie. »Sollen wir mal in deinem Personalausweis nachsehen?«, schlägt er vor. Dann kichert er. »Oder bei der Polizei nachfragen?«

»Nicht nötig.« Ich gebe mich geschlagen. »Fahr mich bitte nach Barmbek. In die Hellbrookstraße.«

»Nach Barmbek?«, wundert er sich. »Ich dachte, du wohnst an der Elbe!«

»Tu ich ja auch«, lüge ich.

»Aber dann verstehe ich nicht, weshalb ich dich in die entgegengesetzte Richtung fahren soll.«

»Ist eine längere Geschichte«, erwidere ich und hoffe inständig, dass er es dabei bewenden lässt. Aber da kenne ich den Herrn Therapeuten schlecht.

»Ich liebe längere Geschichten«, sagt er und lenkt den Wagen aus der Parklücke, »kannst du mir auf der Fahrt gern erzählen.« Hmpf!

Die »längere Geschichte«, die ich mir aus den Fingern sauge, während Thomas mich nach Hause bringt, ist wie folgt: Ich wohne momentan bei einer Freundin. Weil in meiner Wohnung – beziehungsweise in dem Haus, in dem ich normalerweise lebe – eine größere Schwammsanierung durchgeführt wird, die noch ein paar Wochen andauern wird.

Natürlich hätte ich auf Kosten des Vermieters auch in ein Hotel gehen können, aber ich habe es vorgezogen, bei meiner Freundin unterzukommen, zumal besagte Freundin derzeit so gut wie nie zu Hause ist, weil sie die meiste Zeit bei ihrem Freund in Frankfurt verbringt.

Barmbek, so erläutere ich dem Herrn Psychologen, läge darüber hinaus auch wesentlich verkehrsgünstiger zum Flughafen, so dass ich in Erwägung ziehe, die Wohnung meiner Freundin ganz zu übernehmen, da sie wahrscheinlich demnächst zu ihrem Freund an den Main übersiedelt.

Während ich so vor mich hin fabuliere, gratuliere ich mir innerlich zu diesem Schachzug, denn damit habe ich – für den Fall, dass aus Thomas und mir trotz meiner unverhofften Kotzeritis an der Alster doch noch was wird – schon mal geschickt die kleine Flunkerei bezüglich meines Wohnortes aus der Welt geschafft. Im Zweifel ziehe ich in den nächsten Wochen einfach ganz nach Barmbek um, und gut ist. Ha! Nora Bergmann, du bist ein Genie!

»So, da wären wir!«, sage ich, als wir das Haus in der Hellbrookstraße erreichen.

»Sieht von außen ein bisschen trist aus«, meint Thomas und betrachtet skeptisch den Rotklinkerbau, in dem ich lebe.

»Meine Freundin hat nicht so viel Geld«, behaupte ich. Und ich auch nicht, füge ich im Geiste hinzu.

»Das wollte ich damit nicht sagen«, versichert er eilig. »Aber wenn du dich wirklich mit dem Gedanken trägst, hier ganz einzuziehen, solltest du vorher erst einmal mich besuchen.« Ein tiefer Blick in meine Augen, mir wird sofort wieder schummerig.

»Wieso?«, will ich mit zittriger Stimme wissen. »Hast du eine Jugendstilvilla am Innocentiapark?«

Er lacht auf. »Da überschätzt du die Honorarlage von uns Psychotherapeuten ein wenig«, erklärt er kopfschüttelnd.

»Aber ich habe ein kleines hübsches Häuschen draußen im Grünen.«

»Ach ja?«

Er nickt. »Ja. In Pinneberg. Ist hübsch da.«

Ich glaube, jetzt muss ich *doch* wieder kotzen!

»Nora, ich verstehe dich nicht!« Oskar betrachtet mich pikiert, als ich am Sonntagmorgen mal wieder bei ihm und Bettina am Küchentisch sitze und mir ein Croissant einverleibe. Mein Auto habe ich davor selbst abgeholt, nach gestern war mir nicht danach, mich von Thomas hinkutschieren zu lassen. »Du kannst doch einen Kerl nicht nach seinem Wohnsitz beurteilen!«

»Klar kann ich das«, antworte ich kauend, »ist doch nicht verboten!«

»Nein. Aber kindisch.«

»Finde ich auch«, gibt Bettina ihrem Mann Recht.

»Mit Bad Oldesloe, Bad Segeberg oder von mir aus Winsen an der Luhe könnte ich ja auch noch leben«, verteidige ich mich. »Aber ausgerechnet Pinneberg!«

»Du scheinst da ein echtes Trauma zu haben«, stellt Oskar fest.

»Trauma ist untertrieben«, behaupte ich. »Allein bei dem Wort ›Pinneberg‹ melden sich in mir zwanzig multiple Persönlichkeiten zu Wort. Und jede Einzelne von ihnen hat ihre Kindheit und Jugend in diesem Kaff gehasst!« Ich schüttele mich. »Wieso habe ich auch nicht auf sein Nummernschild geachtet? Und auf seiner Homepage hat er die Adresse seiner Praxis in Eppendorf angegeben, wie hätte ich da ahnen können, dass er in meiner persönlichen Vorhölle lebt? Da kann ich ja gleich zu meinen Eltern ziehen!«

»Nun mach aber mal einen Punkt«, meint Oskar. »Ich komme schließlich aus Ruppichteroth und bin auch ein netter Kerl!«

»Aus was? Ich dachte du kämst aus der Kölner Ecke.«

»Ruppichteroth liegt zwischen Köln und Siegen.«

»Klingt wie eine weitgehend unerforschte Krankheit«, behaupte ich. »Etwas, das mit dem Gehirn zu tun hat.«

»Mit deinem Gehirn haben wir auch eine Menge zu tun«, fährt Oskar mich an. »Da ist dieser tolle Typ, der dich zu einem romantischen Date einlädt und es dir nicht mal übel nimmt, dass du ihm die Hucke vollkotzt – und du störst dich daran, dass er aus der falschen Stadt kommt?« Er schüttelt den Kopf. »Dir ist echt nicht mehr zu helfen!«

»Falsch!«, korrigiere ich ihn. »Er *kommt* nicht aus der falschen Stadt. Er *wohnt* da! *Freiwillig.* Und die Bezeichnung ›Stadt‹ würde ich an dieser Stelle auch noch einmal schwer überdenken wollen.«

»Ach, mach doch, was du willst!« Genervt springt Oskar auf und rauscht aus der Küche. Bettina und ich bleiben zurück und sehen ihm schweigend nach.

Nach einer Weile räuspert sich Oskars Frau. »Nora, ich finde ehrlich gesagt auch, dass du übertreibst. Es ist doch nicht so tragisch, wo er wohnt! Das lässt sich außerdem ändern. Du tust ja gerade so, als wäre er … ein schwerer Alkoholiker oder so etwas.«

»Würde doch prima zu mir passen«, gebe ich maulig zurück. »Als Alkoholikerin hat er mich ja auch schon hingestellt.«

»Das ist doch Quatsch, das weißt du selbst.« Klar weiß ich das. Aber ich will es nicht so richtig zugeben. »Weißt du, was ich glaube?«

»Was denn?«

»Dass du Angst hast.«

»Angst? Ich?«

Bettina nickt. »Ja, das glaube ich. Anders kann ich mir nicht erklären, dass du einen aussichtsreichen Kerl in den Wind schießen willst, bloß, weil er das falsche Nummernschild am Auto hat.«

»So, meinst du? Und was für eine Angst soll das sein?«

»Keine Ahnung, da kann ich nur die Hausfrauenpsychologie bemühen.«

»Nur zu!«

»Na ja, vielleicht geht dir das in deiner Situation alles doch ein bisschen zu schnell. Und du fürchtest dich davor, was passiert, wenn du dich verliebst, Thomas aber nichts mehr von dir wissen will, wenn er von deiner Schwangerschaft weiß.«

»Du hast Recht«, sage ich. »Das *ist* Hausfrauenpsychologie.« Ich seufze. »Und leider triffst du damit den Nagel wohl absolut auf den Kopf.«

»Das dachte ich mir.«

Wir schweigen einen Moment.

»Also«, will Bettina nach einer Weile wissen. »Was ist jetzt? Rufst du ihn zurück?« Ich habe den beiden erzählt, dass Thomas mir heute bereits dreimal auf die Mailbox gesprochen hat, ich mich aber bisher totgestellt habe.

»Hm«, gebe ich unbestimmt zurück, »mal sehen.«

»›Mal sehen‹ heißt ›nein‹.«

»Stimmt nicht«, behaupte ich. »›Mal sehen‹ heißt ›mal sehen‹.«

Bettina lacht. »Na, dann sieh du mal!«

Anmerkung eines Mitarbeiters der Stadtreinigung

So eine Sauerei! Was glauben die Leute eigentlich, wer sie sind? Lassen ihren Mist einfach hier so auf der Wiese liegen und gehen davon aus, dass irgendwer den Dreck schon wegräumen wird. Und ist ja auch so, ich, Hein Daddel, werd's schon richten! Vorhin musste ich doch glatt eine vollgekotzte Picknickdecke entfernen. Alles haben die dagelassen, alles! Geschirr, Besteck, Gläser, Fressalien. Eine Frechheit! Solche Leute müsste man anzeigen, ANZEIGEN MÜSSTE MAN DIE! *Aber nein, dafür gibt's ja Hein Daddel. Ich wünschte, meine Mutter hätte in der Schwangerschaft nicht so viel gesoffen, dann müsste ich jetzt nicht durch anderer Leute Dreck robben, sondern wäre ein wichtiger Staatsanwalt, der solche Umweltverschmutzer verknackt! Prost, Muddern!*

11. Kapitel

Zwei Stunden später komme ich nach einem ausgiebigen Frühstück, bei dem Oskar und Bettina mir noch einmal abwechselnd ins Gewissen geredet haben, zurück nach Hause. Natürlich hat mein bester Freund es nicht lange ausgehalten, der Küche fernzubleiben, und tauchte nach zwanzig Minuten wieder auf mit einem Feuerwerk an guten Argumenten, die *für* Thomas sprechen.

Jetzt bin ich vollgefressen und schlapp, denn während die Übelkeit sich glücklicherweise verflüchtigt hat, schlägt als Nächstes offenbar die Schwangerschaftsmüdigkeit zu. Und zwar so sehr, dass ich mich kaum auf den Beinen halten kann, als ich mich aus dem Auto schäle und auf das Haus zuwanke. Also, wenn das so bleibt – dann gute Nacht!

Ich scheine allerdings nicht die Einzige zu sein, die momentan etwas derangiert ist, in der Haustür stoße ich – mal wieder – mit meinem Nachbarn Erik Ballhaus zusammen, der auch einen extrem lädierten Eindruck macht. Seine blonden Haare sind zerzaust, und er dünstet eine deutliche Fahne aus, die mir wohl selbst ohne den sensiblen Geruchssinn einer Schwangeren den Atem rauben würde.

»Sorry«, lallt er, als er fast in mich hineinstolpert.

»War wohl ein rauschendes Fest gestern«, stelle ich amüsiert fest und halte die Luft an, damit ich mich nicht gleich wieder übergeben muss.

Mit schwacher Geste winkt er ab und schleppt sich raus auf die Straße. Ich sehe ihm nach, wie er auf den Rücksitz eines vorfahrenden Taxis fällt. Wo will er denn bloß hin? Noch dazu in diesem Zustand? Vielleicht in die Notaufnahme? Seinem Anblick nach zu urteilen halte ich eine Alkoholvergiftung nicht für völlig ausgeschlossen. Und das von einem braven Familienvater, Sachen gibt's!

Auf dem Weg nach oben klingelt mein Handy. Ich muss erst gar nicht nachsehen, wer es ist, denn ich habe Thomas einen eigenen Klingelton eingerichtet: »In Your Eyes« – was sonst? Das ist mittlerweile sein sechster Anruf, und ich komme mir ziemlich herzlos vor, weil ich nicht rangehe und ihn so auflaufen lasse. Ich sollte mich später bei ihm melden.

Aber erst einmal muss ich schlafen, denke ich, als ich die Tür zu meiner Wohnung aufschließe und auf direktem Weg mein Schlafzimmer ansteuere, wo ich mir die Klamotten vom Leib reiße und mich dann aufs Bett fallen lasse. Schlafen, ich muss einfach schlafen. Etwa hundert Jahre lang, Dornröschen ist fix und fertig.

»Dornröschen war ein schönes Kind«, summt es durch meinen Kopf, »schönes Kind, schönes Kind; Dornröschen war ein schönes Kind, ein schöööönes Kind … Dornröschen kriegt ein schönes Kind, schönes Kind, schönes Kind …« Pfffffrrrrr, schnaaaaaaarch.

Mein Nachttischwecker zeigt 16:56 Uhr, als ich wieder zu mir komme. Ich habe also über drei Stunden geschlafen, so was passiert mir sonst tagsüber nie! Dafür fühle ich mich wesentlich fitter als am Mittag. Zwar nicht gerade nach Bäume ausreißen, aber immerhin sehe ich mich in der Lage dazu, Tee zu kochen, ohne dabei gleich wieder einzuschlafen.

Ich ziehe meinen Bademantel über und gieße mir in der Küche einen Frauenmanteltee auf, wie Dr. Spingel es mir empfohlen hat. Als ich die Tasse an die Lippen setze, schaudert es mich. Schmeckt wie eingeschlafene Füße! Ob da ein Löffel Honig hilft? So, wie der schmeckt, muss es schon eher ein ganzes Glas sein!

In meiner Handtasche im Flur klingelt mein Handy, diesmal ist es, dem Klingelton nach zu urteilen, die Mailbox.

Ich hole meine Tasche und krame es auf dem Weg zurück in die Küche hervor. Thomas hat mir ganze vier Nachrichten hinterlassen. Ich höre sie ab und bin ein bisschen gerührt: Er macht sich Sorgen um mich und fragt sich, ob er etwas Falsches gesagt hat, weil ich seine Anrufe nicht beantworte. Ja, hat er: Pinneberg. Nach diesem Geständnis habe ich mich gestern ziemlich eilig von ihm verabschiedet und bin aus seinem Sportwagen gehüpfte und der arme Kerl weiß nicht einmal, warum.

Nachdenklich nippe ich an meinem Tee und blicke aus dem Fenster hinunter auf die Straße. Die Sonne scheint noch immer, als wolle sie beweisen, dass sie ihren schlechten Ruf bei den Hamburgern nicht verdient hat. Eine leichte Brise geht durch die Bäume und wiegt die Äste sachte im Wind hin und her, alles sieht so idyllisch und friedlich aus.

Um das Bild zu vervollkommnen, tritt in diesem Moment Familie Ballhaus unten auf die Straße. Erik hat scheinbar inzwischen geduscht und sich umgezogen, aus der Ferne wirkt er deutlich frischer als vorhin. Vielleicht hat er sich wirklich mal eben im Krankenhaus den Magen auspumpen lassen und ist nun wieder wie neu geboren?

Der kleine Anton schiebt einen Tretroller neben sich her, Heike trägt ein sportliches Sommerkleid, ihre Haare wehen im Wind. Alle drei lachen. So marschieren sie los, Erik einen Arm um seine Frau gelegt, Anton, der auf seinem Roller losflitzt. Ach ja, ein Sonntagsausflug mit der Familie, wie schön! Bestimmt gehen sie in den Tierpark oder an der Alster die Enten füttern oder so, und nachher setzen sie sich in ein Café und jeder isst einen leckeren Eisbecher. Und ich stehe hier allein mit meiner Tasse Frauenmanteltee!

Vielleicht sollte ich Thomas doch gleich mal zurückrufen? Oskar und Bettina haben ja Recht mit allem, was sie sagen. Er scheint ein netter Typ zu sein. Und aus Pinneberg kann man auch wegziehen. Oskar hat es ja auch geschafft, Ruppichteroth hinter sich zu lassen.

Während ich noch das Für und Wider eines Anrufs bei ihm abwäge, sehe ich ihn auf einmal vor mir. Also Thomas, und zwar leibhaftig. Er hält mit seinem Cabrio direkt vor meinem Haus. Schnell will ich mich hinter der Gardine vom Küchenfenster verstecken, aber es ist zu spät, er hat mich bereits entdeckt und winkt zu mir hoch. Mist, jetzt weiß er, dass ich zu Hause bin!

Im Stechschritt stürze ich ins Schlafzimmer, um mir schnell was anzuziehen und ihm entgegenzulaufen. Ich muss unbedingt verhindern, dass er in meine Wohnung kommt, denn in Anbetracht meiner Baby-One-Einrichtung gerate ich sonst schwer in Erklärungsnot.

Kaum bin ich in Jeans, T-Shirt und meine Sneakers geschlüpft, klingelt es auch schon an der Tür. Ich eile zur Gegensprechanlage, um Thomas zu sagen, dass ich runterkomme – doch dann halte ich mitten in der Bewegung inne.

Was soll das eigentlich?, frage ich mich. Erst eben habe ich überlegt, ob ich ihn überhaupt noch einmal anrufen oder mich mit ihm treffen soll, und jetzt verfalle ich geradezu in Hysterie, um zu verhindern, dass er von meiner Schwangerschaft erfährt? Warum nicht die Probe aufs Exempel machen und es ihm einfach frei heraus sagen?

Dann bin ich ihn entweder sofort los – oder er entpuppt sich als extrem hartgesottener Pinneberger, den selbst die Tatsache, dass ich ein Kind von einem anderen Mann erwarte, nicht aus den Schuhen hauen kann.

Sehr gut, Nora, lobe ich mich, ein guter Plan! Wenn er gleich wieder abhaut, ist es kein größerer Verlust, ich kann also nur gewinnen! Es klingelt ein zweites Mal, ich drücke auf den Türöffner und rufe ein »zweiter Stock« in den Hörer der Gegensprechanlage.

Während ich darauf warte, dass Thomas oben auf dem Treppenabsatz erscheint, werde ich doch ein wenig nervös. Gleich wird sich zeigen, wie der Mann auf das reagiert, was ich ihm zu sagen habe. Und egal, ob der Herr Therapeut sich daraufhin sofort aus dem Staub macht oder nicht – es wird in jedem Fall aufschlussreich. Auch in Hinblick auf die weitere Partnersuche, die mir dann vielleicht bevorsteht.

»Hallo, Nora!« Thomas biegt um die Ecke, lächelt mich an – und mein Herz setzt einen Schlag lang aus. Bin ich bescheuert, oder was? Wie habe ich mich von der Tatsache, dass er in Pinneberg wohnt, so aus der Fassung bringen lassen können, dass ich darüber glatt vergessen habe, wie wunderwunderschön er ist?

Wie er jetzt so vor mir steht, in enger Knackpo-Jeans und weißem T-Shirt, das mit seinen weißen Zähnen um die Wette strahlt, die dichten schwarzen Haare lugen lässig unter einer Mütze hervor (ich hab's gewusst! Der Mann sieht selbst mit Mütze sensationell aus!), und mir einen Strauß roter Rosen entgegenhält, frage ich mich, ob ich gestern noch bei Sinnen war, einfach so uncharmant aus dem Auto zu hüpfen und mehr oder weniger grußlos wegzulaufen. Es muss die Übelkeit gewesen sein, anders kann ich mir das nicht erklären.

»Hallo, Thomas«, hauche ich und nehme den Blumenstrauß entgegen. »Danke!«

»Schön, dass du zu Hause bist.« Er betrachtet mich eingehend. »Ich hab mir schon richtig Sorgen gemacht, weil ich dich den ganzen Tag nicht erreichen konnte, deshalb bin ich vorbeigekommen.«

»Ich habe geschlafen«, erkläre ich. »Ging mir nicht so gut.«

Sofort tritt ein besorgter Ausdruck auf sein Gesicht. »Immer noch so schlimm?«

Ich schüttele den Kopf. »Nein, es geht schon wieder.« Dann

versuche ich, mein charmantestes Lächeln aufzusetzen. »Schön, dass du vorbeischaust!«

»Ich war mir nicht sicher, ob ich vielleicht störe …«.

»Tust du nicht.«

»Hast du die Wohnung doch schon ganz übernommen?«, will er wissen.

»Wieso?«

»Weil unten nur ›Bergmann‹ an der Klingel steht, deshalb.«

»Ach so. Nein, also, ja … Meine Freundin heißt auch Bergmann«, behaupte ich.

»Echt?«

»Ja. Totaler Zufall, oder? So haben wir uns damals kennengelernt. Wir wohnten eine Zeitlang im selben Haus, und der Postbote hat immer unsere Post vertauscht.«

»Verstehe.«

»Ja, lustig, hihi.« Nora, Nora, geht *das* schon wieder los! »Jedenfalls ist es schön, dich zu sehen!«, lenke ich vom Thema ab.

»Das finde ich auch.« Er beugt sich vorsichtig zu mir vor und haucht mir einen Kuss auf die Lippen, bei dem ich sofort wieder weiche Knie bekomme. Einen Moment lang stehen wir nur so da, knutschend wie Teenager im Treppenhaus. »Ja, dann«, sagt Thomas, nachdem wir uns wieder voneinander gelöst haben und sieht mich abwartend an.

»Dann?«, frage ich nach.

»Ich meine, willst du mich nicht reinlassen? Oder sollen wir uns weiter im Hausflur unterhalten?« Er lächelt.

»Ach so, nein, natürlich nicht!« Aaah! Hatte ich eben noch den festen Vorsatz, ihn einfach mit meiner Schwangerschaft zu konfrontieren, erscheint mir die Idee auf einmal gar nicht mehr so toll. Denn wenn ich mir Thomas so ansehe, wäre es *doch* ein ziemlicher Verlust, wenn er gleich schreiend das Weite sucht.

Andererseits: Die ganze Lügerei bringt ja nichts, außer, mich tiefer und tiefer in den Schlamassel zu reiten, und wenn aus uns ein Paar werden sollte, werde ich es ihm irgendwann ohnehin nicht mehr verheimlichen können. Über kurz oder lang wird er merken, dass die Frau an seiner Seite dicker und dicker wird, obwohl sie gar nicht tonnenweise Schokolade und Eis frisst. Schicksalsergeben lasse ich die Tür nach innen aufschwingen und sage: »Komm gern rein.«

Thomas tritt ein und folgt mir ins Wohnzimmer. Sofort bleibt sein Blick verwundert an der Babywiege hängen, die unübersehbar hinter meinem Sofa steht.

»Oh«, sagt er entgeistert.

In Ordnung, ich bin nicht stolz auf die nächste Räuberpistole, die ich Thomas im Verlauf der kommenden halben Stunde auftische. Aber ich bringe es schlicht nicht fertig, ihm die Wahrheit zu sagen, zu groß ist die Angst, dass er dann wirklich sofort wieder abhaut. Und da sprudelt es einfach so aus mir heraus, die Fantasie geht mit mir durch wie ein wildgewordener Gaul. Ja, ich bin ein Weichei, und ein verlogenes noch dazu, aber ich kann's nun einmal nicht ändern. Oder ich will nicht, wie man's nimmt.

»Die Babysachen gehören meiner Freundin«, behaupte ich.

»Ach so«, sagt er. Wie haben uns aufs Sofa gepflanzt und trinken die Apfelsaftschorle, die Thomas mitgebracht hat. Ja, er hat Apfelsaftschorle für mich mitgebracht, ich bin *hingerissen*! Er hat einen Arm um meine Schulter gelegt, hält meine rechte Hand und streichelt zärtlich mit seinem Daumen darüber. Ich genieße es, ihn so nah neben mir zu spüren. Könnte glatt schnurren wie eine zufriedene Katze, so gut fühlt sich das an!

»Und deine Freundin hat ein Kind?«, fragt Thomas. »Wo ist es denn?«

»In ihrem Bauch«, erkläre ich. »Sie ist noch schwanger.«

»Ach, deshalb will sie auch zu ihrem Freund nach Frankfurt ziehen?«

»So in der Art.« Mit einem Mal wittere ich die Chance, Thomas meine Geschichte zu erzählen und ihm so auf den Zahn zu fühlen, was er von der ganzen Sache hält. Geschickt über Bande gespielt, sozusagen, denn es geht ja schließlich nicht um mich, sondern nur um »meine Freundin«. Nora Bergmann, was für ein Schachzug! »Das Kind ist nämlich nicht von ihrem Freund, sondern von einem anderen«, erzähle ich.

»Jetzt wird's kompliziert.«

»Eigentlich ist es gar nicht so kompliziert«, wende ich ein. »Loredana, so heißt meine Freundin ...« Wie komme ich bloß auf diesen bescheuerten Namen? Aber egal, weiter im Text! »Also, Loredana hat erst vor Kurzem festgestellt, dass sie schwanger ist. Und etwa zur gleichen Zeit hat sie herausgefunden, dass ihr Freund sie schon seit einer Weile mit einer anderen Frau betrügt.«

»Oh«, meint Thomas, »das ist übel.«

»Das kann ich dir sagen! So ein Arsch!« Ich muss nicht mal schauspielern, um empört zu klingen, die Wut wallt von ganz allein wieder in mir hoch.

»Und dann?«

»Sie hat sich natürlich sofort von ihm getrennt, das ist doch wohl klar!«

»Kann ich verstehen. Aber was hat ihr Freund denn dazu gesagt, dass sie von ihm ein Kind erwartet?«

»Dass er mit seiner neuen Flamme auswandern wird.«

»Nein!«

»Doch!«

»Das wird ja immer übler!«, entrüstet Thomas sich.

»Tja«, fahre ich mit meiner kleinen Spinnerei fort, »und dann stand Loredana auf einmal ganz allein da. Schwanger, verlassen, traurig, vollkommen orientierungslos.« Ich gebe mir Mühe, möglichst betroffen zu wirken. Die arme Loredana!

Thomas sieht regelrecht bestürzt aus. »Was für eine schreckliche Situation!«, ruft er aus. Ich frohlocke innerlich, das hier läuft eindeutig in eine Richtung, die mir gefällt! Dieser Thomas hat das Herz am rechten Fleck, wie man so schön sagt.

»Zu der Zeit bin ich dann zu ihr gezogen«, erkläre ich. »Das passte ganz gut, denn ich musste eh aus meiner Wohnung raus, und Loredana war natürlich auch froh, in ihrer Lage nicht ganz allein zu sein.«

»Da bist du ihr bestimmt eine echte Stütze gewesen«, sagt Thomas und wirft mir einen nahezu bewundernden Blick zu.

Ich seufze. »Das hoffe ich!« Jetzt nur nicht zu dick auftragen! »Jedenfalls hat Loredana vor ein paar Wochen ganz unverhofft einen anderen Mann kennengelernt, und die beiden haben sich ineinander verliebt.«

»Der Typ aus Frankfurt?«

»Exakt!«

»Und was sagt der zu ihrer Schwangerschaft?«

»Er freut sich aufs Kind«, antworte ich.

»Das ist ja toll!«, stellt Thomas fest. »Scheint ein guter Kerl zu sein, wenn er sich nicht daran stört, dass er nicht der Vater ist.«

»Überhaupt nicht! Er hält es da ganz mit Franz Beckenbauer und sagt nur: ›Der liebe Gott freut sich über jedes Kind!‹«

»Gute Einstellung«, findet Thomas.

»Wie ist es denn bei dir mit Kindern?«, wage ich einen mutigen Vorstoß.

»Was soll damit sein?«

»Na ja, magst du sie?«

»Klar mag ich Kinder, sogar sehr gern! Kinder sind einfach großartig.« Ich jubiliere. »Aber ich will auf gar keinen Fall eigene.«

Bam!

»Wieso denn nicht?«, frage ich, als ich mich vom ersten Schrecken erholt habe. »Was ist daran so schlimm?«

»Gar nichts ist schlimm daran«, erwidert er und greift wieder nach meiner Hand, die ich ihm wohl aus Reflex entzogen habe. »Ich möchte nur keine, das ist alles.«

»Gibt's dafür einen Grund?«, will ich wissen und merke, wie ich mit den Tränen kämpfe. Das darf echt nicht wahr sein, Thomas hat sich so verständnisvoll und einfühlsam die Geschichte »meiner Freundin Loredana« angehört – und jetzt erklärt er mir, dass er auf gar keinen Fall eigene Kinder möchte? Das ist der Supergau! Ob es was bringt, wenn ich ihm sage, dass das Baby, das ich zur Welt bringen werde, dann ja genau genommen gar nicht sein »eigenes« wäre? Ich bezweifle es.

»Wie soll ich das erklären?«, beginnt er und betrachtet dabei nachdenklich sein Glas Apfelsaftschorle. »Als Psychologe habe ich eine Menge mit Menschen zu tun.«

»Das denke ich mir.«

»Aber leider meistens mit sehr unglücklichen Menschen, sonst würden sie ja nicht zu mir kommen.«

»Klingt logisch.«

»Und meistens liegt das Unglück dieser Menschen in ihrer Kindheit begründet.« Ich ahnte es, nun kommt gleich die Geschichte, wie jemand mit drei vom Töpfchen gefallen ist. »Weißt du, ich habe schon die furchtbarsten Dinge gehört, die Eltern ihren Kindern antun. Das kannst du dir gar nicht vorstellen.«

»Doch, kann ich.« Ich gucke schließlich RTL II!

»Heutzutage musst du wochenlang in die Fahrschule gehen und eine Prüfung ablegen, um irgendwann mal allein hinters Steuer zu dürfen – aber Kinder darf jeder in die Welt setzen, egal, ob er dafür geeignet ist oder nicht.«

»Hm.« Mehr fällt mir dazu nicht ein. Außer, dass Thomas natürlich irgendwie Recht hat, und dass ich das so noch nie gesehen habe. Gleichzeitig frage ich mich, ob ich für ein Kind überhaupt geeignet bin. Aber die Frage ist für die Katz, ich stelle sie mir etwa zwei Monate zu spät.

»Vor ein paar Jahren habe ich mir dann noch eine Praxis mit einer Kinderpsychologin geteilt, und spätestens seitdem ist mir klar, dass ich selbst keinen Nachwuchs möchte.«

»Aber«, finde ich meine Sprache wieder, »wer, wenn nicht du, wäre prädestiniert dazu, Kinder großzuziehen! Ich meine, du bist doch Psychologe und kennst dich aus!«

Er lacht. »Du weißt doch, wie das ist: Der Schuster hat selbst die schlechtesten Schuhe.« Dann schüttelt er den Kopf. »Nein, nein, ich kann mir das wirklich nicht vorstellen. Ein Kind würde auch gar nicht in mein Leben passen, dafür liebe ich meine Freiheit viel zu sehr.« Er sieht mir tief in die Augen, und obwohl ich innerlich gerade schockgefrostet bin, wird mir trotzdem ein bisschen warm. »Ich möchte diese Verantwortung einfach nicht haben. Weißt du, ich träume davon, viel zu reisen und noch jede Menge Abenteuer zu erleben.« Sein Blick wird noch intensiver, wenn das überhaupt möglich ist. »Am liebsten mit einer tollen Partnerin an meiner Seite.« Er macht eine Pause. »So, wie du eine bist.« Dann beugt er sich zu mir vor und will mich küssen, aber ich weiche ihm geschickt aus.

»Und das steht für dich unumstößlich fest?«, frage ich noch einmal nach und merke, dass meine Stimme leicht zittert. »Also, dass du keine Kinder willst?«

»Ja«, sagt er. »Ich habe mich vor ein paar Jahren sogar sterilisieren lassen, weil ich mir da ganz sicher bin.« Ich schlucke schwer, das klingt *sehr* sicher. »Und, ich hoffe, dass du mir das jetzt nicht übel nimmst«, er lächelt mich an, » aber deshalb habe ich auch nur Interesse an reiferen Frauen.«

»Bitte, was?«

Er hebt entschuldigend die Hände. »Ich wusste, dass du das in den falschen Hals bekommst, also lass es mich bitte erklären. Ich meine damit, dass eine Mittzwanzigerin nichts für mich wäre, zehn Jahre älter sollte sie schon sein. In dem Alter haben die Frauen entweder schon Kinder – und dann sind sie nichts für mich –, oder sie haben mit dem Thema bereits abgeschlossen.«

»Hmpf.« Erneut versagt mein Sprachzentrum, die Kombination aus »reiferer Frau« und »mit dem Thema bereits abgeschlossen« bringt mich schwer aus der Fassung.

»Hoffentlich habe ich deine Gefühle jetzt nicht verletzt?«, will Thomas wissen.

»Nein, hast du nicht.« Du hast mich nicht verletzt, du hast mich vernichtet. Aber das steht auf einem anderen Blatt.

»Da bin ich froh!« Er drückt meine Hand. »Ich mag dich wirklich sehr und finde es wichtig, dass wir von Anfang an ganz ehrlich miteinander sind, wenn unsere Geschichte eine Zukunft haben soll.«

»Hm.«

»Mehr fällt dir dazu nicht ein?«

»Im Moment nicht so richtig.«

Thomas betrachtet mich nachdenklich und streicht mir sanft mit einer Hand über die Wange. »Ist das denn für dich wichtig?«, will er wissen. »Also, wenn aus uns was werden sollte – würdest du dann unbedingt noch ein Kind haben wollen?«

»Nein«, sage ich. Nicht noch eins, schiebe ich in Gedanken hinterher.

»Ich bin froh, dass wir schon so früh über das Thema gesprochen haben«, sagt er, und seine Stimme klingt plötzlich eigenartig rau. »Denn wenn ich ehrlich bin, habe ich mich schon ziemlich in dich verliebt.« Erneut nähern sich seine Lippen meinem Gesicht – und diesmal lasse ich es geschehen, dass er mich küsst. Ich Weichei, ich blödes!

»Was ist denn *jetzt* schon wieder los?« Oskar wirkt genervt, als ich zwei Stunden später mal wieder bei ihnen vor der Tür stehe.

»Tut mir leid«, entschuldige ich mich. »Aber ich muss einfach noch mal mit dir und Bettina reden.«

»Warum?«, blafft er mich an. »Damit du beratungsresistentes Ding unsere gut gemeinten Tipps wie immer in den Wind schießen kannst?«

»Nein«, gebe ich kleinlaut zurück, »diesmal brauche ich *echt* einen Rat!«

Er verdreht die Augen, öffnet aber die Tür. »Okay, komm rein.« Dann ruft er seine Frau: »Bettina! Unser Sorgenkind ist da!«

»Ich komme gleich!«, ertönt ihre Stimme aus einem der Kinderzimmer. »Muss noch vorlesen!«

Ich trotte hinter Oskar her und folge ihm in die Küche, wo er uns einen Tee aufsetzt. Als drei dampfende Tassen auf dem Tisch stehen, stößt Bettina zu uns, und ich erzähle ihnen die Kurzversion dessen, was sich eben in meiner Wohnung ereignet hat. Dabei lasse ich auch nicht aus, dass es mir heldenhaft gelungen ist, Thomas nach unserer wilden Knutscherei nach Hause zu schicken, obwohl mir eindeutig danach gewesen wäre, noch intensiver auf Tuchfühlung zu gehen.

»Aber das habe ich natürlich nicht gemacht«, beende ich meine Schilderung. »Ich werde erst mit ihm schlafen, wenn er die ganze Wahrheit kennt.«

»Wirst du nicht«, wirft Oskar ein und hat schon wieder diesen latent vorwurfsvollen Gesichtsausdruck.

»Wie meinst du das?«, will ich wissen.

»So, wie ich es sage«, erklärt er. »Entweder, du wirst ihm nicht die Wahrheit sagen. Und wenn du sie ihm sagst, wird er nicht mehr mit dir schlafen oder sonst was von dir wollen. Weil Männer es nämlich nicht ausstehen können, wenn man sie so belügt.«

»Das war gemein«, stelle ich fest.

»Das ist nicht gemein, es ist wahr.«

»Oskar!«, schaltet Bettina sich ein. »Hack bitte nicht so auf Nora rum! Sie ist doch hier, weil sie unsere Hilfe braucht und keine Vorhaltungen.«

»Ach«, er haut mit der flachen Hand auf den Tisch, »ich bin es halt leid, mir ständig Noras Geschichten anzuhören. Und wenn man ihr dann sagt, was man für richtig hält, macht sie am Ende doch, was sie will.«

»Gar nicht wahr!«, verteidige ich mich. »Mirko hab ich schließlich auch von der Schwangerschaft erzählt, so, wie du es wolltest.«

Mein bester Freund lacht laut auf. »Ja. Weil er uns erwischt hat, als wir gerade dabei waren, deine Wohnung in ein Babyparadies zu verwandeln. Und wenn wir mal ehrlich sind, habe *ich* es ihm gesagt, nicht du!«

»Da bist du mir nur zuvorgekommen!« Was ist bloß mit Oskar los, warum ist er mir gegenüber so feindselig? Bin ich wirklich solch eine schreckliche Nervensäge?

»Ist ja auch egal«, wischt er meinen Einwand vom Tisch. »Auf alle Fälle bist du gerade mal wieder auf dem besten Weg, dir die nächste Suppe einzubrocken. Und die darfst du diesmal gern allein auslöffeln, ich habe fertig!« Mit diesen Worten steht er auf und rauscht aus der Küche. Und irgendwie habe ich das Gefühl, dass er heute nicht mehr zurückkehren wird.

»Nimm dir das nicht so zu Herzen«, sagt Bettina und sieht mich entschuldigend an. »Oskar ist momentan etwas gestresst. Die Renovierung der Kinderzimmer war doch aufwändiger als gedacht, und morgen früh muss er schon um vier Uhr zum Flughafen und dann fünf Tage Kette fliegen, das nervt ihn gerade. Außerdem hat er gerade wohl ein bisschen Zoff mit einem Kollegen, er hat da so was angedeutet.«

»Verstehe.« Kette fliegen hasse ich auch immer, da kommt man zwischendurch nicht nach Hause, sondern darf in irgendwelchen blöden Airport-Hotels abhängen. Es sei denn, der Flugplan ist so, dass noch genug Zeit bleibt, um Land und Leute zu erkunden, was aber nicht oft der Fall ist. Und wenn man dann noch mit blöden Kollegen unterwegs ist, macht es das auch nicht gerade lustiger. »Trotzdem finde ich, dass er überreagiert.«

»Ach, lass ihn, der regt sich schon wieder ab. Außerdem ist es in Wahrheit so, dass er sich schlicht Sorgen um dich macht.«

»Da ist er nicht der Einzige«, gebe ich düster zurück. »Ich mache mir auch Sorgen um mich.«

»Aber warum denn? Du hast doch gerade einen tollen Mann kennengelernt.«

»Ja. Einen tollen Mann, der auf gar keinen Fall Kinder möchte.«

»Dafür möchtest du auf gar keinen Fall in Pinneberg leben.«

»Stimmt auch wieder. Ich sollte die Sache also am besten vergessen, denn da gibt es gleich zwei Dealbreaker.«

Bettina schmunzelt. »An deiner Stelle würde ich jetzt zwei Dinge tun.«

»Die da wären?«

»Erst einmal würde ich mir ansehen, wie sein Häuschen in Pinneberg so ist. Kann ja sein, dass es da echt hübsch ist! Und danach würde ich ihm von deiner Schwangerschaft erzählen. Alles Weitere sieht man dann.«

»Ja«, sage ich. »Stimmt wohl.«

Anmerkung eines Pinnebergers

Stimmt alles gar nicht! Ist total schön hier! Außerdem haben wir eine super S-Bahn-Anbindung an Hamburg, in nicht mal zwanzig Minuten ist man mitten in der Innenstadt. Eingebildete Barmbeker Schnepfe!

12. Kapitel

Es ist *nicht* hübsch in Pinneberg, ganz und gar nicht. Thomas' »Häuschen« entpuppt sich bei meinem ersten Besuch als eine Mittelhausscheibe, noch dazu nur etwa zweihundert Meter Luftlinie vom Haus meiner Eltern entfernt. Das ist mir eindeutig zu nah!

In den vergangenen zwei Wochen haben wir uns sechsmal getroffen und waren dabei bisher immer entweder bei mir (beziehungsweise bei Loredana) oder sind spazieren gegangen, bis Thomas gestern gefordert hat, dass ich endlich mal zu ihm »nach draußen« kommen müsse und dass morgen ein guter Tag wäre, weil seine Praxis montags geschlossen ist. Also bin ich nach dem Frühstück in meinen Golf gestiegen und nach dem schönen Pinneberg gezuckelt.

Stolz führt Thomas mich nun durch sein Reich, das er bereits abzahlt, seit er Ende zwanzig ist und mittlerweile sein eigen nennen darf. Es ist durchaus geschmackvoll eingerichtet, eine Mischung aus Modern und Retro, und verfügt sogar über einen eigenen kleinen Garten – aber was hat man davon, wenn einem die linken und rechten Nachbarn beim Sonnenbaden quasi auf dem Schoß sitzen?

Unten im Haus befindet sich ein großes Esszimmer mit einer offenen Wohnküche, die obere Etage besteht aus einem Schlaf- und einem Gästezimmer, einem geräumigen Bad und einem kleinen Büro, das Thomas sich hier eingerichtet hat. Insgesamt ist es überall sauber und ordentlich – nur in Thomas' Arbeitszimmer herrscht das totale Chaos.

»Hier müsstest du mal aufräumen«, stelle ich mit Blick auf das Durcheinander fest. Überall stapeln sich Papiere, Bücher und Aktenordner, die Regale platzen aus allen Nähten, der Schreibtisch liegt unter einem Berg Wäsche begraben.

»Ich weiß«, gibt er zu, »mein Büro ist der einzige Ort, an dem sich widerspiegelt, wie es in mir hin und wieder aussieht.«

»Da kenne ich ein gutes Buch, mit dem du das leicht in den Griff kriegst und hier in null Komma nichts Ordnung schaffst.«

»So? Welches denn?«

»Es heißt ›Feng Shui gegen das Gerümpel des Alltags‹«, sage ich. »Da stehen eine Menge guter Tipps drin. Zum Beispiel, dass alles, was man ein Jahr lang nicht mehr angefasst hat, ungesehen weg kann.«

»Interessant.« Er grinst mich an. »Du könntest Paartherapeutin werden, weißt du das?«

»Hä?«

»Na ja, du verstehst schon: Alles, was man ein Jahr lang nicht angefasst hat, kann ungesehen weg!« Mit diesen Worten bricht er in Gelächter aus und knufft mich in die Seite, und auch ich kann nicht anders, als loszuprusten. Nachdem wir uns beruhigt haben, setzt er die Führung fort und zeigt mir sogar noch unten den Keller und den so genannten »Hauswirtschaftsraum«, ein Wort, gegen das ich seit frühester Jugend eine starke Abneigung hege.

»Und?«, will er wissen, als wir fertig und zurück im Wohnzimmer sind, »wie findest du es?«

»Nett.«

»Nett ist die kleine Schwester von du weißt schon«, sagt er und zwinkert mir zu.

»Na ja«, gestehe ich, »ich bin in der Gegend hier aufgewachsen und habe mir eigentlich geschworen, dass ich nie wieder außerhalb der Hamburger Stadtgrenze leben werde. Schon gar nicht in Pinneberg.«

Jetzt lacht er. »Von hier *leben* ist ja noch gar keine Rede. Erst einmal bist du zu Besuch.«

Prompt laufe ich rot an. »So habe ich das nicht gemeint.«

»Nein?« Er legt seine Arme um mich und zieht mich an sich. »Das ist aber schade!« Dann fängt er an, mich durchzukitzeln. Innerhalb weniger Sekunden sind wir in eine wilde Balgerei miteinander verwickelt und gehen irgendwann lachend und japsend zu Boden. Thomas liegt halb auf mir, nimmt mein Gesicht in seine Hände und betrachtet mich zärtlich. »Schön, dass du da bist«, flüstert er. »Und bevor du weiter darüber nachdenkst, ob du deine eisernen Prinzipien über Bord wirfst, würde ich vorschlagen, dass wir uns erst einmal einen schönen Sommer machen. Wie klingt das für dich?«

Ich schließe die Augen und seufze. Dann öffne ich sie wieder, blicke Thomas direkt in seine schönen braunen Augen und flüstere ebenfalls: »Das hört sich nach einem sehr, sehr guten Plan an.« Er küsst mich wieder auf diese Art und Weise, die meinen Vorsatz von »Erst die Wahrheit, dann das Vergnügen« gefährlich ins Wanken bringt, aber ich habe es mir nun einmal fest vorgenommen, und *wenigstens da* will ich nicht einknicken.

»Sollen wir ins Schlafzimmer übersiedeln?«, gurrt Thomas und knabbert dabei an meinem Ohr, so dass mein Körper auf der Stelle erneut von einer Gänsehaut überzogen wird.

»Hm«, murmele ich. Oh, ich würde so gern, ich würde *so* gern! Kurz überlege ich, ob ich es ihm jetzt einfach sagen soll. So nach dem Motto: »Na klar, lass uns endlich durch die Laken toben! Wir müssen auch gar nicht aufpassen, ich *bin* nämlich schon schwanger, haha!« Aber noch ist nicht der richtige Zeitpunkt gekommen, und deshalb habe ich keine andere Wahl, als stark zu bleiben; so schwer es mir auch fällt, wenigstens ein Fitzelchen an Achtung will ich mir selbst gegenüber bewahren. Obwohl es mehr als schade ist, denn gerade muss ich feststellen, dass das, was ich schon häufiger gelesen habe, wahr ist:

Eine Schwangerschaft bremst die Lust nicht – im Gegenteil: Sie steigert sie! Ich fühle mich wie eine Femme fatale! »Noch nicht«, sage ich trotzdem tapfer und sehe ihn schmachtend an. »Damit möchte ich mir noch Zeit lassen, bis wir uns besser kennen.«

»Wir kennen uns doch jetzt schon seit über zwei Wochen! Und wir sind beide älter als sechzehn! Wo kann man sich da besser kennenlernen als im Bett?«, fragt Thomas hoffnungsvoll und zupft mir spielerisch eine Locke aus dem Gesicht.

»Da wüsste ich was.«

»Gewonnen, gewonnen, gewonnen!« Ich recke beide Arme in die Höhe und trommele mir anschließend mit den Fäusten auf die Brust. »GEWONNEN!«

Thomas mustert mich amüsiert. »Als du von ›besser kennenlernen‹ sprachst, hatte ich dabei eigentlich nicht an ›Mensch, ärgere dich nicht‹ gedacht!«

Wir sitzen auf Thomas' Terrasse, und ich habe ihn gerade zum dritten Mal vernichtend geschlagen. »›Monopoly‹ hast du ja leider nicht hier«, erkläre ich ihm grinsend, »da kann man meiner Meinung nach noch wesentlich mehr über einen Menschen erfahren. Das müsstest du als Psychologe eigentlich wissen!«

»Du meinst, es lässt auf den Charakter schließen, wenn sich einer beim ›Monopoly‹ wie ein Raffke aufführt, sämtliche Straßen an sich reißt und ohne Rücksicht auf Verluste ein Hotel nach dem anderen baut?«

»So in etwa«, erwidere ich. »Und man kommt zu aufschlussreichen Erkenntnissen darüber, ob der andere ein guter Verlierer ist oder nicht.«

»Was man von dir nicht gerade behaupten kann«, spottet er.

»Woher willst du das wissen? Ich *habe* schließlich kein einziges Mal verloren!«

»Weil ich dich hab gewinnen lassen.«

»Das kann ja jeder sagen.«

»Bin ich jeder?«

Ich sehe ihn nachdenklich an und spüre ein angenehmes Kribbeln im Bauch. »Nein«, sage ich dann, »ganz und gar nicht.«

Lächelnd schiebt Thomas das Spielbrett zur Seite, beugt sich über den Tisch und drückt mir einen Kuss auf. »Zu dieser Antwort will ich dir auch geraten haben!«

Ich blicke auf meine Armbanduhr, schon zehn nach zwei. »Ich muss los«, sage ich.

»Schon?« Er klingt enttäuscht.

»Ja, leider. Um drei habe ich einen Termin in der Stadt.«

»Was denn für einen Termin? Kannst du den nicht verschieben?«

»Geht nicht, der ist wichtig.« Ich hoffe, dass er nicht weiter nachfragt, denn ich will ihn nicht noch mehr belügen, als unbedingt nötig.

»Was kann wichtiger sein, als mit mir diesen sonnigen Tag zu verbringen?« Er tut mir den Gefallen also nicht.

»Jede Frau hat ihre Geheimnisse.« So, damit ist das Thema doch wohl vom Tisch.

»Oha«, er reißt die Augen auf, »das macht mich natürlich umso neugieriger.«

»Ich muss zum Friseur«, gebe ich mich geschlagen, damit er endlich aufhört, weiter zu bohren.

Er streicht mir lächelnd mit einer Hand durchs Haar. »Sieht für mich wunderbar aus.«

»Dann müsstest du mich mal nach dem Aufwachen sehen. Das hier«, ich deute auf meinen Kopf, »ist das Ergebnis stundenlanger Schadensbegrenzung vorm Spiegel.«

»Ich würde dich gern mal beim Aufwachen sehen!« Rrrr, er macht es mir wirklich nicht leicht.

»Wirst du schon noch«, antworte ich und stehe auf. Dann

beuge ich mich zu ihm hinunter und drücke ihm einen dicken Schmatzer auf. »Aber jetzt muss ich wirklich los.«

»Na gut, Fräulein Geheimnisvoll, dann hauen Sie schon ab!«

»Da ist es! Können Sie es sehen?« Mein Friseur, formerly known als Frauenarzt Dr. Spingel, deutet auf den Monitor. »Daddang, daddang, daddang«, imitiert er das Geräusch eines Herzschlags. Und tatsächlich: Zum ersten Mal kann ich das Herzchen meines Bauchzwergs puckern sehen!

»Ja, ich erkenne es!« Mir treten die Tränen in die Augen, so gerührt bin ich von dem Anblick. Bettina, die zu diesem besonderen Termin mitgekommen ist, sitzt neben mir, drückt meine Hand und starrt ebenfalls ergriffen auf den Monitor.

»Da werden Erinnerungen wach«, sagt sie und klingt dabei ganz verträumt. »Wenn ich das so sehe, könnte ich auch glatt noch mal.«

»Nur zu!«, fordert Dr. Spingel sie schmunzelnd auf. »Für die demografische Entwicklung in Deutschland kann nicht genug getan werden!«

»Um Himmels willen!« Bettina hebt abwehrend die Hände. »Mein Mann würde mich umbringen!«

»Das wäre dann nicht so gut für die demografische Entwicklung«, witzelt Dr. Spingel.

»Nein, wirklich nicht. Mein Mann und ich haben die Familienplanung abgeschlossen, jetzt sind mal andere dran.« Sie zwinkert mir zu.

»Dann wollen wir Ihr Kleines mal vermessen, Frau Bergmann«, sagt Dr. Spingel und fährt mit seinem Ultraschall fort. Er sieht sehr zufrieden aus, als er mir ein paar Minuten später mitteilt: »Alles in Ordnung, die Entwicklung liegt genau auf der mittleren Perzentile.«

»Mittlere was?«, frage ich nach.

»Ihr Kind hat genau die durchschnittliche Größe, die es zu

diesem Zeitpunkt der Schwangerschaft erreicht haben sollte«, erklärt er.

»Aha.« Warum sagt er das nicht gleich so? Als müssten die Halbgötter in Weiß uns Normalsterbliche immer mit ihrem Kauderwelsch beeindrucken. »Wann kann man denn sehen, ob es ein Junge oder ein Mädchen wird?«

»Das dauert noch«, antwortet er, »so etwas kann man allerfrühestens in der 12. Schwangerschaftswoche sehen, wenn das Kind optimal liegt. Und selbst dann ist diese Aussage sehr unsicher.« Er grinst. »Ist schon mehr als einmal vorgekommen, dass Leute ein Zimmer komplett blau gestrichen haben und ihren Johann dann plötzlich Johanna nennen mussten.«

»Ist dir denn wichtig, was es wird?«, schaltet Bettina sich ein.

Ich blicke auf das puckernde Herz. »Nein«, sage ich. »Hauptsache, gesund.« Ich lache. »Aber ein Johann wird es auf gar keinen Fall!«

»Danke, dass du mitgekommen bist«, sage ich zu Bettina, als wir nach meinem Termin in einem Café am Jungfernstieg sitzen und beide ein Eis löffeln. »Das war mir echt wichtig.«

»Keine Ursache«, meint sie. »Hab ich doch gern gemacht.«

»Wie geht's Oskar?«, will ich so beiläufig wie möglich wissen.

»Momentan ist er wieder auf Kette unterwegs«, antwortet Bettina. »Und hat eine Saulaune.«

»Immer noch?«

»Jap. Wir haben uns ziemlich gestritten.«

»Worüber denn?«

Sie nimmt noch einen Löffel Eis und lutscht genüsslich daran herum, als würde sie Zeit schinden wollen. Als sie ihn runtergeschluckt hat, sieht sie mich an und sagt: »Ehrlich gesagt über dich.«

»Über mich?«

»Ja. Ich hab ihm gesagt, dass er meiner Meinung nach zu streng mit dir ist und du es im Moment wahrlich nicht leicht hast. Aber er findet eben, dass du dich unmöglich benimmst und es dafür keine Entschuldigung gibt.«

»Ich weiß«, sage ich kleinlaut. Nach Oskars Auftritt in der Küche habe ich nur noch einmal kurz mit ihm telefoniert, und er hat mir gesagt, dass er nichts mehr von mir hören will, bis ich »Ordnung in mein Leben« gebracht habe. Deutliche Worte, die mich ziemlich getroffen haben. »Aber deshalb müsst *ihr* euch doch nicht in die Haare kriegen!«

»Nun mach dir mal keine Sorgen«, beruhigt sie mich, als sie meinen unglücklichen Gesichtsausdruck bemerkt. »So ein bisschen Zoff unter Eheleuten hält die Beziehung frisch.«

»Ich fühle mich trotzdem irgendwie schlecht.«

»Ach, Quatsch!« Sie macht eine wegwerfende Handbewegung. »Ende der Woche ist Oskar wieder da und hat ein paar Tage frei, dann wird er schon wieder besser gelaunt sein. Die Sache mit dir ist doch nur ein Nebenkriegsschauplatz, wo er seinen Groll loswerden kann!«

»Meinst du?«

»Ganz sicher sogar. Also mach dir keinen Kopf! Du machst das mit deinem Thomas genau so, wie du es für richtig hältst, und lässt dir alle Zeit der Welt.«

»Danke, Bettina.«

»Da nich für, wie der Hamburger sagt.«

Genau, denke ich. Ich mache das mit Thomas genau so, wie ich es für richtig halte. Das Problem ist nur: So, wie ich es gerade mache, halte ich es im tiefsten Innern meines Herzens nicht für richtig. Sondern für falsch, falsch, falsch!

Dafür fühlt es sich aber trotzdem verdammt richtig an. Die nächsten Wochen sind schlicht die schönsten meines Lebens, zusammen mit Thomas fühle ich mich so wohl wie noch nie.

Habe ich tatsächlich gedacht, dass ich mit Mirko den Rest meines Lebens verbringen will? Ich kann nur sagen: Was für ein Glück, dass er sich mit Sabrina ans andere Ende der Welt verzogen hat! Vor ein paar Tagen hat er mir aus Sydney eine Postkarte geschrieben und es sich nicht nehmen lassen, ein »Wir sehen uns dann beim Vaterschaftstest« darauf zu krakeln. Idiot!

»Was denkst du?«, will Thomas wissen. Wie so oft verbringen wir einen gemütlichen Sonntag an »unserem Platz« an der Alster, mein Süßer hat sich in Sachen Proviant mal wieder mächtig ins Zeug gelegt. Meine Übelkeit ist nun, im zweiten Schwangerschaftsdrittel, glücklicherweise komplett verschwunden, so dass ich in vollen Zügen die Leckereien genießen kann, die Thomas um uns herum ausgebreitet hat.

Leider hatte er damals, nach unserem verunglückten Date, die Lage vollkommen falsch eingeschätzt. Als er zurückkam, um Decke, Essen und Geschirr einzusammeln, war alles verschwunden, tatsächlich hatte jemand den ganzen Krempel mitgenommen. Sachen gibt's!

Aus der Anlage erklingt »In Your Eyes« und läuft in der Endlosschleife. Seit unserem ersten Treffen hat sich der Song zu »unserem Lied« gemausert, vor allem, weil ich Thomas irgendwann erzählt habe, welche besondere Erinnerung ich damit verbinde.

»Nichts«, erwidere ich auf seine Frage, drehe mich auf den Rücken, bette meinen Kopf auf seine Brust und blicke in den strahlend blauen Himmel, an dem nicht das kleinste Wölkchen zu sehen ist. »Außer, dass ich sehr, sehr glücklich bin.«

»Schön. Man sieht's.« Bei diesen Worten zieht er mit einer Hand mein T-Shirt ein Stückchen hoch und streichelt mir über den nackten Bauch. »Hast schon eine richtig kleine Wohlfühlkugel bekommen in den letzten Wochen, ich glaube, ich darf dich nicht immer so gut füttern.«

Sofort verspanne ich mich und reiße mit einem Ruck mein

T-Shirt wieder runter. »Lass das!«, fahre ich ihn energischer an, als ich wollte.

»Oh, sorry!« Er zieht seine Hand zurück. »War doch nur ein Spaß«, fügt er hinzu. »Ich mag's außerdem, wenn du etwas fülliger bist, mir gefällt jedes Pfund an dir.« Er kichert. »Zumal du ja nicht nur am Bauch zugelegt hast.« Wie zufällig streicht seine Hand jetzt über meine Brüste. Mit einem verärgerten Laut schiebe ich sie weg, setze mich auf und sehe ihn streng an.

»Welchen Teil von ›lass das‹ hast du eigentlich nicht verstanden?«

Thomas setzt sich ebenfalls auf und sieht mich verwundert an. »Was ist denn heute bloß los mit dir? Ich necke dich doch nur ein bisschen! Ich meine es liebevoll, da musst du doch nicht gleich ausflippen.«

»Komische Definition von ›liebevoll‹ hast du«, gebe ich zurück. Gleichzeitig macht sich in mir mal wieder ein schlechtes Gewissen breit, weil Thomas ja nicht die geringste Ahnung hat, warum ich so zickig bin.

»Tut mir leid«, sagt er. »Ich weiß ja, dass die meisten Frauen empfindlich sind, wenn es um ihre Figur geht. Aber dazu hast du nicht den geringsten Grund, du bist wunderschön.«

»Bin ich gar nicht.« Und schon ist es so weit: Mir schießen die Tränen in die Augen. Scheiß Hormone!

»He!« Er greift nach meiner Hand. »Du musst doch nicht weinen! Bitte, Nora, ich nehme alles zurück, was ich gesagt habe. Weder hast du ein Bäuchlein gekriegt noch größere Brüste.« Jetzt grinst er mich schief an. »Genau genommen bist du flach wie ein Brett.«

Aber es ist zu spät, er kann mich nicht mehr aufmuntern, die Tränen fließen einfach so weiter, als hätte jemand in mir einen Hahn aufgedreht. Und zwar bis zum Anschlag.

»Süße«, versucht er es weiter und wirkt mittlerweile richtig mitgenommen. »Wenn ich geahnt hätte, was ich da lostrete, hätte ich nie etwas gesagt!«

»Kkkk…«, stottere ich schniefend, »konntest du ja auch nicht wwww… wissen.«

Tröstend legt er einen Arm um meine Schulter, ich lehne mich an ihn und heule weiter.

»War das schon immer so?«, will er dann leise wissen.

»Was war schon immer so?«

»Dass du Probleme mit deinem Körper hast, meine ich.«

Von jetzt auf gleich versiegen die Tränen. Eben noch bei einem romantischen Picknick an der Alster, befinde ich mich unverhofft in einer weiteren Therapiesitzung.

»Ich habe keine Probleme mit meinem Körper«, sage ich und rücke von ihm ab. Er greift nach meinem Arm und will mich wieder an sich ziehen, aber ich befreie mich aus seinem Griff.

»Nora«, klingt er nun sehr bedacht, »du kannst mit mir darüber reden, das ist doch nicht schlimm.«

»Ich *habe* keine Probleme mit meinem Körper«, wiederhole ich, diesmal noch etwas lauter.

»Das glaube ich dir nicht«, stellt er lapidar fest.

»So?« Ich spüre, wie meine Augenbrauen gegen meinen Willen in die Höhe wandern. »Das glaubst du mir also nicht?«

»Nein«, bestätigt er. »Dafür entziehst du dich mir zu sehr. Ich meine«, er räuspert sich, »nicht nur die Reaktion gerade eben zeigt mir das. Sobald es zwischen uns etwas inniger wird, läufst du davon, ich werde von dir permanent zurückgewiesen.«

»Ach«, erwidere ich ironisch, »und deshalb denkst du, dass es nur daran liegen kann, dass ich Probleme mit meinem Körper habe?«

»Das scheint mir die einzig logische Erklärung. Es sei denn, mit deiner Zuneigung zu mir ist es doch nicht so weit her.«

»Jetzt ist also meine mangelnde Zuneigung das Problem?«, gifte ich ihn an. Ich weiß auch nicht, was mit mir los ist, aber in mir toben auf einmal die widersprüchlichsten Gefühle. Einerseits möchte ich Thomas in den Arm nehmen, andererseits bin ich wütend (mehr auf mich als auf ihn, aber an ihm entlädt es sich gerade), und drittens könnte ich nur heulen.

»Das habe ich nicht gesagt. Aber sei doch mal ehrlich: Wir treffen uns nun schon seit über sechs Wochen und haben noch immer nicht miteinander geschlafen. Das ist doch nicht normal in unserem Alter.«

»Vielleicht ist das für dich nicht ›normal‹«, gebe ich patzig zurück. »Allerdings finde ich, dass ich mir alle Zeit der Welt lassen kann und nicht sofort mit dir ins Bett hüpfen muss, sobald *dir* danach ist!«

»Jetzt stell mich nicht als Lustmolch hin, der es nur darauf angelegt hat, dich in die Kiste zu kriegen!« Nun klingt er auch ungehalten, wieder ist da diese steile Falte zwischen seinen Augenbrauen.

»Gerade kommt es mir durchaus so vor.«

»Was du nicht sagst? Deshalb halte ich mich auch schon seit Wochen zurück und habe dich nie gedrängt? Das ist doch lächerlich!«

»Du findest mich also lächerlich?« Ich springe auf.

»Nein, ich finde dein Benehmen lächerlich! So verhält sich keine erwachsene Frau.«

»Oh!«, gebe ich ironisch zurück. »Wie schön, dass der Herr Therapeut mir mal erklärt, wie sich eine erwachsene Frau zu verhalten hat! Darauf habe ich wirklich schon lange gewartet!«

»Ach, denk doch, was du willst!« Er springt ebenfalls auf und sieht mich böse an. »Zicke!« Und dann dreht er sich um und stapft davon. Er lässt mich einfach so zurück. Und seine Picknickdecke auch. Mal wieder.

Und als würde der Himmel auch noch seinen Senf dazu geben wollen, fängt es plötzlich wie aus dem Nichts an zu regnen, es schüttet wie aus Eimern, und ich bin binnen Sekunden klatschnass bis auf die Haut. Na, super!

Die folgende Nacht heule ich komplett durch, und auch am nächsten Tag kann ich mich nicht beruhigen, sondern schluchze seit dem frühen Morgen vor mich hin. Wie haben Thomas und ich uns nur derart in die Haare bekommen können? Noch dazu über eine Nichtigkeit. Also nicht, dass ich Sex als Nichtigkeit abtue, aber mein Bauch ist nun wirklich kein Grund, sich darüber so zu streiten. Auch, wenn er tatsächlich schon sichtbar runder geworden ist, aber momentan kann man ihn noch für eine kleine Futterkugel halten.

Natürlich weiß ich, dass ich überreagiert habe und überlege, Thomas anzurufen. Ich traue mich nur nicht. Weil mir klar ist, dass spätestens dann der Moment der Wahrheit gekommen ist; dann werde ich ihm gestehen müssen, was mit mir los ist. Aber warum musste er mir auch schon wieder so ein doofes Therapeutengespräch aufzwängen, er weiß doch, dass ich darauf allergisch reagiere.

»Weil du ihm wichtig bist und er sich Sorgen macht«, flüstert mir eine innere Stimme zu. »Darum hab ich ihn nicht gebeten«, maule ich stumm zurück. Auch, wenn ich weiß, dass Thomas es mit Sicherheit alles andere als böse gemeint hat.

Unruhig tigere ich durch meine Wohnung. Ich werfe alle fünf Minuten einen Blick auf mein Handy und checke meine Mails in der Hoffnung, dass er sich meldet. Fehlanzeige. Kein Lebenszeichen von ihm, und auch mein Festnetz schweigt beharrlich.

Als es draußen schon wieder dunkel wird und ein Blick ins Fernsehprogramm mir verrät, dass ich heute die Auswahl zwischen dem »Großen Fest der Volksmusik« und diversen kitschigen Liebesfilmen habe, krabbele ich traurig in mein Bett und ziehe mir die Decke über den Kopf. War's das etwa mit Thomas und mir? Im Moment sieht es ganz danach aus.

Love
I get so lost sometimes
Days pass
And this emptiness fills my heart

Ich werde von einer leisen Musik geweckt und sehe mich irritiert um. Mein Radiowecker auf dem Nachttisch zeigt kurz nach eins. Komisch, er ist ausgeschaltet, daher kann die Musik nicht kommen. Angestrengt lausche ich in die Dunkelheit. Doch, ich habe mich nicht verhört, da ist eindeutig ein leiser Gesang. Ob meine Nachbarn eine Party feiern? In der Nacht von Montag auf Dienstag? Eigenartiger Termin für ein Fest …

Ich stehe auf, schleiche zur Wohnungstür und öffne sie einen Spaltbreit. Im Treppenhaus ist alles still, also keine Party. Schulterzuckend gehe ich zurück ins Schlafzimmer, dann war es wohl nur ein Autofahrer, der mit aufgedrehter Anlage vorbeigefahren ist.

Schon will ich mich wieder unter die Decke kuscheln, als ich erneut etwas höre. Die Musik läuft noch immer. Und sie scheint tatsächlich draußen von der Straße zu kommen. Ich trete ans Fenster und blicke hinunter.

Da steht er. Thomas. Mit ausgestreckten Armen hält er einen Gettoblaster über seinen Kopf und sieht dabei zu mir nach oben. Mit klopfendem Herzen öffne ich das Fenster und lehne mich lächelnd hinaus. Mit allem hätte ich gerechnet, aber nicht damit! Thomas steht tatsächlich unter meinem Fenster und bringt mir ein Ständchen. Beziehungsweise, er *lässt* eins bringen, aber dafür ein ganz besonderes. Ergriffen lausche ich Peter Gabriel, der in diesem Moment nur für mich zu singen scheint.

In your eyes
The light, the heat
In your eyes

I am complete
In your eyes
I see the doorway
To a thousand churches
In your eyes
The resolution
In your eyes
Of all the fruitless searches

»Ruhe da draußen!!!« Eine ungehaltene Stimme zerstört die Stimmung. Hups, da hat ja wohl einer überhaupt keinen Sinn für Romantik. Thomas lässt den Gettoblaster sinken und schaltet ihn aus, ich lehne mich etwas weiter aus dem Fenster und sehe unter mir den Kopf der keifenden Heike Ballhaus. »Ich glaub, es hackt!«, brüllt sie. »Hier schlafen kleine Kinder! Sofort Schluss mit dem Lärm, oder ich rufe die Polizei!« Mit einem lauten Donnern knallt sie das Fenster wieder zu, und ich muss kichern.

Thomas steht regungslos auf der Straße, lässt die Schultern hängen und sieht mich fragend an. Zwei Sekunden lasse ich ihn noch zappeln, dann rufe ich ihm zu: »Los, komm schon hoch!«

Das lässt er sich nicht zweimal sagen, sofort sprintet er los Richtung Haustür, und ich schliddere in den Flur, um für ihn den Summer zu drücken.

Thomas springt so laut durchs Treppenhaus, dass ich vermute, er nimmt drei Stufen auf einmal, wenige Augenblicke später steht er schon vor mir.

»Nora!«, bringt er schwer atmend hervor.

»Thomas!« In meinem Innern tanzen kleine Liebesengel Samba, so sehr freue ich mich darüber, ihn zu sehen. Und dass er sich unter mein Fenster gestellt und für mich »In Your Eyes« gespielt hat, hach … nie hätte ich gedacht, dass mir so etwas mal passiert.

Das, was als Nächstes passiert – damit hätte ich auch nie gerechnet. Denn ganz langsam, wie in Zeitlupe, macht Thomas noch einen Schritt auf mich zu, bis er so nah vor mir steht, dass ich seinen Atem auf meinem Gesicht spüre. Er nimmt meine Hände in seine und sagt leise, aber sehr bestimmt: »Ich liebe dich, Nora. Ich kann und will es nicht ändern, ich habe mich schon in dich verliebt, als ich dich zum ersten Mal im Flugzeug gesehen habe, danach bist du mir nicht mehr aus dem Kopf gegangen. Und als du mich dann angerufen hast, hab ich mein Glück kaum fassen können, ich war total außer mir.« Er atmet noch einmal schwer. »Ja, ich liebe dich.«

Dann nimmt er mich in die Arme, wir küssen uns lange und leidenschaftlich, wie zwei Liebende, die nach vielen Jahren der Trennung endlich wieder zueinander gefunden haben, küssen uns weiter, während wir in meine Wohnung stolpern und uns noch auf dem Weg ins Schlafzimmer gegenseitig die Kleidung vom Leib reißen.

»Ich liebe dich auch«, flüstere ich, als wir auf mein Bett sinken. »Und ich bin auch verliebt in dich, seit ich dich das erste Mal gesehen haben.« Dass das mitnichten im Flugzeug war, sondern als er mir sein Foto zugemailt hat, behalte ich geflissentlich für mich. Spielt doch keine Rolle mehr.

»Nora.« Er stützt sich über mir ab und sieht mir direkt in die Augen. »Du bist die Frau meines Lebens.«

Noch Fragen?

Anmerkung eines Mitarbeiters der Stadtreinigung

Jetzt reicht's! Bin ich der Depp vom Dienst, oder was? Schon wieder hat jemand seinen Müll einfach so liegen lassen, und zwar an genau derselben Stelle wie neulich. Das lasse ich mir nicht bieten. DAS LASSE ICH MIR EINFACH NICHT BIETEN! *Ich sammle den ganzen Kram jetzt ein und bringe ihn zur Polizei. Die sollen das untersuchen, auf Fingerabdrücke und* DBA, *oder wie das heißt. Sieht man doch ständig im Fernsehen, dass die das können, und ich finde, das hier ist ein Fall, der unbedingt aufgeklärt werden muss. Jawohl, denen werde ich ins Handwerk pfuschen, die kriegen wir dran! So wahr ich Hein Daddel heiße!*

13. Kapitel

Die »Frau meines Lebens« wird am nächsten Morgen von ein paar vorwitzigen Sonnenstrahlen geweckt, die durch die Jalousie ins Schlafzimmer fallen. Ich räkele mich ausgiebig, dann geht mein Blick nach rechts, wo Thomas liegt und noch immer selig schlummert.

Lächelnd betrachte ich ihn, schlafend sieht er ebenfalls hinreißend aus. Bilder der vergangenen Nacht blitzen in mir auf, und bei der Erinnerung daran durchfährt mich ein wohliger Schauer.

Wir haben es also getan, wir haben miteinander geschlafen. Ja, ich weiß, mein Vorsatz, es nicht zu tun, bevor ich ihm alles gestanden habe … Aber frei nach Adenauer: »Was kümmert mich mein Geschwätz von gestern?« Natürlich habe ich ein paar Gewissensbisse, aber die halten sich in Anbetracht der Tatsache, wie wunderschön es heute Nacht war, in extrem beschaulichen Grenzen.

Versonnen streichele ich mir über meinen Bauch. Hoffentlich ist mein kleiner Zwerg da drinnen nicht zu sehr hin und her geschaukelt worden – bei dem Gedanken laufe ich glatt rot an. Aber andere Schwangere schlafen schließlich auch noch mit ihren Männern, und selbst Dr. Spingel hat gesagt, dass gegen Sex mit dem Partner nichts einzuwenden ist. Und dass der Partner unbedingt der Kindsvater sein muss, davon hat er nichts verlauten lassen.

Immerhin: Mein Entschluss, dass ich Thomas noch heute reinen Wein einschenken werde, steht mittlerweile fest. Nach dieser Nacht kann ich das nicht mehr für mich behalten, ich muss es ihm sagen. Seltsamerweise habe ich im Moment überhaupt keine Angst davor. Wir sind uns so nah gewesen, dass ich mir nicht vorstellen kann, dass sich durch meine Beichte etwas daran ändern könnte.

Oder doch? Wieder betrachte ich Thomas, der ruhig und regelmäßig atmet. Es würde mir das Herz brechen, wenn er geht, so viel ist mal klar. Viel mehr, als mich die Trennung von Mirko mitgenommen hat, obwohl ich mit ihm ja wesentlich länger zusammen war. Wenn ich ehrlich bin, habe ich ihn wohl nie richtig geliebt, auch, wenn ich immer dachte, ich würde es tun. Jetzt erst weiß ich, wie sich dieses große Gefühl anfühlt. Ja, ein pathetischer Gedanke, aber so ist es nun einmal. Ach, hätte ich Thomas doch schon früher kennengelernt, dann wäre das Kind jetzt vielleicht von ihm …

»Wäre es nicht«, erinnert mich das kleine Teufelchen auf meiner Schulter. »Denn zum einen will der Mann keine Kinder, zum anderen ist er sterilisiert.« Sofort schaltet sich mein Engelchen auf der anderen Schulter ein: »Halt die Klappe und verzieh dich, Lu!« Genau, verzieh dich!

Vorsichtig beuge ich mich über Thomas' Gesicht und küsse ihn auf jedes seiner Augenlider. Er seufzt, schmatzt, dreht sich dann zur Seite und schläft weiter. Also fange ich an, sanft seinen Rücken zu kraulen und ganz leise »Guten Morgen, du Schlafmütze« zu flüstern.

Das wirkt, es kommt Bewegung in ihn, und er fängt ebenfalls an, sich zu strecken und zu recken. Mit einem herzhaften Gähnen dreht er sich zu mir um und lächelt mich verschlafen an.

»Guten Morgen, meine Schöne!«

»Hast du gut geschlafen?«

»Wunderbar!« Er schließt noch einmal die Augen und seufzt genießerisch. »Ich habe von einer wunderbaren Frau geträumt, die mir gesagt hat, dass sie mich liebt.« Dann reißt er die Augen wieder auf und sieht mich gespielt erschrocken an. »Oha! Ich glaube, das war gar kein Traum!«

»Nein«, bestätige ich schmunzelnd, beuge mich zu ihm und gebe ihm einen Kuss. »War es nicht.«

»Wie schööön!« Er will seine Arme um mich legen, aber ich schiebe ihn fort.

»Was hältst du von Frühstück? Mein Magen knurrt.«

»Klingt gut! Wie spät ist es denn?«

»Kurz nach zehn«, sage ich.

»So spät schon?«

»Ach, stimmt, du musst ja sicher in deine Praxis«, stelle ich fest. Seit ich selbst nur noch unnütz zu Hause rumsitze, habe ich komplett verdrängt, dass normale Menschen hin und wieder einer geregelten Tätigkeit nachgehen müssen.

»Nein«, antwortet er, »heute habe ich keine Termine.«

»Läuft wohl nicht so gut, Herr Therapeut!«, ziehe ich ihn auf.

Er schüttelt schmunzelnd den Kopf. »Doch. Aber ich hab gestern und auch heute allen Patienten abgesagt.« Ein verlegener Ausdruck tritt auf sein Gesicht. »Es ging mir einfach zu schlecht, und ein heulender Therapeut – das ist das Letzte, was die Leute sehen wollen.« Wie süß! Er gibt zu, dass er ohne mich auch ganz unglücklich war. Wäre ich nicht bereits bis über beide Ohren in ihn verschossen – spätestens jetzt würde es mich erwischen. »Deshalb hab ich gestern Nacht spontan beschlossen, zu dir zu fahren.« Nun grinst er mich schief an. »Hab's einfach nicht mehr ausgehalten ohne dich und gedacht, dass es so nicht weitergehen kann.«

»Eine gute Entscheidung«, lobe ich ihn.

»Ja«, er nickt, »finde ich auch.« Dann greift er blitzschnell nach der Bettdecke, zieht sie mit einem Ruck über uns und reißt mich an sich. Ich kiekse erschrocken auf, lasse mich dann aber nur zu gern in seine Arme sinken. Das Frühstück muss noch ein wenig warten. Liebe Grüße an Herrn Adenauer!

»Was ist eigentlich mit dir?«, fragt Thomas, als wir schließlich doch noch bei frisch gepresstem Orangensaft, Kaffee und aufgebackenen Brötchen an meinem Küchentisch sitzen und es uns schmecken lassen. »Musst du gar nicht arbeiten? Seit wir uns treffen, bist du noch kein einziges Mal geflogen, oder?«

Ich verschlucke mich beinahe an dem Bissen, den ich gerade im Mund habe, schnappe nach Luft und spüle das Stückchen Brot dann schnell mit ein bisschen Orangensaft hinunter.

»Ja, ähm«, ich räuspere mich. Nun ist er gekommen, der Moment der Wahrheit. Die Offenbarung, wie es in der Bibel so schön heißt, die vier apokalyptischen Reiter sind soeben in meiner Küche eingetroffen. Hoffen wir, dass mir nun kein Weltuntergang bevorsteht. »Ich fliege im Moment nicht.«

»Aha?« Er sieht mich fragend an. »Und warum nicht? Keine Lust mehr?«

Kurz bin ich versucht, ihm irgendwas von Rückenproblemen, Gleichgewichtsstörungen oder weiß der Himmel was zu erzählen, denn mit einem Mal bin ich mir nicht mehr ganz so sicher, dass er meine Beichte gut aufnehmen wird. Aber es nützt nichts, ich muss bei der Wahrheit bleiben, ich habe schon viel zu lange geschwindelt, und wenn ich es jetzt nicht schaffe, dann nie. Oder, besser gesagt, irgendwann wird er mein »Bäuchlein« nicht mehr meiner Futterei zuschieben, schon jetzt passen mir einige Hosen nicht mehr, und ich fürchte, dass in spätestens einem Monat oder sechs Wochen selbst ein Blinder sieht, dass ich in anderen Umständen bin.

»Ich darf nicht mehr«, antworte ich knapp.

»Weshalb?« Er kichert. »Hast du etwa welche von den Plastiklöffeln geklaut?«

»Nein.« Ich bleibe ernst. Thomas registriert es und wirkt mit einem Mal unsicher.

»He!« Er greift nach meiner Hand. »Was ist denn los?«

»Thomas«, setze ich an, »ich muss dir was sagen.« Auweia, so staatstragend wollte ich das eigentlich nicht vorbringen, mehr so locker und leicht, wie nebenbei. Das ist gründlich misslungen, Thomas wird ganz blass um die Nase.

»Ja?« Seine Stimme zittert leicht, er lässt mich los und knetet stattdessen nervös seine Hände.

Drei, zwei, eins, null: »Ich bin schwanger.«

Einen Augenblick lang sieht Thomas mich schockiert an, dann bricht er in Gelächter aus. »Nora!«, prustet er, »das war gut!«

»Nein«, insistiere ich, »ich bin wirklich schwanger.«

»Sicher«, er lacht noch immer. »Ich kann dich beruhigen! Natürlich werden wir jetzt, nachdem ich dich entehrt habe, sofort heiraten, ist doch klar. Pfffrrrr!«

»Thomas, bitte!« Es fällt mir schwer, ruhig zu bleiben, meine Hände sind schweißnass, und ich habe Herzrasen. »Das ist kein Witz. Ich erwarte tatsächlich ein Baby.«

Sein Lachen erstirbt, stattdessen tritt ein großes Fragezeichen auf sein Gesicht. »Aber … das verstehe ich nicht, das kann doch gar nicht sein!« Er räuspert sich. »Also, mal abgesehen davon, dass ich sterilisiert bin und wir heute Nacht ein Kondom benutzt haben – du kannst doch unmöglich jetzt schon wissen, dass du von mir schwanger bist!«

Ich verdrehe die Augen, Himmel, diese Beichte fällt mir schwer genug, warum muss er so dermaßen auf der Leitung stehen? Es nützt nichts, ich muss es ihm ganz deutlich sagen. »Thomas, das Kind ist nicht von dir. Ich bin von einem anderen Mann schwanger. Schon seit einer Weile.«

»WAS?«

»Es tut mir leid«, flüstere ich und blicke beschämt auf meinen Teller. »Ich hab mich nicht getraut, es dir früher zu sagen.«

»Du machst Witze!« Er legt mir eine Hand unters Kinn, hebt meinen Kopf an und zwingt mich, ihn anzusehen. »Das ist nicht wahr, oder? Das ist nur einer deiner blöden Scherze, mit dem du mich schocken willst.«

»Ich wünschte, es wäre so.« Erneut kullern bei mir die Tränen. »Aber es ist wahr.«

»Das glaube ich nicht!«, ruft er aus und lässt mein Kinn los. »Erklär mir das bitte!«

»Erinnerst du dich an die Geschichte von meiner schwangeren Freundin Loredana, die ich dir neulich erzählt habe?«

Er nickt.

»Also, ich bin Loredana.«

»Du?«

»Ja, ich.«

»Dann hast du einen Freund in Frankfurt?«

»Nein«, versichere ich eilig, »der Teil war komplett erfunden, es gibt niemanden außer dir.«

»Vom Vater deines Kindes mal abgesehen«, stellt Thomas sarkastisch fest. Wirkte er eben noch schockiert, sieht er mich nun beängstigend kalt und ausdruckslos an. In seinem Blick liegt … Verachtung.

»Mit dem bin ich aber nicht mehr zusammen«, sage ich. »Er hat mich für eine andere verlassen! Als ich erfahren habe, dass er mich betrügt, war ich schon schwanger! Das ist wirklich wahr, ich schwöre es.«

»Das tut mir leid für dich«, erwidert Thomas und klingt dabei furchtbar sachlich. »Das ändert nur leider nichts an der Tatsache, dass du mich wochenlang belogen hast.«

»Es tut mir sooo leid!« Jetzt fange ich richtig an, zu schluchzen und zu sabbern, und werde von einem regelrechten Heulkrampf geschüttelt. »Ich wusste mir einfach nicht anders zu helfen. Als du gesagt hast, dass du auf gar keinen Fall eigene Kinder willst – da habe ich einfach riesige Angst bekommen, dass du mich verlässt, wenn ich es dir sage. Und ich hatte mich doch schon so sehr in dich verliebt!«

»Das nennst du ›Liebe‹?«, fährt er mich an. »Mir so etwas Wichtiges zu verschweigen, mich derart an der Nase herumzuführen und im Dunkeln tappen zu lassen? Was habe ich mir Gedanken darüber gemacht, was mit dir los ist! Warum dir so oft schlecht ist oder du – wie ich dachte! – deinen Körper nicht magst, so wenig, dass du nicht einmal mit mir schlafen willst, über all das habe ich mir den Kopf zerbrochen! Und vor allem, wie ich dir dabei helfen kann zu erkennen, was für eine wunderbare Frau du bist!« Beinahe befürchte ich, dass er jeden Moment vor mir ausspuckt. Das tut er nicht, aber was er als Nächstes sagt, ist fast noch schlimmer: »Und nun muss ich feststellen, dass du überhaupt nicht wunderbar *bist*! Du bist verlogen und berechnend, unfähig, wie jeder erwachsene Mensch Verantwortung zu übernehmen.«

Seine Worte treffen mich wie Fausthiebe. »Thomas, ich ...«, setze ich an, verstumme dann aber. Was kann ich dazu noch sagen, außer, dass er in jedem einzelnen Punkt Recht hat? »Es tut mir leid«, flüstere ich stattdessen noch einmal. »Es tut mir so leid!«

»Ja«, sagt Thomas. »Das kommt nur ein bisschen zu spät.« Er schiebt seinen Stuhl zurück und steht auf. »Ich will dich nie wieder sehen!« Mit diesen Worten verlässt er meine Küche. Kurz höre ich ihn im Schlafzimmer rumoren, vermutlich sucht er seine Sachen zusammen, zwei Minuten später fällt die Wohnungstür ins Schloss. Er ist weg. Endgültig. Weinend lasse ich meinen Kopf nach vorn auf die Tischplatte sinken. Mein Herz ist gebrochen. Und ich habe auch noch selbst dafür gesorgt!

»Hallo?« Mist! Oskar geht ans Telefon, als ich bei ihm und Bettina zu Hause anrufe. Ich hatte auf seine Frau gehofft, denn er selbst ist ja gerade nicht sonderlich gut auf mich zu sprechen. Und noch eine Abreibung, dann springe ich wirklich aus dem Fenster. »Hallo?«, fragt er erneut nach.

»Ja, äh, ich bin's, Nora.«

»Oh!« Er klingt nicht gerade freundlich. »Fräulein Münchhausen persönlich gibt sich die Ehre! Was kann ich für Sie tun? Möchten Sie mal wieder ein paar Märchen loswerden?«

»Oskar, bitte! Ich …« Weiter komme ich nicht, denn das bisschen Kraft, das ich in der vergangenen halben Stunde gesammelt habe, um meine kläglichen Reste zusammenzukratzen, verflüchtigt sich und weicht einem weiteren Weinkrampf.

»Nora?«, höre ich Oskar durch mein Schluchzen rufen. »Liebes, was ist denn?« Ich kann nicht antworten, ich falle komplett auseinander und bestehe nur noch aus Sabber und Tränen. »Ich bin sofort bei dir!«, ruft er und knallt den Hörer auf.

Tatsächlich steht er eine Viertelstunde später bei mir vor der Tür, ich lasse ihn herein und falle ihm dann sofort in die Arme, berge meinen Kopf an seiner Schulter und durchtränke sein T-Shirt mit salzigem Nass. Er sagt nichts, sondern hält mich nur fest und streichelt mir mit einer Hand über den Rücken. Ich bin sooo erleichtert, dass er gekommen ist, obwohl er sauer auf mich ist. Und es fühlt sich gut an, von ihm gehalten zu werden, so beruhigend. Theoretisch. Praktisch ist leider das Gegenteil der Fall, denn ich beruhige mich nicht im Geringsten. Stattdessen weine ich noch mehr, heule hemmungslos wie ein kleines Kind, das sich beim Radfahren die Knie aufgeschlagen hat.

»Schsch«, macht Oskar und streichelt mich weiter. »Schsch, ist ja schon gut.«

»Nei-hein«, erwidere ich stockend. »Nichts ist gut! Un… un… und es www… wird au… auch nich www… wieder gut!«

»Doch, natürlich wird es das!« Er drückt mich an sich. »Ich bin ja jetzt da! Oskar ist da und macht alles wieder gut!«

»Ja?«, fragt das kleine Mädchen in mir. »Wirklich?«

»Ich versprech's!« Er schiebt mich auf Armlänge von sich weg und lächelt mich an. »Aber jetzt erzählst du mir erst einmal in aller Ruhe, was passiert ist.«

»Eine Menge«, sage ich immer noch stockend. »Wie viel Zeit hast du?«

»Alle Zeit der Welt. Bettina hat Dienst, und die Kinder sind bei meinen Eltern.« Er grinst. »Ich habe also jede Menge Muße, mir die neuesten Katastrophen aus dem Leben der Nora B. aus HH anzuhören. Die haben mir fast schon ein bisschen gefehlt, muss ich gestehen.« Mit diesen Worten knufft er mich in die Seite.

»Ha, ha!«, gebe ich zurück und wische mir mit einer Hand die Tränen aus dem Gesicht. »Freut mich, wenn ich zu deiner Unterhaltung beitragen kann«, maule ich. Aber ich meine es nicht so. In Wahrheit bin ich saufroh, dass Oskar hier ist und mich nicht mehr ignoriert, noch nie habe ich meinen besten Freund so sehr gebraucht wie in diesem Moment!

Wir gehen rüber zum Sofa, setzen uns, und ich erzähle ihm, was am Vormittag passiert ist.

»Hm, hm«, kommentiert er meine Schilderung, und als ich fertig bin, brummt er ebenfalls nur: »Hm.«

»Tja, hm«, wiederhole ich. »Fällt dir sonst noch was dazu ein?«

Oskar denkt einen Moment lang nach und sagt dann: »Ja.«

»Was denn?«

»Dass du die ganze Sache mit deinem Thomas vermasselt hast. Und zwar gründlich.«

»Das ist mir auch klar«, antworte ich. »Ich wollte von dir wissen, was ich nun tun soll!«

»Nichts.«

»Wie, nichts?«

»Du kannst nichts tun. Der Zug ist meiner Meinung nach durch den Bahnhof.«

»Ich muss aber doch irgendwas tun können!«

»Ja, kannst du. Vergiss ihn.« Oskar sieht nicht einmal sonderlich mitleidig aus, als er das sagt, sondern zuckt nur mit den Schultern. »Einen anderen Rat kann ich dir da nicht geben.«

»Aber du hast doch eben noch gesagt, dass alles wieder gut wird!«, klammere ich mich an den letzten verbliebenen Strohhalm.

»Wird es auch«, bestätigt er. »Irgendwann, nach einer Weile. Allerdings ohne Thomas.«

»Wie kann es denn, bitteschön, ohne Thomas wieder gut werden?«, rufe ich aus.

»Liebelein!« Er gibt ein missbilligendes Schnalzen von sich. »Sei nicht albern und hör bitte auf, dich wie ein kleines Kind zu benehmen! Vor ein paar Wochen hast du ihn noch nicht einmal gekannt, du wirst es schon überleben.«

»Es tut aber so verdammt weh!«, schreit das kleine Kind in mir, das absolut nicht vorhat, sich zu benehmen.

Ein mildes Lächeln tritt auf Oskars Gesicht. »Natürlich tut es das, Liebelein. Das ist normal, du hast Liebeskummer.«

»Ich *hasse* Liebeskummer!«

»Das tut jeder. Und trotzdem müssen wir da alle hin und wieder durch. Sogar dein Thomas wird vermutlich gerade welchen haben.«

»Meinst du?«

»Davon gehe ich aus.«

»Aber wenn er Liebeskummer hat ... dann liebt er mich doch noch!«, schlussfolgere ich.

Oskar nickt. »Das halte ich sogar für wahrscheinlich.«

»Dann könnte ich doch ...«

»Das ist nicht der Punkt!«, werde ich von meinem besten Freund unterbrochen. »Nach allem, was du mir erzählt hast, scheint es nicht daran zu liegen, dass er dich nicht liebt, sondern dass du ihn belogen hast.«

»Wo ist denn da der Unterschied?«

Oskar schlägt gespielt verzweifelt die Hände vors Gesicht. »Wenn ich dir das allen Ernstes erklären muss, hast du rein gar nichts begriffen!«

»Doch«, lenke ich ein. »Ich verstehe durchaus, was du meinst. Bin ja nicht ganz blöd.«

»Das beruhigt mich, ich hatte da schon kurz meine Zweifel.«

»Warum habe ich das bloß getan?«, bringe ich weinerlich hervor. »Warum habe ich ihm nicht gleich reinen Wein eingeschenkt? Dann wäre es erst gar nicht so weit gekommen, weil wir uns entweder nicht ineinander verliebt hätten oder Thomas meine Schwangerschaft akzeptiert hätte.«

Oskar nickt. »Tja, Nora, ich will ja jetzt nicht behaupten, dass ich dir genau das von Anfang an gesagt habe – aber ich hab's dir von Anfang an gesagt.«

»Ja«, gebe ich zu und sehe ihn unglücklich an. »Hast du.«

Scheiße. Scheiße. Scheiße!

Nachdem Oskar wieder gefahren ist, klappe ich mein Notebook auf und rufe meine Mails ab, in der irren Hoffnung, dass Thomas sich noch einmal bei mir gemeldet hat. Aber nichts. Stattdessen nur neue Nachrichten aus diesem bescheuerten Single-Portal, zwei Rentner, drei Teenager und ein offensichtlich Grenzdebiler, denn seine Nachricht trägt den überaus charmanten Betreff »Bock auf Ficken?«.

Ich lösche die Nachrichten, so einen Mist will ich nicht in meinem Postfach haben. Und ich will auch gar keine anderen Männer mehr kennenlernen, denn dann müsste ich nur noch mehr daran denken, dass ich bereits den tollsten, den besten, den sensationellsten hatte, den ich dank meiner eigenen Blödheit erfolgreich vergrault habe.

Ach, Thomas! Ich wünschte, ich könnte die Zeit zurückdrehen zu unserem ersten Treffen. Damals, an der Alster, als alles so wundervoll begann, als uns die Welt noch offen stand und zu Füßen lag, als wir einer rosigen Zukunft entgegenblickten und alles noch …

Nein, Quatsch, rufe ich mich selbst zur Ordnung. Denn bevor ich hier anfange, die Sachlage zu romantisieren, sollte ich schon bei den Tatsachen bleiben. Und es ist ja nicht so, dass es nur daran liegt, dass ich gelogen habe. Nein, Thomas will schlicht keine

Kinder. Wie wäre unser erstes Treffen also verlaufen, wenn ich ihm ohne Umschweife meine Schwangerschaft gestanden hätte?

Er: *»Da bist du ja endlich!«*
Ich: *»Ja, da bin ich.«*
Er: *»Komm, setz dich.«*
Ich: *»Gern.«*
Er: *»Champagner, die Dame?«*
Ich: *»Nein, danke, ich bin schwanger.«*
Er: *»Schwanger, wirklich? Ach, das ist ja schön! Komm, lass uns heiraten und eine Familie gründen, das Kind ist ja praktischerweise schon unterwegs!«*

Mehr als unwahrscheinlich, genau genommen ausgeschlossen. Das kleine Gedankenspiel sorgt immerhin dafür, dass ich mich ein klitzekleines bisschen besser fühle, denn auch, wenn ich einen großen Fehler gemacht habe – bis zu einem gewissen Grad war es quasi Notwehr. Etwas in der Art jedenfalls.

Ich straffe die Schultern und öffne mein E-Mail-Programm. Einmal werde ich Thomas noch schreiben, ein einziges Mal. Wenn er mir darauf nicht antwortet, bleibt mir nichts anderes übrig, als Oskars Rat zu befolgen und ihn zu vergessen. Aber diese eine Chance muss ich noch nutzen. Bevor ich nicht ganz sicher bin, dass es zwischen Thomas und mir definitiv aus und vorbei ist, finde ich keine Ruhe. Ich tippe los.

Lieber Thomas,
ich weiß, dass Du gerade ziemlich wütend auf mich bist. Na ja, wütend trifft es wahrscheinlich nicht einmal, eher unfassbar enttäuscht. Das kann ich verstehen. Ich schreibe Dir auch nur deshalb noch einmal, weil ich hoffe, dass Du mich dann vielleicht ein kleines bisschen besser verstehen kannst, auch, wenn Du mir trotzdem nicht verzeihst. Alles, was ich zu meiner

Verteidigung vorbringen kann, ist, dass ich ganz schreckliche Angst hatte, Dir die Wahrheit zu sagen. Weil Du ja keinen Zweifel daran gelassen hast, dass eine Frau mit Kindern (oder in meinem Fall eine, die eins erwartet) auf gar keinen Fall etwas für Dich ist. Aber ich wollte Dich nicht verlieren, also habe ich diese Riesendummheit begangen und Dich belogen. Weil ich bis zum Schluss gehofft habe, dass Du, wenn wir erst einmal ein Paar sind, Deine Meinung änderst. Das war natürlich falsch und unter aller Kanone, das ist mir nun auch klar geworden. Es tut mir leid.

Deine Nora

Ich klicke auf »Senden« und schicke gleichzeitig ein Stoßgebet gen Himmel, dass Thomas mir auf diese Mail antworten wird. Wenn er ein Herz hat, muss er darauf doch irgendwie reagieren und kann mich nicht komplett ignorieren! Schließlich habe ich es nicht böse gemeint und wollte ihn nicht verletzen, ich hab doch nur …

Ein »*Pling*« stoppt das Gedankenkarussell, das gerade wieder dabei ist, volle Fahrt aufzunehmen. Ich habe eine Antwort auf meine Mail! ICH HABE EINE ANTWORT AUF MEINE MAIL! Allerdings: so schnell?

Ich öffne sie. Und sacke innerlich zusammen, als ich lese, was da steht:

Die Nachricht konnte nicht zugestellt werden.

Eine automatische Fehlermeldung. Ich versuche es ein weiteres Mal, Sekunden später klingt wieder das »*Pling*«, und ich erhalte dieselbe Meldung erneut. Auch mein dritter Versuch endet so.

Deutlicher kann Thomas nicht werden. Er hat mich blockiert.

Anmerkung eines Anwohners der Hellbrookstraße

Ja, sicher, die Musik neulich Nacht hat mich auch geweckt. Aber eigentlich war sie doch ganz schön! Schöner jedenfalls als das Geplärre der Tante von nebenan. Das muss echt eine ziemlich verstockte Kuh sein, die hat mich schon zweimal angepampt, weil ich das Stück Bürgersteig vor unserem Haus angeblich nicht ordentlich gefegt habe. Dabei ist das gar nicht mein Job, sondern der des Hausmeisters, aber ich stand halt gerade vor der Tür, als sie vorbeistolzierte. Hat die keine anderen Probleme? Bürgersteig nicht richtig gefegt, pfff! Die müsste sich von ihrem Alten mal wieder so richtig … Ach, ist ja auch egal!

14. Kapitel

In den nächsten Wochen ist mir nach vielem zumute – aber garantiert nicht nach Partnersuche. Mein Herz blutet immer noch wegen Thomas, und ich fürchte, es wird auch noch eine Weile so bleiben.

Obwohl ich mich schäme, so ein Waschlappen zu sein, habe ich noch viermal versucht, ihm eine Mail zu schreiben und ihm darüber hinaus zwei SMS geschickt – meine Mails blieben unzustellbar, und auch sonst erhielt ich keine Antwort. Absolutes Schweigen im Walde. Einmal habe ich sogar überlegt, ihn mit unterdrückter Nummer anzurufen, aber Oskar hat mich darauf hingewiesen, dass man heutzutage wegen Stalking verknackt werden kann. Und es hätte ja auch keinen Sinn, es gibt nichts, was ich sagen kann, um ihn umzustimmen..

Und so konzentriere ich mich voll und ganz auf meine Schwangerschaft (auch, wenn ich mal behauptet habe, dass Konzentration nicht das Geringste damit zu tun hat – schaden kann es sicher nicht), beobachte, wie mein Bauch dicker und dicker wird, und genieße ansonsten den Jahrhundertsommer, der unverhofft über Hamburg hereingebrochen ist.

Eine schöne Sache ist das, überall in den Parks hängen glücklich verliebte Pärchen herum, die ihre Finger nicht voneinander lassen können, und ich bin mehr als einmal versucht, mir eine Kalaschnikow zu besorgen und sie alle niederzumähen. Allerdings würde mir so ein Amoklauf rein gar nichts bringen, ich wäre danach immer noch allein. Wenn auch unter staatlicher Aufsicht und bei Vollpension.

Als der Herbst anbricht, schaue ich mir verschiedene Entbindungsstationen in diversen Krankenhäusern an (macht allein unheimlich viel Spaß!), gehe zum Schwangerschaftsyoga und melde mich zu einem Geburtsvorbereitungskurs an. Zwar bin ich immer noch ein Fan des geplanten Kaiserschnitts, aber schließlich kann man nie wissen, ob ich meine Tochter am Ende nicht doch natürlich zur Welt bringen will.

Ach so, ja, mit meinem Bauchgefühl lag ich richtig: Mamas Enkelsohn wird ein Mädchen, da ist sich Dr. Spingel inzwischen ganz sicher. Ein Mädchen!

Ich kann nur hoffen, dass sie es mit den Männern später leichter hat als ihre Mutter, sonst kann ich schon mal anfangen, für ihre Psychotherapie zu sparen. Oder mich darauf einrichten, dass sie bis ins hohe Rentenalter zu Hause bei mir wohnen bleibt. Vermutlich weiterhin in meiner Eineinhalbzimmerwohnung in Barmbek, uns stehen glückliche Jahre bevor!

An einem Donnerstagnachmittag Ende Oktober ist der erste Termin meines Geburtsvorbereitungskurses. Mit einem Beutel bewaffnet, in den ich eine Umstandsjogginghose und einen riesigen Pullover gestopft habe, mache ich mich auf den Weg zu der Hebammenpraxis, in der der Budenzauber steigen soll.

Große Lust habe ich nicht, erst recht nicht, als ich draußen auf der Straße feststelle, dass es regnet und stürmt, dass die Blätter nur so durch die Luft wirbeln. Passt andererseits aber super zu meiner Stimmung, denke ich, als ich mich zu meinem Golf kämpfe und mir beim Öffnen beinahe die Tür um die Ohren fliegt. Unter größter Kraftanstrengung stemme ich mich dagegen, lasse mich auf den Sitz plumpsen und kann gerade noch die Finger wegziehen, ehe der Sturm sie wieder zuknallt. Sehr gut, ich bin in Sicherheit.

Allerdings nur kurz, denn als ich den Zündschlüssel im Schloss drehe, geschieht – nichts. Mein Auto gibt keinen Mucks von sich, nicht mal ein schwaches Hüsteln. Wütend schlage ich mit einer Hand aufs Lenkrad, so fest, dass ich prompt vor Schmerz aufjaule. Leider passiert es öfter, dass der Wagen nicht anspringt, wenn der Motor feucht geworden ist. Und das wiederum passiert öfter, wenn draußen gerade die Welt untergeht. So ein Mist! Der Kurs ist in Winterhude, da komme ich nur mit Taxi oder Bus hin. Taxi ist zu teuer, also Bus.

Schimpfend quäle ich mich wieder aus dem Auto und stapfe grimmig die Straße entlang. Dabei komme ich mir regelrecht heroisch vor, wie ich mich da so einsam und verlassen durch den Wind kämpfe. Es erinnert mich an die Geschichten, die wohl fast jeder Mensch meines Alters als Kind von seinen Eltern gehört hat, wie sie sich früher »acht Kilometer durch den Schnee, barfuß!« zur Schule geschleppt hätten.

Ich bin erst wenige Meter von meiner Haustür entfernt, als direkt neben mir ein Auto hält.

»Hallo?«, höre ich eine männliche Stimme rufen. Ich drehe mich um. Neben mir auf der Straße sitzt Erik Ballhaus in seinem Wagen und guckt aus dem heruntergelassenen Fenster. Den habe ich schon länger nicht mehr gesehen, hab mich schon gefragt, ob er von seiner Frau Stubenarrest bekommen hat. Heike hingegen bin ich hin und wieder begegnet, sie war latent unfreundlich wie immer, obwohl ich bisher nicht den leisesten Schimmer habe, was ich ihr getan hab. »Echtes Sauwetter«, ruft Erik mir zu.

Ich nicke. Da hat er schließlich Recht.

»Wo wollen Sie denn hin?«

»Zum Geburtsvorbereitungskurs«, schreie ich gegen den Wind an. Gleichzeitig denke ich: So, so, wir sind also wieder beim »Sie«. Vermutlich die Voraussetzung dafür, dass seine Frau ihm erlaubt hat, vor die Tür zu gehen. Immer schön Distanz zur unbemannten Nachbarin halten!

»Soll ich Sie kurz hinfahren?« Bei dieser Frage sieht er sich, wie ich meine, verstohlen nach unserem Wohnhaus um. Was für ein Feigling! Möchte anscheinend sichergehen, dass wir außer Sichtweite sind. Sie könnte schließlich am Fenster stehen und ihn dabei erwischen, wie er mal wieder bei mir den edlen Ritter spielen will.

»Nein, danke«, lehne ich brüllend ab und deute in eine unbestimmte Richtung. »Ist gleich da vorne!« Was natürlich gelogen ist, vor mir liegen noch gut und gern fünf Minuten Fußmarsch, zehn Minuten Busfahrt und noch einmal zehn Minuten Fußweg.

»Okay, war nur ein Angebot.« Er fährt an und parkt ein paar Meter weiter am Straßenrand ein. Ja, *Sie*!, denke ich übellaunig. Jetzt aber schnell nach Hause ins Warme, hopp, hopp, zum Heimchen am Herd!

Vollkommen durchnässt (ich hätte das Angebot von «Sie, Herr Ballhaus« vielleicht doch annehmen sollen) erreiche ich die Hebammenpraxis, wo bereits neun andere Frauen im Kreis auf dem Boden sitzen, jede auf einer Gummimatte.

Allesamt gehören sie zur Perlen-Paula-Fraktion – das hatte ich befürchtet, so viele gebügelte Blusen und Hosen (Umstandshosen!) auf einem Haufen habe ich schon lange nicht mehr gesehen. Darüber hinaus bin ich meiner Einschätzung nach mit Abstand die Älteste hier, das Wort »Spätgebärende« scheint wie ein rotes Kainsmal auf meiner Stirn zu blinken. Direkt neben der grellen Leuchtanzeige von »alleinerziehend«.

»Frau Bergmann?«, werde ich von einer etwa Zwölfjährigen begrüßt.

»Ja?«, erwidere ich und mustere das Kind verwundert.

»Prima! Dann sind wir vollzählig.«

»Sie sind die Hebamme?«, will ich wissen.

Sie strahlt mich an. »Ja, das bin ich. Wieso?«

»Sie, äh, Sie wirken noch so jung!«

Jetzt lacht sie. »Ich bin zwanzig!«

»Aha.« Prima. Im Verlauf der nächsten neunzig Minuten werde ich mir also von jemandem, der selbst vor gar nicht allzu langer Zeit zur Welt gekommen ist, erklären lassen, wie der Geburtsvorgang funktioniert. Es ist einfach nicht mein Tag. Nicht meine Woche. Nicht mein Monat. NICHT MEIN JAHR!

In der zehnminütigen Pause nach dem ersten Teil haben wir laut Mia – so heißt das junge Ding, das den Kurs leitet – Gelegenheit, uns untereinander ein bisschen besser kennenzulernen. Auch danach steht mir nicht sonderlich der Sinn, zumal ich von den soeben gehörten Ausführungen über Nabelschnurvorfall, Dammriss, Schwangerschaftsvergiftung und vorzeitigem Blasensprung – wunderbar veranschaulicht durch diverses Bildmaterial – noch nachhaltig traumatisiert bin.

Ein geplanter Kaiserschnitt erscheint mir immer attraktiver, bisher war mir gar nicht bewusst, dass eine Geburt die gleichen Risiken für Leib und Leben in sich birgt wie die Entsendung in ein Kriegsgebiet. Was da alles passieren kann!

Trotzdem gebe ich mir einen Ruck, hole mir eine Tasse Tee (der gute alte Frauenmantel mal wieder, würg!) und geselle mich zu den anderen Kursteilnehmerinnen.

Wenn ich mit Mausel nach der Geburt nicht einsam und verlassen zu Hause auf meinem Sofa rumhocken will, ist es an der Zeit, mich mit anderen »Muttis« zu vernetzen, damit wir mit unseren Kindern gemeinsam so tolle Sachen wie Babymassage und -schwimmen, Pekip und musikalische Früherziehung machen können.

»Das ist wichtig«, hatte Bettina mir vor dem Kurs eingebläut, »sonst verlierst du den sozialen Anschluss. Und, keine Sorge, zu Beginn wirken viele Mütter ein bisschen gruselig, aber meine Erfahrung hat mir gezeigt, dass sie meistens sehr nett sind, wenn man sie erst einmal etwas besser kennt.«

»Carl-Philipp«, sagt gerade eine junge Frau, die sich als Marie vorgestellt hat, als ich mich mit meinem Tee wieder in den Sitzkreis begebe. »Der Name steht schon fest, seit mein Mann Benedikt und ich wissen, dass es ein Junge wird.«

»Schöner Name«, kommentiert eine Schwangere namens Eva. »Wir haben uns für Sophie-Charlotte entschieden.« Hier ist anscheinend die Doppelnamenitis ausgebrochen!

»Auch toll!«, meint die zukünftige Mama von Carl-Philipp. »Und du?«, will sie von der Frau rechts neben mir wissen, die ich als Bernadette in Erinnerung habe.

»Wir schwanken noch zwischen Hans-Albert und Gustav-Aurel.«

»Hans-Albert?«, schalte ich mich ein. »So ähnlich wie ›Hans-Albers-Platz‹, die Partymeile auf dem Kiez?« Ich kichere. Alle Köpfe fahren zu mir herum, ich ernte missbilligende Blicke und ziehe sofort schuldbewusst den Kopf ein. »Mein ja nur«, nuschele ich.

»Wir werden unser Mädchen auf jeden Fall Antonia-Margarete taufen«, spricht die nächste junge Frau weiter, als hätte ich überhaupt nichts gesagt. »Benannt nach ihren Großmüttern.«

»Das ist eine schöne Tradition«, findet ein Mädchen, das kaum älter als die Hebamme ist. »Wir nehmen unsere Großväter und nennen ihn Gunther-Sebastian.«

»Und was ist mit den zwei anderen Opas?« Ich beiße mir auf die Lippe, denn eigentlich hatte ich nichts mehr sagen wollen, es ist mir einfach so rausgerutscht.

»Welche zwei anderen?«, will das Mädchen wissen.

»Na ja«, erkläre ich. »Jedes Paar hat doch vier Großväter und -mütter. Zwei von der Frau und zwei vom Mann. Die beiden, die dann hintenüberfallen, sind doch bestimmt total traurig!«

»Die Großeltern meines Mannes sind schon tot«, gibt die junge Frau spitz zurück.

»Wie soll denn dein Kind heißen?«, fragt sie und setzt ein

maliziöses Lächeln auf. Keine Ahnung, was sie erwartet, aber so, wie sie mich anguckt, rechnet sie vermutlich mit »Schantall« oder »Schackeline«. Sehe ich so schlimm aus? Dabei hab ich nicht einmal künstliche Fingernägel!

Ich setze eine ernste Miene auf und lasse dann ein »Helene-Johanna-Cecilie-Augusta-Josephine-Marlene-Anna-Hedwig-Courths-Mahler« vom Stapel.

Die anderen neun Frauen starren mich fassungslos an. Irgendwann findet Bernadette ihre Sprache wieder. »Ihr habt aber viele Großeltern«, stellt sie fest. »Meinst du das etwa ernst?«

»Nein, war nur Spaß«, gestehe ich und muss mich zusammenreißen, um nicht loszuprusten. »Ich weiß es, ehrlich gesagt, noch nicht. Mir schwebt da ein lässiger Name vor. Irgendwas Freches. Ein Name für ein glückliches Kind, das durch Pfützen springt und Scheiße baut.« Ich blicke in pikierte Gesichter. »Verzeihung, Mist baut, meinte ich.«

»So«, kommt es erneut von dem Mädchen mit den Großvätern, »und du denkst, dass unsere Kinder mit ihren Namen nicht glücklich werden?«

»Das hab ich nicht gesagt«, verteidige ich mich. »Kommt ja auch darauf an, was man unter ›Glück‹ versteht. Wenn man sich darunter einen Vorstandsvorsitzenden vorstellt, dann natürlich schon. Oder ein Mädchen, das beim Heiraten eine gute Partie gemacht hat. Je nachdem halt.«

Nun sehen die anderen mich mit unverhohlener Feindseligkeit an, meine »Mission: andere Muttis kennenlernen« droht zu scheitern. Habe ich es übertrieben? Offenbar haben die hier alle einen etwas anderen Humor als ich.

»Nun«, Marie räuspert sich und geht ohne weiteren Kommentar zum nächsten Thema über. »Wie lange wollt ihr denn alle in Elternzeit gehen? Ich plane zuerst einmal drei Jahre, die Zeit will ich mir schon nehmen. Mein Mann findet auch, dass ich nicht gleich wieder arbeiten sollte.« Sie streichelt sich über ihren Bauch. »Außerdem soll Carl-Philipp so schnell wie möglich ein Geschwisterchen bekommen.«

»Das wünschen wir uns auch«, pflichtet Bernadette ihr bei. »Mein Florian hat gesagt, ich brauche gar nicht mehr in den Job zurück. Dann habe ich auch endlich mal die Muße, unser Stadthaus am Innocentia-Park neu einzurichten.«

Ehe ich den nächsten schlechten Witz machen kann, taucht die junge Hebamme wieder auf.

»So«, sagt sie, »die Pause ist vorbei, machen wir also weiter!«

Ich stehe auf und fange an, meine Jogginghose auszuziehen, um sie wieder gegen meine Umstandsjeans zu tauschen.

»Wollen Sie schon gehen?«, will die Hebamme erstaunt von mir wissen. »Fühlen Sie sich nicht gut?«

»Doch«, antworte ich. »Mir geht's bestens. Ich habe mich nur soeben endgültig für einen geplanten Kaiserschnitt entschieden und brauche den Kurs hier nicht.« Mit diesen Worten sammele ich meine Sachen zusammen und entschwinde durch die Tür nach draußen in den Sturm, die erstaunten Blicke der anderen im Nacken. Sollen sie ruhig gucken, diese Veranstaltung hat mich zum letzten Mal gesehen.

Ist vielleicht auch besser so, denn am Ende des Kurses steht ein Termin an, zu dem alle ihren Partner mitbringen sollen, und leider hat Oskar mir bereits gesagt, dass er mich zwar liebt, aber nur unter Folter noch einmal an einem Geburtsvorbereitungskurs teilnimmt. Das Letzte, was ich diesen rundum perfekten Vorzeigemamis hier gönne, ist, dass ich beim Abschlusstreffen meine Mutter oder Bettina im Schlepp habe, lieber buddele ich im Stadtpark ein Erdloch und bekomme mein Baby ganz allein und ohne jede Vorkenntnis!

Das Hochgefühl, in dem ich die Hebammenpraxis verlassen habe, hält genau so lange an, bis ich wieder allein zu Hause sitze. Draußen peitscht der Regen gegen die Fenster, es ist dunkel und kalt. Und nun? Wie immer Fernsehen und dann früh ins Bett? Was für ein Leben!

Mein Telefon klingelt, ich eile – soweit mir das mit meiner Körperfülle noch möglich ist – in den Flur und hebe ab.

»Na, Liebelein?« Oskar. »Wieso bist du denn schon zu Hause? Ich denke, du hast heute Geburtsvorbereitungskurs!«

»Warum rufst du mich hier an, wenn du das denkst?«

Er kichert. »Weil ich so einen Kurs schon zweimal mit Bettina gemacht habe und es mich gewundert hätte, wenn du da nicht früher abgehauen wärst.«

»Recht hast du. Es war grauenhaft.« Kurz schildere ich ihm die Ereignisse des Nachmittags, und mein bester Freund lacht sich schlapp.

»Ja, ja«, kommentiert er japsend, »ich erinnere mich mit Grauen daran!«

»Dabei hat Bettina noch zu mir gesagt, die meisten Frauen seien ganz nett, wenn man sie erst einmal besser kennenlernt.«

»Da hat meine Frau wohl glatt gelogen. Sie konnte die Tanten aus ihrem Kurs nicht ausstehen, und soweit ich weiß, hat sich daran bis heute nichts geändert.«

»Tja, dann hat sie vielleicht gehofft, mir würde es anders ergehen.«

»Hätte ja auch sein können.«

»Weshalb hast du denn eigentlich angerufen?«

»Ach ja, richtig.« Er macht eine Pause. »Pass auf, Bettina ist im Dienst unterwegs, die Kinder schlafen bei einer ihrer Freundinnen, und heute Abend feiert ein Kumpel von mir seinen vierzigsten Geburtstag. Er hat gesagt, ich dürfte eine charmante und gutaussehende Dame mitbringen – da wollte ich dich fragen, ob du vielleicht jemanden kennst, auf den das zutrifft?« Er giggelt ins Telefon.

»Sehr witzig!«

»Ach, komm schon! Hast du deinen Humor etwa bei den anderen Muttis abgegeben?«

»Nein«, sage ich. »Mir ist nur gerade nicht sonderlich zum Lachen zumute.«

»Ein Grund mehr, mich zu begleiten! Los, schmeiß dich in einen heißen Partyfummel, und los geht's!«

»Meine heißen *Partyfummel*«, erwidere ich und betone das Wort so ironisch wie möglich, »kommen momentan vom Zeltverleih, weil ich nämlich allmählich die Ausmaße des Michelin-Männchens annehme. Die einzigen Schuhe, in die meine Füße noch passen, sind Schlappen von Birkenstock, und anstelle von feinen Nylons trage ich Kompressionsstrümpfe. Mir ist also total nach Party!«

»Du übertreibst maßlos!«

»Du hast mich seit über einer Woche nicht mehr gesehen.«

»So viel kann seitdem ja nicht passiert sein. Außerdem bist du gerade erst mal im siebten Monat, also stell dich nicht so an!«

»Ha! Ich habe den gesamten Inhalt des Bodensees an Wasser eingelagert.«

»Dann geh aufs Klo!«

»Oskar«, ich seufze. »Ich will einfach nicht auf eine Party gehen. Kannst du das nicht verstehen?«

»Doch«, sagt er. »Ich hol dich in zwei Stunden ab!« Klick, er hat aufgelegt.

»Ist doch eine tolle Location hier, oder?« Wir betreten das »Edelfettwerk« in Bahrenfeld, und ich muss zugeben, dass Oskar Recht hat. Sehr stylish und edel; die Räumlichkeiten, die Oskars Kumpel Sven für seinen Vierzigsten gemietet hat, lassen nichts zu wünschen übrig.

Als wir ankommen, ist die Stimmung bereits auf dem Siedepunkt, Gelächter und Geschnatter von mehr als hundert Leuten liegen in der Luft, aus den Boxen wummert dröhnend ein Hit von David Guetta; auf der Tanzfläche brodelt es, Menschen zucken rhythmisch im roten Partylicht. Ist gefühlte hundert Jahre her, dass ich zuletzt auf so einer Veranstaltung war. Und sicher ist es die erste, bei der ich mir an der Theke ein stilles Mineralwasser bestelle, denn selbst Kohlensäure vertrage ich in meinem Zustand nicht mehr.

»Geil, oder?«, brüllt Oskar mir ins Ohr, während er im Takt wippt.

»Hm, ja«, erwidere ich und lasse meinen Blick über die Menge gleiten. Soweit ich das beurteilen kann, bin ich die einzige Schwangere hier, was mich nicht weiter verwundert. Andere Frauen in meiner Lage sitzen gerade zu Hause und lassen sich von ihrem Liebsten die Füße massieren.

Na ja, denke ich etwas versöhnlicher, oder sie diskutieren mit Ernst-Lothar darüber, ob sie den Filius lieber Archibald-Matthäus oder Heinz-Egon nennen sollen. Dann doch lieber Party machen, auch, wenn ich mir hier und da ein paar verwunderte bis verstörte Blicke einfange.

»Da drüben steht mein Kumpel Oliver«, schreit Oskar. »Den hab ich schon ewig nicht mehr gesehen, ich geh mal kurz rüber.«

»Mach das«, brülle ich zurück, »ich bleib so lange hier.« Mein bester Freund entschwindet, ich nippe an meinem Wasser und stehe ansonsten ein bisschen rum wie Falschgeld. Tolle Party! Alles, was ich gern mache, darf oder kann ich nicht mehr. Trinken, zum Beispiel. Tanzen. Oder auch Flirten. Wer sich an mich ranschmeißt, ist entweder blind – oder pervers.

Nach zehn Minuten merke ich, dass meine Füße langsam schlappmachen, sie sind das neue Gewicht, das ich mit mir rumschleppe, schlicht nicht gewohnt. Suchend blicke ich mich nach Oskar um, kann ihn aber nirgends entdecken.

Ich beschließe, mich auf einen Hocker an der Bar zu setzen, Oskar wird mich schon finden, und ich muss mich dringend ausruhen.

Bei der Tresenkraft bestelle ich ein weiteres stilles Wasser, stütze mich mit einem Ellbogen auf der Theke ab und nuckele gedankenverloren an meinem Strohhalm, während ich weiter die Menge nach Oskar absuche.

»Na? So allein?« Oh, ein Perverser! Direkt über Eck von mir pflanzt sich ein Typ an den Tresen und sieht mich herausfordernd an. Ein recht gutaussehender Typ, wie mir auffällt, er ist blond und hat unglaublich intensive grüne Augen.

»Äh, ich bin nur etwas müde«, sage ich. Was will der Kerl von mir? Sieht der nicht, was mit mir los ist? Dann fällt mir auf, dass mein riesiger Bauch vermutlich unter der Theke versteckt ist, so dass er ihn *in der Tat* nicht sehen kann. Höchstens mein aufgedunsenes Gesicht müsste ihm auffallen, aber es soll ja Männer geben, die auf so etwas stehen.

»Ich bin Frank«, sagt er und streckt mir eine Hand entgegen, die ich ergreife und schüttele.

»Nora«, antworte ich.

»Schöner Name, Nora.« Er lächelt, und ich werde glatt verlegen. Bin ein wenig aus der Übung, was das Flirten betrifft, ist mir schon länger nicht mehr passiert. »Woher kennst du Sven?«, will er dann wissen.

»Gar nicht. Ein Kumpel hat mich mitgeschnackt.«

»Da bin ich deinem Kumpel aber sehr dankbar!«

»Oh.« Ich kichere blöd. Der Typ will nicht nur flirten – der ist offenbar auf Kollisionskurs. Aber mir und meinem angeschlagenen Ego gefällt's, das kann ich nicht anders sagen.

»Was machst du so, Nora?«

»Wann?«

»Beruflich, meine ich.«

Ein »schwanger sein« liegt mir auf der Zunge, aber ich erwidere stattdessen: »Ich bin Flugbegleiterin.«

Er pfeift anerkennend durch die Zähne. »Toller Beruf! Da kriegst du bestimmt die ganze Welt zu sehen.«

»Hm, ja.« In Zukunft allerdings nur noch die Kinderwelt bei IKEA …

»Nimmst du mich mal mit?« Er zwinkert mir zu. »Würde gern mal mit dir eine Runde abheben.«

»Äh.« Was sage ich denn dazu? Ja? Nein? Ich fühle mich so unbeholfen wie ein Teenager vorm ersten Kuss, dieser Frank bringt mich völlig aus dem Konzept! Und wenn er mich weiter so intensiv aus seinen grünen Augen mustert, falle ich bestimmt gleich ohnmächtig von meinem Hocker. »Jetzt hab ich dich in Verlegenheit gebracht«, sagt mein Gegenüber, als er bemerkt, dass mir die Worte fehlen. »Das wollte ich nicht, tut mir leid.«

»Schon gut«, bringe ich hervor und ärgere mich darüber, dass meine Schlagfertigkeit offenbar ebenfalls der Schwangerschaftsdemenz anheimgefallen ist. »Können wir gern mal machen«, schiebe ich hinterher. Dabei vergesse ich beinahe, dass wir das natürlich *nicht* machen können, aber wenigstens für den Moment möchte ich mich der Illusion hingeben, dass ich für einen Mann noch begehrenswert und attraktiv bin, menno!

»Nora«, sagt er und senkt die Stimme. »Was hältst du davon, wenn wir draußen eine Runde spazieren gehen und uns dabei weiter unterhalten? Hier drin ist es schrecklich laut, stickig und dunkel.«

»Okay«, willige ich ein und hüpfe von meinem Barhocker, gegen einen Spaziergang an der frischen Luft ist nichts einzuwenden. Frank grinst mich an, steht ebenfalls auf und kommt zu mir herum.

Aber kaum ist er auf meiner Seite, erleidet er eine komplette Gesichtsentgleisung und starrt mich an.

»Was ist das?«, fragt er und zeigt dabei einigermaßen entsetzt auf meinen Bauch.

»Das?« Ich blicke an mir hinunter. »Ach, das meinst du! Das ist gar nichts!« Ich lache ihn fröhlich an.

»Du, ja, äh«, er blickt sich suchend um, und ich meine, leichte

Panik in seinen Zügen zu erkennen. »Ich hab ganz vergessen, dass ich noch einen Kollegen suchen wollte, der mich nachher mit nach Hause nimmt. Den muss ich finden, sonst muss ich hier die Nacht verbringen!«

Ehe ich etwas erwidern kann, gibt er Fersengeld und taucht zwischen den tanzenden Menschen unter. Ich sehe ihm nach, gleichzeitig frustriert und amüsiert. Immerhin hatte ich meine fünfzehn Minuten Ruhm, mehr kann ich von diesem Abend wohl nicht erwarten.

Ich will mich schon wieder zurück zu meinem Hocker begeben, als mein Blick an etwas hängen bleibt. Besser gesagt: an jemandem. Thomas!

Zehn Meter entfernt von mir bahnt er sich seinen Weg durch die Menge zu einem Tresen auf der anderen Seite des Raums. Und an seiner Hand hält er, wie ich selbst im schummerigen Licht erkennen kann, eine sehr hübsche und sehr blonde Frau, die so schlank ist, wie ich es noch nie in meinem Leben war.

Mein bereits gebrochenes Herz bricht zum zweiten Mal. Ich muss schwer schlucken und mal wieder mit aller Macht gegen die Tränen ankämpfen. So sind sie halt, die Kerle! Während wir Frauen noch Trauer tragen, pappen sie einfach ein blondes Trostpflaster auf ihre Wunden, und gut ist.

In geduckter Haltung, damit Thomas mich bloß nicht entdeckt, schleiche ich Richtung Ausgang. Dabei kann ich die Tränen nicht länger zurückhalten, schon wieder kullern sie mir über die Wangen.

Draußen schnappe ich gierig nach Luft, dann winke ich mir ein vorbeifahrendes Taxi heran und lasse mich erschöpft auf den Rücksitz sinken. Ich fische mein Handy aus der Tasche und schreibe Oskar eine SMS, dass mir leider übel geworden ist und ich nach Hause musste. Was nicht einmal gelogen ist, denn ich finde, das Schicksal hat mir gerade ziemlich übel mitgespielt.

Anmerkung eines Partygasts

Ich finde ja, in diesem Zustand sollte man zu Hause bleiben, da hat man auf so einer Feier nichts mehr verloren. Also, ich würde jedenfalls nicht mehr ausgehen, wenn ich schon hochschwanger bin. Viel zu gefährlich! Und wie die sich an Frank rangeschmissen hat, das war schon regelrecht peinlich! Manche Frauen haben echt keinen Anstand, so was gehört sich doch nicht! Wenn die nicht gewesen wäre, hätte Frank sich bestimmt mit mir unterhalten. Ich bin mir da ganz sicher!

15. Kapitel

Nach der fulminanten Party von Oskars Kumpel beschließe ich, es gut sein zu lassen. Der Anblick von Thomas hat mich bis ins tiefste Mark erschüttert, und ich fasse den festen Vorsatz, mich nie, nie, *nie* wieder zu verlieben.

Wozu auch? Bringt einem nichts als Scherereien und Kummer, und wenn die erste Verliebtheit vorbei ist, darf man sich über die Socken ärgern, die der Kerl überall zu Hause rumliegen lässt.

Nein, danke, ab sofort bleibt Nora Bergmann allein! Sie und ihr Bauchzwerg gegen den Rest der Welt, wir werden den Leuten da draußen schon zeigen, was ’ne Harke ist! Sobald ich nach der Geburt wieder arbeiten kann, werde ich mir eben irgendeinen Job suchen, der sich leichter mit einem Kind vereinbaren lässt. Das haben andere vor mir auch schon geschafft, dafür brauche ich keinen Mann!

Oskar findet natürlich wie immer, dass ich übertreibe und ich meine Meinung schon ändern werde, wenn die Hormone erst mal aus meinem Körper raus sind. Aber das ist nichts Hormonelles, das ist was Grundsätzliches! Und mein neuer Grundsatz lautet nun mal: »No man, no cry!«

»Haben Sie sich mittlerweile für eine Klinik entschieden, in der Sie entbinden werden?«, will Dr. Spingel wissen, als ich Mitte Dezember zur nächsten Untersuchung bei ihm bin.

»Ich denke, ich gehe ins Universitätskrankenhaus«, sage ich. »Da machen sie Herztransplantationen, also werden sie ja wohl auch ein Kind zur Welt bringen können.«

»Und Sie wollen nach wie vor einen Kaiserschnitt?«

»Ja«, antworte ich. »Vor einer natürlichen Geburt habe ich einfach zu große Angst. Allein der Gedanke daran bringt mich nachts um den Schlaf.« Und das ist nicht gelogen! Ich hätte mir damals nicht dieses Youtube-Video angucken und nicht in den Kurs der minderjährigen Hebamme gehen sollen. Das hat mein Vertrauen in meine Fähigkeit, ein Baby durch den Geburtskanal zu pressen, nicht gerade verstärkt.

Dr. Spingel nickt. »Das verstehe ich. Für mich wäre das auch nichts.« Er lächelt mich an.

»Ich finde es so auch viel praktischer«, sage ich. »Statt darauf zu warten, dass es irgendwann losgeht, habe ich einen festen Termin, zu dem ich morgens ausgeschlafen und fit in die Klinik komme, und dann wird das Baby geholt. Hat auch den Vorteil, dass ich nicht an ein Team gerate, das bereits eine Nachtschicht hinter sich hat und total fertig ist.«

»Da haben Sie sicher Recht«, meint er. »Das ist sehr vernünftig gedacht. Wann genau lassen Sie es denn holen?«

»Am 24. Januar.«

»Na, dann wird's in sechs Wochen ja ernst.«

»Ja«, ich muss ein bisschen schlucken, »wird es.«

Dr. Spingel richtet seinen Blick wieder auf den Monitor. »Mit Ihrem Baby ist jedenfalls alles in Ordnung, es liegt bereits richtig herum.« Dann korrigiert er sich. »Was aber bei einem Kaiserschnitt natürlich ziemlich egal ist.« Mit dem Ultraschallkopf fährt er weiter über meinen Bauch, ich betrachte versonnen den Monitor. Inzwischen ist mein Baby so groß, dass es sich nicht mehr komplett darstellen lässt, der Arzt schallt an seinem Körper hoch und runter. »Gucken Sie mal!«, ruft er dann aus. »Sie nuckelt am Daumen!« Ich kneife die Augen zusammen – und tatsächlich erkenne ich es: Meine kleine Maus lutscht sichtbar an ihrer Hand. Mein Herz macht bei dem Anblick einen regelrechten Hüpfer.

»Ach«, seufze ich, »wenn sie doch nur schon da wäre!«

»Es dauert ja nicht mehr lang«, tröstet Dr. Spingel mich. »Haben Sie denn schon alles für die Ankunft Ihrer Tochter vorbereitet?«

»Ja«, antworte ich. »Alles da!« Bis auf einen Papa, aber das ist ja eine Marginalie.

»Dann schicke ich Sie jetzt noch zum CTG, danach sind Sie für heute fertig, und wir sehen uns in zwei Wochen wieder.«

»Alles klar.« Umständlich hieve ich mich von der Liege hoch, wische mir mit einem Papierhandtuch, das Dr. Spingel mir reicht, das glitschige Gel von der Haut und ziehe den Gummibund meiner Hose wieder über meinen monströsen Bauch. Ich schnappe mir meine Tasche und gehe zur Tür. Als ich schon die Klinke in der Hand halte, drehe ich mich noch einmal zu meinem Frauenarzt um. »Dr. Spingel?«

»Ja?«

»Sie waren immer so nett zu mir, und deshalb ist mir danach, Ihnen die Wahrheit zu sagen.«

»Die Wahrheit?«

Ich nicke. »Die Wahrheit ist, dass ich ganz fürchterliche Angst habe vor dem, was auf mich zukommt. Mein Freund hat mich nämlich schon zu Beginn der Schwangerschaft verlassen, ich habe also für mein Kind keinen Vater und bin ganz allein.«

Der Arzt sieht mich nachdenklich an. Dann lächelt er, geht rüber zu seinem Schreibtisch und kritzelt dort etwas auf ein Stück Papier.

»Hier.« Er dreht sich wieder zu mir um und reicht mir eine kleine Karte. »Sie sind nicht allein. Da steht auch meine Handynummer drauf, und Sie können mich jederzeit anrufen. Egal wann, Tag und Nacht!«

Einen Moment lang blicke ich gerührt auf das Stück Papier, das er mir hinhält. Dann gehe ich zurück zu ihm, nehme die Karte entgegen und sage: »Vielen Dank, Dr. Spingel. Sie geben mir ein bisschen den Glauben an die Männer zurück.« Mit diesen Worten drücke ich ihm ein Küsschen auf die Wange.

»Oh«, kichert er, »so was passiert mir nicht alle Tage!«

Mir auch nicht, denke ich, als ich rüber zum CTG gehe. Mir auch nicht.

Der Glaube an die Männer. Keine zwei Stunden später wird er erneut erschüttert. Und zwar so richtig, richtig, *richtig*!

Ich sitze auf dem Sofa, schaue wie so oft in den letzten Wochen eine blöde Castingshow (das Einzige, wofür ich kein Hirn brauche) und surfe gleichzeitig mit meinem Notebook durchs Internet auf der Suche nach einer Liste, was ich alles in die Krankenhaustasche packen muss, die laut Dr. Spingel ab heute immer griffbereit neben meiner Wohnungstür stehen sollte. Auch, wenn ich einen Termin für einen Kaiserschnitt habe, muss ich jederzeit damit rechnen, ins Krankenhaus zu müssen, und dafür ist es sinnvoll, schon alle Siebensachen beisammen zu haben. Zwar hat Dr. Spingel mir eine Liste mitgegeben, aber da kann ich als Flugbegleiterin nun mal nicht aus meiner Haut: So eine wichtige Sache muss ich doppelt checken, um ganz sicherzugehen.

Während im Fernseher eine verzogene Sechzehnjährige rumplärrt, weil sie soeben aus den Top Ten von »Germany's Next Topmodel« geflogen ist (bei so was macht meine Maus später auf gar keinen Fall mit. NIE, ich verbiete es!), lese ich mich durch diverse Foren und stelle fest, dass mir noch Still-BHs fehlen. Wie konnte ich die vergessen? Vermutlich, weil mein Vater mich mit seiner tollen Erfindung nachhaltig traumatisiert hat, danach habe ich alles, was mit dem Thema Stillen und Büstenhalter zu tun hatte, erfolgreich verdrängt.

Bei einem Online-Shop suche ich nach günstigen Modellen in meiner Größe (was vormals 75A war, ist nun auf gefühlte 90D angeschwollen), wähle drei Stück aus und befördere sie in den Einkaufswagen. So, das hätten wir also auch, schon morgen sollten sie ankommen.

Ein »Pling« erklingt und kündigt mir den Eingang einer E-Mail an. Ich öffne Outlook und sehe nach, wer mir da schreibt, vermutlich wieder nur das sensationelle Angebot für eine Penisvergrößerung oder ein Anwalt aus Nigeria, der sechs Millionen Dollar treuhänderisch für mich hält und darauf wartet, sie auf mein Konto überweisen zu können.

Nein, es geht weder ums Gemächt noch um Reichtum, mich schreibt jemand über die Online-Singlebörse an, bei der ich mich längst hatte abmelden wollen. Aber man kommt ja vor lauter Schwangersein zu nichts!

Ich öffne die Nachricht und will sie schon in den Papierkorb befördern, als mein Blick auf das mitgeschickte Foto fällt. Das gibt's ja nicht! Ich reibe mir die Augen, das muss eine Verwechslung sein!

Ist es aber nicht, auch bei erneutem Hinsehen erkenne ich ihn klar, deutlich und zweifelsfrei: Unter dem Namen »Mister Triple-X« schreibt mich hier kein Geringerer an als – mein Nachbar Erik Ballhaus! Fassungslos sehe ich mir sein Profil an und lese seine Nachricht.

Hi, Madame Butterfly!
was du über Dich schreibst, gefällt mir, und weil Du auch aus Hamburg kommst, dachte ich, wir könnten uns mal treffen! Wenn es Dir auch so geht, freue ich mich über eine Antwort von Dir!

Liebe Grüße, Mr. Triple-X

Hab ich irgendwas nicht mitbekommen? Hat Erik Ballhaus seine Familie verlassen und ist ausgezogen? Das scheint mir die einzig logische Erklärung dafür zu sein, dass er mich auf dieser Plattform anschreibt, seine Frau und er haben sich getrennt!

Vielleicht habe ich ihn deshalb in letzter Zeit nur noch so selten gesehen, weil er gar nicht mehr hier wohnt?

Mühsam wuchte ich mich vom Sofa hoch, das muss ich sofort überprüfen!

In Hausschuhen tapse ich durchs Treppenhaus nach unten, baue mich vor der Tür der Familie Ballhaus auf und klingele. Wenige Sekunden später wird sie von Heike Ballhaus geöffnet.

»Hallo, Frau Bergmann«, sagt sie und hört sich dabei sogar beinahe freundlich an.

»Hallo«, sage ich. »Ist Erik …« Ich unterbreche mich, schließlich sind er und ich ja wieder beim »Sie«, wie ich neulich feststellen durfte. »Ist Ihr Mann zu Hause?«, wiederhole ich meine Frage. Mit der Freundlichkeit ist es schlagartig vorbei.

»Ja, ist er«, sagt sie. »Was möchten Sie denn von ihm?«

Die richtige Antwort müsste lauten »Das geht Sie nichts an«, aber stattdessen lächele ich weiter und sage so liebenswürdig wie möglich: »Ich bräuchte zwei Eier.«

Heike Ballhaus mustert mich irritiert. »Die können Sie auch von mir haben.«

»Ja, sicher, natürlich.«

»Einen Moment.« Sie verschwindet in der Wohnung. Dann höre ich Erik, der ruft: »Schatz, wer ist es denn?«

»Nur die Nachbarin«, antwortet sie. »Sie braucht zwei Eier.« Das »nur« möchte ich mir an dieser Stelle doch schwer verbitten!

Frau Ballhaus kehrt mit den Eiern zurück und drückt sie mir in die Hand.

»Vielen Dank!«, sage ich.

»Kein Problem.« Und schon ist die Tür wieder zu, und ich mache mich zurück auf den Weg in meine Wohnung.

Sie haben sich also nicht getrennt, Erik nennt seine Frau immer noch »Schatz«. Tja, wenn die wüsste!

Wut steigt in mir hoch, als ich mich wieder vor mein Notebook setze. Die Kerle sind doch echt alle Schweine! Mir ist zwar schon klar, dass sich mein Zorn in erster Linie gegen Mirko richtet, aber der ist ja in Australien, so dass mir Erik Ballhaus gerade recht kommt, um mich an ihm abzureagieren. Ich haue in die Tasten.

Lieber Mister Triple-X,
vielen Dank für Deine Nachricht! Dein Profil gefällt mir auch, deshalb würde ich gern mehr über Dich erfahren! Erzähl doch mal ein bisschen! Wie alt bist Du, was machst Du, und wie lange bist Du schon Single? Wie stellst Du Dir die Zukunft vor? Bin sehr gespannt auf Deine Antworten!
Liebe Grüße, Madame Butterfly

Ich klicke auf »Senden« und lehne mich auf dem Sofa zurück. Dass ich auf seine Antwort sehr gespannt bin, ist nicht einmal gelogen.

»Und du bist sicher, dass es dein Nachbar Erik ist, der dich angeschrieben hat? Niemand, der ihm einfach nur extrem ähnlich sieht?« Oskar kann es auch kaum fassen, als ich ihm am nächsten Tag von der E-Mail erzähle. Wir sitzen in einem Café, lassen uns Latte Macchiato und Kuchen schmecken (diesmal habe ich Kaffee mit Koffein bestellt, ich hab die Nase voll!), und ich bin immer noch ganz außer mir.

»Hundertprozentig«, sage ich. »Mit meinem Gedächtnis ist es momentan zwar nicht sonderlich weit her, aber der Sehnerv funktioniert noch.«

»Das ist echt dreist! Und dann auch noch mit Foto – hat der keine Angst, dass das auffliegt?«

»Scheinbar nicht.«

»Hat er auf deine Nachricht schon geantwortet?«

»Noch nicht, aber das tut er bestimmt.«

»Was geht nur in den Männern vor?« Er schüttelt verständnislos den Kopf.

»Das musst du mich nicht fragen – *du* bist doch der Kerl!«

»Ich bin eine Saftschubse, vergiss das nicht!« Er hebt eine Hand, spreizt den kleinen Finger affektiert ab und näselt dann in tuntigem Tonfall: »Noch ein Gin Tonic, der Herr?«

Ich muss lachen. »Aber ein Gutes hat die Sache: Ich bin gar nicht mehr sooo traurig darüber, dass ich Single bin. Lieber allein sein als mit so einem zusammen, die Typen sind doch echt alle gleich.«

»Anwesende selbstverständlich ausgenommen!«

»Selbstverständlich!«

»Sag mal«, wechselt er das Thema, »wie sind eigentlich deine Pläne für Weihnachten?«

Ich zucke mit den Schultern. »Hab keine. Meine Eltern sind wie immer auf Teneriffa, wobei ich darüber auch nicht wirklich traurig bin. Schätze, ich gucke mir ›Drei Haselnüsse für Aschenbrödel‹ an, trinke ein schönes stilles Wasser und gehe früh ins Bett.«

»Klingt super! Aber da hätte ich eine bessere Idee!«

»Wieder eine wilde Partysause, bei der ich mich lächerlich machen kann?«

»Nein«, sagt er. »Du könntest mit Bettina und den Kindern feiern!«

»Danke, aber ich will euch an Weihnachten nicht stören und als miesepetrige schwangere Auster auf eurem Sofa rumhängen. Aschenbrödel ist schon okay, wir machen uns miteinander ein piekfeines Fest.«

»Na ja, die Sache ist die … Ich frage das nicht ganz uneigennützig.«

»Nicht ganz uneigennützig?«

»Tja, es ist so. Ich hab Mist gebaut und beim neuen Dienstplan total übersehen, dass sie mich Heiligabend für einen Flug eingesetzt haben, von dem ich erst morgens am ersten Weihnachtsfeiertag zurückkomme. Jetzt ist es leider zu spät, das noch zu canceln, und Bettina ist total enttäuscht.«

»Verständlich«, sage ich. »Kannst du denn mit niemandem mehr tauschen?«

»Hab schon rumgefragt, aber darauf hat natürlich keiner Bock, die Einzigen, die nicht zum Dienst eingeplant sind, haben auch alle Familie.«

»Das ist doof.«

»Ja, ist es. Und da habe ich gedacht, dass es vielleicht ganz schön wäre, wenn du Heiligabend mit Bettina und den Kids feierst. Dann ist meine Frau nicht allein und du auch nicht. Ich stoße dann am 25. Dezember dazu, und wir feiern noch einmal alle zusammen. Was meinst du?«

»Klar«, stimme ich zu.»Klingt gut!«

»Super, dann sag ich Bettina, dass du am Nachmittag kommst?«

»Gern.«

»Ich geh mal kurz raus und ruf sie an. Sie war nämlich heute früh total enttäuscht. Und auch ein bisschen sauer auf mich.«

»Mach das«, sage ich. »Und grüß sie schön!«

Durch die Scheibe sehe ich, wie Oskar kurze Zeit später mit seinem Handy am Ohr die Straße auf und ab marschiert. Scheint ein längeres Gespräch zu werden, vielleicht ist Bettina von der Aussicht, mit einer Hochschwangeren zusammen unterm Baum zu sitzen, doch nicht so begeistert?

Ich krame mein eigenes Mobiltelefon aus meiner Handtasche und nutze die Zeit, um meine Mails zu checken. Die blöden BHs waren heute Mittag nicht in der Post, dabei war die Lieferung am nächsten Werktag garantiert, und ich will nachsehen, ob ich eine Nachricht vom Verkäufer habe. Habe ich leider nicht, wie ich feststellen muss. Aber dafür eine neue Mail von Mister Triple-X!

Liebe Madame Butterfly,
freut mich, dass Du so schnell geantwortet hast! Dann also etwas mehr zu mir: Wie Du vermutlich schon meinem Profil entnommen hast, bin ich dreiundvierzig Jahre alt, 1,87 Meter groß und habe blonde Haare. Das mal zu den Äußerlichkeiten. Beruflich bin ich viel im Ausland unterwegs und freue mich immer, wenn ich mal ein paar Wochen am Stück in Hamburg bin. Toll wäre deshalb natürlich eine Partnerin, die so flexibel ist, dass sie mich hin und wieder begleiten kann!

Momentan bin ich noch verheiratet, lebe aber von meiner Frau getrennt. Wir sind vor einem Jahr im Guten auseinandergegangen und haben ein gemeinsames Kind, um das wir uns abwechselnd kümmern..

Tja, was noch? Für die Zukunft stelle ich mir vor, dass ich nicht mehr so viel unterwegs sein muss, langsam möchte ich es ruhiger angehen. Und noch ein Kind, das wäre schon ein heimlicher Traum von mir. Du hast in Deinem Profil angeklickt, dass Du Dir ebenfalls Kinder vorstellen könntest – das scheint mir doch schon einmal eine gute Basis für ein persönliches Treffen zu sein!

Also, wie sieht es aus, wollen wir es wagen? Würde mich freuen! Und wenn Du magst, schick mir doch mal ein Foto von Dir, auf dem Du keine Sonnenbrille trägst! Nicht, dass mir die Optik so wichtig wäre, aber ich wüsste schon gern, wie Deine Augen aussehen.

Liebe Grüße und bis hoffentlich bald,
Mister Triple-X

»Alles klar!«, ich blicke auf, Oskar setzt sich wieder zu mir an den Tisch und sieht sehr zufrieden aus. »Bettina freut sich.«

»Hm«, sage ich und starre wieder auf mein Handy.

»Ist was?«

Wortlos schiebe ich es ihm über den Tisch rüber und deute auf das Display.

»Ich sag ja: dreist!«, kommentiert Oskar, nachdem er die Nachricht von Erik Ballhaus gelesen hat.

»Ob seine Frau wohl weiß, dass sie sich schon vor einem Jahr in aller Freundschaft getrennt haben, sich seitdem die Sorge um das gemeinsame Kind teilen und er sich noch gut ein weiteres Baby mit einer anderen Frau vorstellen könnte?«

»Schätze …«, er macht eine Kunstpause, »nein.«

»Was verspricht der sich davon? Erst mal eine neue Frau finden, bevor er die alte abserviert?«

»Schon möglich. Manche Männer handhaben das ganz gern so, weil sie nicht allein sein können.«

»Heike Ballhaus ist zwar eine unfreundliche Zicke, aber gerade tut sie mir richtig leid. So was hat keine Frau verdient.«

»Du denkst dabei an Mirko?«

»Klar! Auch wenn ich den Idioten längst verwunden habe – die Sache an sich war schon echt unter aller Kanone.«

»Und nun? Was wirst du ihm antworten?«

»Gar nichts«, erwidere ich. »Aber eigentlich müsste ich unsere Korrespondenz mitsamt seinem Foto ausdrucken, in einen Umschlag packen und Heike Ballhaus in den Briefkasten stecken. Quasi als Vorweihnachtsgeschenk.«

»Willst du das echt machen?«

»Nein«, sage ich und betrachte meinen Bauch. »Ich habe gerade genug eigene Probleme und halte mich da raus.«

»Ich glaub's nicht!«, ruft Oskar aus und klatscht begeistert in die Hände. »Nora Bergmann wird erwachsen! Sie tut einmal nicht das, wonach ihr ist – sondern das, was vernünftig ist!«

»Ha, ha!«

In den Tagen bis Weihnachten stolpere ich im Treppenhaus insgesamt dreimal über Erik Ballhaus, der mich bei jeder dieser

Begegnungen mit einem strahlenden »Hallo, Nora!« begrüßt. Wir sind also wieder beim »Du«, der Herr scheint guter Laune zu sein; muss was mit Madame Butterfly zu tun haben!

Was mich allerdings gleichzeitig wundert, denn die Madame hat sich nach der letzten Mail von Mister Triple-X in geheimnisvolles Schweigen gehüllt und auch nicht mehr geantwortet, als er sich noch einmal mit der Frage gemeldet hat, ob er in seiner Mail irgendetwas Blödes geschrieben hat (ja, hat er, nämlich, dass er von seiner Frau getrennt lebt).

Bei jedem unserer zufälligen Zusammentreffen widerstehe ich heldenhaft der Versuchung, ihm mal richtig Bescheid zu stoßen und ihm zu sagen, dass ich *alles* weiß. Ausnahmsweise gelingt es mir, mein Temperament im Zaum zu halten, ihn einfach nur freundlich zurückzugrüßen und ansonsten die Klappe zu halten. Eine ziemlich neue Erfahrung für mich, das muss ich schon sagen. Sollte es doch daran liegen, dass ich bald Mama und dadurch endlich vernünftig werde? Man könnte es fast vermuten!

Am Morgen des 23. Dezember habe ich meine letzte Vorsorgeuntersuchung für dieses Jahr bei Dr. Spingel, und als ich mich auf den Weg zu seiner Praxis mache, bin ich darüber ganz froh. Seit dem Vorabend zieht und ziept es ziemlich heftig in meinem Bauch, und ich frage mich, ob das vielleicht schon die ersten Übungswehen sind. Die Schmerzen sind nicht ohne, und ich gratuliere mir mal wieder selbst zu meinem Entschluss, einen Kaiserschnitt vornehmen zu lassen. Denn wenn das, was ich spüre, nur unter »Üben« läuft – dann möchte ich gar nicht erst wissen, wie es sich anfühlt, wenn es ernst wird!

Ich bugsiere meinen Golf in eine Lücke vor Dr. Spingels Praxis und ziehe diesmal sogar vorbildlich einen Parkschein. Nach meinem Termin will ich noch kurz durch die Stadt laufen, um für Bettina und die Kids ein paar Weihnachtsgeschenke zu besorgen. Dann muss ich schnell zu meinen Eltern nach Pinneberg düsen, weil ich ihnen versprochen habe, sie zum Flughafen zu bringen, von wo aus sie heute für drei Wochen nach Teneriffa starten. Stress pur, denn mittlerweile bewege ich mich mit der behäbigen Eleganz einer Seekuh und brauche für alles dreimal so lange wie sonst.

»Hallo, Frau Bergmann!«, werde ich von der Arzthelferin begrüßt, als ich in der Praxis ankomme. »Sie können gleich ins Sprechzimmer durchgehen.«

»Super!«

»Allerdings ist Dr. Spingel kurzfristig krank geworden und kommt erst zwischen den Jahren wieder. Seine Vertretung wird Sie untersuchen.«

»Ist mir auch recht«, erwidere ich. »Solange es ein Frauenarzt und kein Orthopäde ist«, schiebe ich scherzhaft hinterher.

Die Sprechstundenhilfe kichert. »Keine Sorge, Dr. Mertens ist ein sehr erfahrener Gynäkologe.«

Ich nicke ihr zu und marschiere den Gang entlang Richtung Sprechzimmer. Dr. Mertens, der Name kommt mir irgendwie bekannt vor …

Und nicht nur der. Als ich den Untersuchungsraum betrete, sitzt hinter Dr. Spingels Schreibtisch ein Mann, von dem ich mir fast sicher bin, dass ich ihn schon einmal gesehen habe. Ende fünfzig, mit wenigen verbliebenen Haaren, die er quer über den Kopf gekämmt hat, und Falten so tief wie der Gran Canyon. Doch, den kenne ich, definitiv. Aber woher? Meinem Beuteschema entspricht er jedenfalls nicht.

Der Arzt blickt auf, dann lacht er und erhebt sich von seinem Stuhl. »Das ist ja mal ein Zufall!«, ruft er aus. »Sie kenne ich doch!«

»Bei mir klingelt auch irgendwas«, antworte ich. Er geht um den Schreibtisch herum, kommt auf mich zu und streckt mir seine rechte Hand hin, die ich brav schüttele. »Ich bin Dr.

Guido Mertens«, er zwinkert mir zu, »der Arzt, dem die Frauen vertrauen.«

Jetzt fällt bei mir der Groschen. »Sie sind …«

»Genau«, er nickt. »Wir haben uns mal im Flugzeug unterhalten. Sie waren meine überaus attraktive Flugbegleiterin, und ich habe Ihnen meine Karte zugesteckt.« Dann senkt er vertraulich die Stimme. »Aber Sie haben sich ja leider nie bei mir gemeldet.« Sein Blick fällt auf meinen Bauch. »Und jetzt weiß ich auch, warum!«

»Äh, ja.« O Gott, ist mir das peinlich! Ich stehe hochschwanger vor einem Kerl, der mich mal angebaggert hat. Da kann ich mir kaum was Schöneres vorstellen!

Guido Mertens scheint davon nichts zu bemerken, sondern mustert mich weiterhin sehr eindringlich. Fast schon unverschämt, möchte ich sagen. »Na, dann hüpfen Sie mal auf den Untersuchungsstuhl«, fordert er mich auf. Und fügt grinsend hinzu: »Wenn Sie mir schon einen Korb gegeben haben, muss ich schließlich meine Chance nutzen, Sie doch mal anfassen zu dürfen.«

Entsetzt starre ich ihn an. Das hat er gerade nicht *wirklich* gesagt! Oder etwa doch? Die dreiste Art und Weise, wie er mich immer noch anstarrt, sagt mir allerdings, dass er das *tatsächlich* gesagt hat. Ich fasse es nicht!

Ohne ein weiteres Wort drehe ich mich um – und rausche aus dem Sprechzimmer. Mir egal, ob ich gerade Übungswehen oder Premierenwehen oder Wasweißichnichtfürwehen habe – dieser Lüstling wird garantiert nicht Hand an mich legen!

»Frau Bergmann, alles in Ordnung bei Ihnen?«, ruft die Sprechstundenhilfe mir verwundert nach, als ich im Eiltempo auf den Ausgang der Praxis zustürze.

»Ja!«, belle ich über die Schulter zurück. »Alles super! Ich komme zwischen den Jahren noch einmal vorbei!«

Zwei Stunden später stehe ich vor dem Haus meiner Eltern, und mein Vater ist gerade dabei, ihr Gepäck im Kofferraum meines Golfs zu verstauen.

Ich bin noch immer etwas konfus nach dem übergriffigen Auftritt von Guido Mertens – dem Typ müsste man glatt die Approbation entziehen! Bei meiner Suche nach Geschenken für Bettina und die Kinder war ich noch so dermaßen durch den Wind, dass es nur für drei Geschenkgutscheine von Karstadt gereicht hat, zu mehr war ich nicht mehr in der Lage.

Leider ist das Ziehen in Bauch und Unterleib immer noch da, und ich beschließe, ins Krankenhaus zu fahren, falls es nicht bald besser wird. Allerdings hoffe ich, dass die Schmerzen verschwinden und ich warten kann, bis Dr. Spingel wieder gesund ist, weil ich nach wie vor keine Lust habe, mir in der Notaufnahme den Hintern platt zu sitzen. Schließlich ist Weihnachten, da werden sich in der Ambulanz wieder die Patienten stapeln.

Ob ich Dr. Spingel erzählen soll, was sein »erfahrener Vertreter« sich geleistet hat? In diesem Fall denke ich, dass ich es tun werde, immerhin kann dieser Dr. Mertens dem Ruf meines Lieblingsgynäkologen schaden. Gleich nach den Feiertagen gehe ich in die Praxis und berichte Dr. Spingel von dem Vorfall, ob ich nun noch ins Krankenhaus muss oder nicht.

»So«, werde ich von meinem Vater aus meinen Gedanken gerissen. »Alles verstaut, wir können los.« Er ruft nach meiner Mutter, sie kommt aus dem Haus und schließt zweimal hinter sich ab. Kurz darauf sitzen wir in meinem Auto, und ich schlage den Weg zum Flughafen ein.

»Und ruf uns sofort an, wenn es mit der Geburt losgeht!«, werde ich zum etwa hundertsten Mal von Mama ermahnt, die hinter mir auf dem Rücksitz hockt.

»Natürlich, das mache ich.«

»Bist du denn wirklich sicher, dass wir fliegen können?«, will sie wissen.»Wir würden auch hierbleiben!« Sie scheint das tatsächlich so zu meinen, offenbar bin ich immer etwas zu streng mit meinen Ansichten über meine Erzeuger.

»Mach dir keine Sorgen«, beruhige ich sie. »Bis das Baby kommt, seid ihr längst wieder zurück.«

»Das hoffen wir doch!«, schaltet Papa sich ein. »Ich will schließlich dabei sein, wenn ich zum ersten Mal Opa werde, zur Geburt komme ich in jedem Fall mit!« Das fehlte mir noch, mein verrückter Vater im Kreißsaal, der alle irre macht! Vorsorglich habe ich den beiden einen falschen Termin für meinen Kaiserschnitt genannt, um sicherzugehen, dass garantiert keiner von ihnen dort auftaucht. Sie werden es noch früh genug erfahren, wenn das Baby da ist. Klar habe ich dabei ein schlechtes Gewissen, aber wenn ich darüber nachdenke, dass Papa es glatt fertig bringt, mit Stativ und Videokamera aufzuschlagen, um alles zu filmen, kann ich das getrost unter »Notwehr« verbuchen.

Wir kommen an eine große Kreuzung, die Ampel ist rot, und ich halte an. Links geht es zum Flughafen, also setze ich den Blinker. Und rechts geht es zu Thomas, schießt es mir auf einmal durch den Kopf. Ich müsste nur etwa hundert Meter die Straße runterfahren und noch einmal links abbiegen, dann käme ich direkt zu seinem Haus …

»Wo willst du denn hin?«, fragt meine Mutter. Ohne weiter darüber nachzudenken, quasi auf Autopilot, bin ich nach rechts gefahren. »Das ist doch die falsche Richtung!«

»Ist eine Abkürzung«, behaupte ich.

»Unsinn!«, schimpft Papa. »Das ist ein Umweg!«

Ohne auf ihn einzugehen, fahre ich einfach weiter, ich bin wie ferngesteuert. Nur ein einziges Mal noch möchte ich durch Thomas' Straße fahren, nur ein einziges Mal noch einen Blick auf sein Haus werfen. Das wird doch wohl erlaubt sein, es ist schließlich Weihnachten!

Während meine Eltern sich noch darüber beschweren, wo ich sie eigentlich hinkutschiere, rolle ich langsam an dem Haus vorbei, in dem ich vor ein paar Wochen noch so glückliche Stunden verlebt habe. Ich seufze schwer. Das hätte ich mir echt nicht träumen lassen, dass ich mich jemals wieder an einen Ort in Pinneberg zurücksehnen würde, aber in diesem Moment würde ich am liebsten aus dem Auto springen und bei Thomas Sturm klingeln. Mir kullert eine Träne über die Wange, so traurig macht mich allein der Anblick seines Zuhauses.

»Ist alles in Ordnung, mein Schatz?« Mama legt von hinten eine Hand auf meine Schulter und sieht mich im Rückspiegel besorgt an.

»Ja«, ich nicke, »alles in Ordnung.«

In diesem Moment öffnet sich die Haustür, und Thomas kommt heraus. Er stutzt, sieht verwundert zu mir herüber und stemmt beide Hände in die Hüften. Mist, jetzt hat er mich entdeckt!

Bloß weg hier! Bei meinem Glück kommt sonst auch gleich noch die Blondine raus, mit der ich ihn im Edelfettwerk gesehen habe! Ohne Vorwarnung trete ich mit voller Wucht aufs Gaspedal, der Motor heult, mein Golf gerät kurz ins Schliddern und schießt dann mit einem Satz nach vorn.

»Ahhh!«, schreien meine Eltern zeitgleich auf. »Kind, was machst du denn?«

»Wir müssen uns beeilen«, erwidere ich knapp, nehme schwungvoll eine Kurve und schalte dabei einen Gang hinunter. »Euer Flug geht gleich!« Dann gebe ich wieder ordentlich Gummi, so dass Mama und Papa mit Wucht zurück in ihre Sitze gepresst werden.

Anmerkung der Sprechstundenhilfe von Dr. Spingel

Ich habe das dem Herrn Doktor schon ein paar Mal gesagt, dass ich diesen Dr. Mertens komisch finde. Unangenehm. Irgendwie anzüglich. Verstehe nicht, dass der den als Vertretung nimmt! Mag ja sein, dass er ein guter Arzt ist, aber die Art und Weise, wie er mich und unsere Patientinnen anbaggert, das geht gar nicht! Ich werde noch einmal mit Dr. Spingel reden. Ich meine, wenn es schon soweit ist, dass unsere Patientinnen vor Dr. Mertens die Flucht ergreifen und hochschwanger aus der Praxis rennen – also nein, da muss was passieren!

16. Kapitel

»*Fröööhliche Weihnacht überall*!« Ein weiteres Mal habe ich die komplette Nacht durchgeheult und bin erst am frühen Morgen in einen unruhigen Schlaf gesunken, so dass es längst Mittag ist, als ich meinen Radiowecker höre, der schon seit Stunden laufen muss. Genervt haue ich auf den Aus-Knopf, die sollen mich mit ihrem Christmas-Gedudel bloß in Ruhe lassen!

Der kurze Anblick von Thomas hat mich so dermaßen umgehauen, dass ich mein mühsam zurückgewonnenes inneres Gleichgewicht wieder komplett verloren habe. Was habe ich mir auch dabei gedacht, durch seine Straße zu fahren? Gar nichts, lautet die ehrliche Antwort, da hat mich nicht mein Kopf, sondern mein Herz gesteuert.

Immerhin ist das Ziehen im Unterleib verschwunden, meine Füße sind nicht ganz so dick wie sonst, und mein Bauch scheint irgendwie tiefer gesackt zu sein und ragt nicht mehr wie der Mount Everest hervor. Man muss eben mit den kleinen Freuden des Lebens zufrieden sein!

Gegen halb drei soll ich bei Bettina und den Kindern ankommen, und nachdem mir die gestern erworbenen Karstadt-Geschenkgutscheine doch ein bisschen lieblos erscheinen, beschließe ich, noch mal schnell in die Innenstadt zu düsen. Bis 14 Uhr haben die meisten Geschäfte geöffnet, wenn ich mich beeile, schaffe ich es noch, etwas Nettes aufzutreiben und trotzdem pünktlich zu sein.

Eine Stunde später stromere ich durch das Alsterhaus auf der Suche nach drei Präsenten, gegen die ich die Gutscheine eintauschen kann. In der Parfümerieabteilung erstehe ich für Bettina einen schönen, aber nicht allzu teuren Duft, dann fahre ich mit dem Lift hoch zu den Spielwaren.

Nach eingehender Prüfung nehme ich für Alma ein Plastikkeyboard, das ordentlich Krach macht, für Sophie suche ich einen kleinen Schminkkoffer mit vielen schönen Lidschattenfarben und Lippenstiften aus. Lärm und Geschmiere – die Kinder werden begeistert sein, und Bettina und Oskar werden mir mal wieder sagen, dass ich solche Geschenke mit anderen Augen sehen werde, sobald ich selbst Kinder habe. Aber *noch* ist es ja nicht so weit, also darf Tante Nora dieses Jahr zum letzten Mal pädagogisch fragwürdige Sachen schenken!

Zufrieden mit meiner Ausbeute spaziere ich zurück zu meinem Auto und mache mich auf den Weg zu Bettina. Inzwischen freue ich mich richtig auf Heiligabend und darauf, wie Alma und Sophie mit leuchtenden Augen ihre Geschenke auspacken. Und nächstes Jahr um diese Zeit … Ich berühre mit einer Hand meinen Bauch. Na ja, nächstes Jahr um diese Zeit wird mein Zwerg wohl noch nicht verstehen, was der ganze Unsinn mit dem Baum und der Lichterkette und den Geschenken soll – aber sie wird immerhin schon mit dem Verpackungspapier rascheln können.

»Hi, Nola!« Zugegeben: Ich bin überrascht, als Bettina mir die Tür öffnet. Aus glasigen Augen sieht sie mich an, schwankt dabei leicht hin und her und hat eine derartige Fahne, als wäre sie in ein Weinfass gefallen. Kein Zweifel, meine Freundin ist lattenstramm! Was ist denn jetzt los?

»Bettina?«, frage ich und lasse vor Schreck beinahe meine Geschenke fallen. »Ist was passiert?«

»Kommm ein.« Mit einer kraftlosen Geste bedeutet sie mir winkend, ihr zu folgen, schlurft durch den Flur vor mir her ins Wohnzimmer und lässt sich dort aufs Sofa plumpsen. Beinahe verfehlt sie es und fällt daneben, nur im letzten Moment gelingt es ihr durch eine ungelenke Drehung, doch noch die Sitzfläche zu treffen.

»Du bist ja total betrunken!«, stelle ich fest und bleibe vor ihr stehen.

»Isch wais«, lallt sie, langt wie zur Bekräftigung ihrer Worte nach dem Glas Wein, das vor ihr auf dem Couchtisch steht, und stürzt den Inhalt in einem einzigen Zug runter.

»Bettina!« Schnell lege ich meine Geschenke auf dem Tisch ab, stürze auf sie zu und will ihr das Glas aus der Hand reißen, aber da ist es schon zu spät. »Kannst du mir bitte mal erklären, warum du dich an Heiligabend am helllichten Tag so volllaufen lässt?« Ich schüttele verständnislos den Kopf. »Nicht, dass ich hier den Moralapostel spielen will, das nun wirklich nicht. Aber ich bin schon sehr verwundert.« Ich sehe mich um.»Und wo sind überhaupt die Kinder?«

»Ham mein Eldern vorhin abbeholt.«

»Aha.« Na gut, immerhin befinden sich Sophie und Alma außerhalb der Gefahrenzone, das ist ja schon mal was. »Und wieso bist du so besoffen?«

»Weillich getrunkn hab«, erwidert sie matt.

»Das sehe ich. Aber weshalb?«

Bettina stiert wortlos vor sich hin und sagt nichts mehr.

Ich setze mich neben sie aufs Sofa und streiche ihr sanft über den Rücken. »Süße, sag mir doch, was los ist!«

Sie dreht den Kopf zu mir und sieht mich aus müden Augen an. Und dann, ganz plötzlich, fängt sie an zu schluchzen. »Oskar betrügt mich«, bringt sie erstaunlich klar hervor.

»Nein!«, rufe ich erschrocken aus. »Was redest du denn da? Das glaube ich nicht!«

»Doch«, bestätigt sie und nickt. »Is so.« Dann fängt sie komisch an zu grinsen. »Un nich nur das – er bescheißt misch auch noch mit 'm Kerl!«

»WAS? Nein, Bettina, das KANN überhaupt nicht sein, das ist …«

»So?«, unterbricht sie mich, »kann nich ssein?« Dann rappelt sie sich vom Sofa hoch, geht rüber zum Bücherregal, nimmt einen Stapel Papiere heraus und pfeffert ihn vor mir auf den Couchtisch. »Da!«

Ich werfe einen Blick darauf – und laufe glatt rot an. Vor mir liegen ein paar, äh, Männermagazine. Und zwar mit, genau!, nackten MÄNNERN. Darauf klebt ein Post-it mit einer unmissverständlichen und handschriftlich verfassten Nachricht: *Freue mich schon auf unseren nächsten gemeinsamen Flug! Love, Jack.*

»Glaubssus mir jetz?« Beinahe angriffslustig hat Bettina sich vor mir aufgebaut und die Arme vor der Brust verschränkt.

»Das kann doch nicht sein!«, stottere ich. »Das ist unmöglich, das ist … Und wer ist überhaupt Jack?«

»Kein Ahnung«, lallt sie. »Irgendn Steward.«

»Und du glaubst wirklich …?«

»Warum hat Oskar das sonst hinter der Heiss… Heizung versteckt?«

»Da hast du das hier«, ich deute leicht angewidert auf die Hefte, »gefunden?«

»Jap!« Sie fällt wieder neben mich auf die Couch. »Wir ham den Baum geschmückt, die Kinner un ich«, erzählt sie weiter, »und da is eine Kugel under die Heissung gerollt. Dabei hab ich das hier endeck. Steckte hinder der Holsverkleidung. Konnt grad noch verhinnern, dass die Kinner das sehn! Dann hab ich bei mein Eldern annerufn und drum gebetn, dass sie Alma und Soffie abholn und ssu meiner Schwester mitnehm, wo ssie heut feiern.«

»O Mann!« Ich kann immer noch nicht fassen, was Bettina mir da gerade erzählt hat. Aber die Beweislage ist erdrückend. Warum sonst sollte Oskar so etwas verstecken? Von einem

Vormieter können die Hefte auch nicht stammen, Oskar und Bettina haben das Haus selbst gebaut.

Darüber hinaus ist da noch die Sache mit dem »Freue mich schon auf unseren nächsten gemeinsamen Flug!«. Komisch, dass ich diesen Jack nicht kenne, aber wir sind nicht gerade wenige Flugbegleiter bei Air-Sky, da ist schon der eine oder andere, mit dem ich noch nie zusammengearbeitet habe.

Wieder fängt Bettina an zu schluchzen, und ich lege einen Arm um sie. Sie tut mir sooo leid! Mehr noch, als ich mir selbst leidtue, viel mehr! »Diess Aschloch!«, schimpft sie. »Der soll mir mal nach Hauss komm! Ich reich die Sseidung ein!«

Sie hat die Worte noch nicht ganz ausgesprochen, da verdreht sie plötzlich die Augen, kippt zur Seite aufs Sofa und gibt keinen Mucks mehr von sich. Im ersten Moment bin ich erschrocken und will schon aufspringen, um den Rettungsdienst zu rufen. Aber dann fängt sie so laut an zu schnarchen, dass die Wände wackeln.

Eine halbe Stunde lang sehe ich Bettina noch dabei zu, wie sie ihren Rausch auspennt. Dann gehe ich ins Schlafzimmer, hole eine Bettdecke und breite sie über ihr aus. Schlafen ist vermutlich das Beste, was sie jetzt machen kann. Mit einem schönen Heiligen Abend wird das heute sowieso nichts mehr.

In meinem Kopf geht es immer noch drunter und drüber, als ich die Hellbrookstraße erreiche. Oskar geht fremd, und das auch noch mit Männern – nicht in meinen kühnsten Träumen hätte ich mir das vorstellen können! Aber in den vergangenen Monaten hätte ich mir so einiges nicht vorstellen können, warum sollte der liebe Oskar da eine Ausnahme machen? Alles Idioten, Mistkerle, Penner, allesamt! Bis auf Thomas, aber an den will ich gerade nicht denken.

Ich parke ein, steige aus und stapfe aufs Haus zu. Direkt vorm Eingang versucht gerade jemand, einen riesigen Weihnachtsbaum durch die Tür zu wuchten. Erik Ballhaus, war ja klar, der hat mir heute noch gefehlt.

»Frohe Weihnachten«, sage ich zu ihm und bleibe stehen. Leider ist nicht genug Platz, um mich zwischen Baum und Türrahmen durchzuquetschen, also muss ich warten, bis er das Monstrum ins Haus verfrachtet hat.

»Frohe Weihnachten!«, antwortet er fröhlich, hüpft über den Baum hinweg in den Flur, packt ihn an der Spitze und zieht ihn mit einem Ruck rein. »Bitte sehr«, sagt er, »der Weg ist frei!«

»Danke«, gebe ich zurück.

»Feierst du heute schön?«, will er wissen, als ich vorsichtig an dem Riesenteil vorbeibalanciere.

»Jap«, gebe ich knapp zurück. »Ich gucke fern und gehe früh ins Bett.«

»Ach, Quatsch!«, meint er.

»Ach, Ernst!«

»Aber doch nicht an Heiligabend!« Er sieht regelrecht entrüstet aus.

»Ist auch nur ein Abend wie jeder andere.«

»Nein«, widerspricht er mir, »heute ist das Fest der Liebe!«

Ich muss beinahe schallend auflachen. Ja, ja, Mister Triple-X, das Fest der Liebe, genau!

»Komm«, sagt er und macht einen Schritt auf mich zu, »feier doch mit uns! Die ganze Familie und ein paar Freunde sind da, das wird sicher lustig! Wir wollen gleich anfangen, den Baum zu schmücken.«

»Vielen Dank, aber ich geh lieber hoch.«

»Jetzt zier dich doch nicht so! Bei unserem Willkommensfest warst du auch nicht mit dabei, und heute akzeptiere ich kein ›Nein‹.«

Ich mustere ihn feindselig. »So? Das akzeptierst du nicht?«

Er grinst mich an. »Nein, tut mir leid, da ist nichts zu machen. Ich bin nämlich der Retter der Einsamen und Schwangeren!«

Mit diesen Worten will er nach meinem Arm greifen, aber ich stoße ihn so heftig weg, dass er ins Taumeln gerät und auf dem Hosenboden landet.

»Lass mich los!«, brülle ich ihn an. »Nimm deine dreckigen Finger von mir! Und zwar SOFORT!«

»Nora!«, er sieht mich verständnislos an. »Ich wollte doch nur …«

»Was ist denn hier los?« Die Tür zur Ballhaus'schen Wohnung öffnet sich, im Türrahmen steht Heike und mustert erst mich, dann ihren auf dem Boden sitzenden Mann mit hochgezogenen Augenbrauen. Hinter ihr hat sich eine kleine Menschentraube versammelt, alle blicken neugierig in den Flur. »Könnt ihr mir mal verraten, was ihr hier veranstaltet?«

»Tut mir leid, Schatz!«, sagt Erik schnell und rappelt sich wieder hoch. »Ich wollte Nora nur fragen, ob sie nicht mit uns feiern will, und da hat sie mich einfach umgeschubst.« Er klingt wie ein kleiner Junge, der bei seiner Mama petzt.

»Wenn sie nicht will, dann lass sie doch!«, keift seine Frau.

»Ich dachte aber … Ich wollte nur freundlich sein.«

»Das weiß sie offenbar nicht zu schätzen«, stellt Heike Ballhaus schnippisch fest und mustert mich einigermaßen abfällig, hinter ihr recken ihre Gäste die Hälse. Und mir platzt der Kragen. Endgültig.

»MOOOMENT!«, brülle ich. »Jetzt muss ich mal was klarstellen!« Alle sehen mich überrascht an, ich atme schwer und spüre schon wieder dieses widerliche Ziehen im Unterleib. Trotzdem bin ich nicht zu bremsen, mein Blut ist in Wallung. »Bei aller Freundlichkeit, lieber Erik«, fahre ich in zynischem Tonfall fort, »du solltest deiner Frau vielleicht erzählen, dass du mich angebaggert hast. Und dass du sie verlassen willst!« So, es ist raus.

»WAS?«, kreischt Frau Ballhaus auf. »Was sagt sie da?«

»Liebling, ich verstehe kein Wort!«, geht Erik sofort zu seiner Verteidigung über. »Sie redet wirres Zeug!«

»Ha!«, lache ich auf. »Ich habe Beweise! Hieb- und stichfeste Beweise!«

»Beweise?«, fragt mein Nachbar nach und klingt mit einem Mal sehr unsicher.

»O ja!«, schmettere ich ihm entgegen. »Die habe ich, Mister Triple-X!« Ich habe ihm den Namen noch nicht ganz entgegengeschleudert, als ich plötzlich ein komisches Gefühl verspüre. So, als würde etwas in mir zerreißen.

PLATSCH*!* Erstaunt blicke ich zu meinen Füßen. Ich stehe mitten in einer Pfütze. Einer ziemlich großen sogar. Was ist das? Dann wird mir mit einem Mal heiß und kalt, ich gerate ins Wanken und gehe zu Boden. »Vorzeitiger Blasensprung«, bringe ich stockend hervor. »Nabelschnurvorfall … Hilfe!«

Mit einem Satz ist Erik Ballhaus bei mir, kniet sich neben mich, zieht seine Jacke aus und schiebt sie mir unter den Kopf. Seine Frau starrt mich nur regungslos an, und auch die anderen Leute sind inzwischen raus in den Flur gekommen und blicken schweigend auf mich hinab.

»Tut doch endlich was und steht nicht so blöd rum!«, herrscht mein Nachbar sie an. »Ruft einen Rettungswagen, das Baby kommt!«

»Aua«, stöhne ich auf. Es tut so weh, es tut sooo weh!

»Keine Sorge«, flüstert Erik. »Gleich kommt Hilfe, es dauert sicher nicht lang.«

»Ahhh«, winde ich mich unter einem stechenden Schmerz, den ich als Wehe identifiziere. Mir wird schwindelig, und ich merke, wie ich die Augen verdrehe. Erschöpft schließe ich sie für einen kurzen Moment. Als ich sie wieder öffne, ist Erik noch immer da und beugt sich über mich. Allerdings gleich zweimal. »Oh«, flüstere ich, »ich sehe doppelt.«

»Nein«, sagt der zweite Erik. »Tun Sie nicht. Ich bin Torben.«

»Torben?«, frage ich mit schwacher Stimme.

Erik Nummer zwei nickt. »Ja. Ich bin Eriks Zwillingsbruder, Sie haben mich auch schon ein paar Mal gesehen.«

»Z… Zwilling von Erik?«

»So isses.« Er grinst. »Besser bekannt als Mister Triple-X.«

»Ach … ach so.« Mehr kann ich nicht sagen, denn mein Lider beginnen zu flattern, und es wird dunkel um mich.

»Schnell! Bringt sie in Kreißsaal II!« Es kommt mir vor, als sei ich mitten in einem Actionfilm. Alles um mich herum ist so unwirklich, die Farben sind greller, die Geräusche lauter. Ich erinnere mich nur schemenhaft daran, wie ich von zwei Sanitätern auf eine Trage gepackt, in einen Rettungswagen geschoben und mit lautem Tatütata in die Klinik gefahren wurde. Und daran, dass Erik oder Torben oder alle beide die ganze Zeit bei mir blieben und meine Hand hielten, während ich nichts anderes tun konnte, als wieder und wieder »Kaiserschnitt, ich will einen Kaiserschnitt« zu stöhnen.

Irgendjemand – eine Ärztin, eine Hebamme, ein Engel? – redet beruhigend auf mich ein und streicht mir über die Stirn, während ich unter ein grelles Licht geschoben und dann von vielen, vielen Händen hochgehoben und auf einen Entbindungsstuhl verfrachtet werde. Gleichzeitig schneidet mir jemand meine Hose vom Körper, zig Menschen scheinen an mir rumzuzuppeln. Ich spüre etwas Kaltes, Nasses auf meinem Bauch, dann merke ich, wie mir eine Art Binde umgelegt wird, unter der etwas Hartes steckt.

»CTG ist klar«, sagt die Frauenstimme.

»Kaiserschnitt«, wimmere ich schwach. »Geplanter Kaiserschnitt!« Mein gesamter Körper scheint zu brennen, es zerreißt mich förmlich innerlich, und ich verspüre den unwiderstehlichen Drang zu pressen. »Kkkkkkk…«, bringt ich stockend hervor und »gepllllla…« Und habe dabei den ganz furchtbaren Verdacht, dass hier gerade gar nichts »geplant« verläuft.

»Frau Bergmann«, sagt die Frau, die schon die ganze Zeit zu mir spricht. »Ich bin Schwester Barbara, die diensthabende Hebamme.« Ein freundliches Gesicht erscheint in meinem Blickfeld. »Der Muttermund hat sich bereits komplett geöffnet, und das Baby sitzt schon sehr tief. Es sind bestimmt nur noch ein paar Presswehen. Ich denke, wir sollten versuchen, Ihre Tochter natürlich zu entbinden.«

»Kai…«, stöhne ich auf, werde aber im nächsten Moment von einer Schmerzwelle überrollt, so dass ich nur noch schreiend zusammenzucken kann.

»Wo ist der Mann von Frau Bergmann?«, höre ich die Hebamme fragen.

»Draußen auf dem Flur«, sagt eine andere Frau.

»Holt ihn rein!«

Einen Moment später höre ich eine männliche Stimme. »Nein, ich bin … Also, ich kann …«

»Halten Sie einfach die Hand Ihrer Frau, mehr müssen Sie nicht tun!«

»Aber …«

»Ahhhhhh!«, brülle ich laut, weil mich die nächste Wehe zerreißt.

»Okay«, sagt der Mann. Dann setzt sich jemand auf Höhe meines Kopfes hin und beugt sich über mich. Ich erkenne Erik oder Torben, welcher von beiden es auch immer ist. Mir gerade scheißegal.

»Gleich ist es vorbei«, sagt Erik/Torben und klingt dabei so angespannt, wie ich mich fühle. Er greift nach meiner Hand und drückt sie fest, es tut sogar ein bisschen weh.

»Sie schaffen das, Frau Bergmann«, höre ich jetzt wieder die Hebamme sagen, die nun zwischen meinen Beinen kniet. »Ich kann das Köpfchen schon sehen!«

»Hmpf!« Ich bäume mich auf, diese Qualen sind nicht zu ertragen. Wenn ich doch nur wüsste, wie ich sie ein wenig lindern kann! Hecheln? Nicht hecheln? Tief ein- und ausatmen? Wäre ich bloß zu diesem bescheuerten Geburtsvorbereitungskurs gegangen! Aber nein, Nora Bergmann hat ja mal wieder alles besser gewusst.

»Und jetzt pressen«, feuert Schwester Barbara mich an. »Pressen, pressen, pressen! Es ist gleich draußen!«

Ich hole tief Luft und presse, was das Zeug hält, so sehr, dass ich schon der Ohnmacht nahe bin. Lange halte ich das hier nicht mehr aus, eher sterbe ich, ich bin ganz sicher.

»Und noch einmal, Frau Bergmann, Sie machen das super!«, kommt es erneut von der Hebamme.

Mit einem Schrei, der selbst in meinen Ohren unmenschlich klingt, nehme ich all meine Kraft zusammen und presse, als hinge mein Leben davon ab. Was es tut, daran besteht für mich mittlerweile kein Zweifel mehr.

»Geschafft!«, ruft Barbara aus. »Sie haben es geschafft, Ihr Mädchen ist da!«

Ich will mich halbwegs aufrichten, um besser sehen zu können, aber dann wird mir mit einem Mal so schwindelig, dass ich ermattet auf dem Entbindungsstuhl zurücksinke und das Gefühl habe, ganz weit weg zu driften. Irgendwohin, wo es keine Schmerzen mehr gibt.

»Trink schön, meine Süße!« Ich kann mein Glück immer noch nicht fassen. Ich liege in meinem Bett auf der Wöchnerinnenstation und halte mein kleines Wunder im Arm. Mein Mädchen, meine süße Tochter! Warm und weich liegt sie an meiner Brust, an der sie gierig saugt und ist so winzig, dass ich fast Angst habe, ich könnte sie zerbrechen. Die Händchen, diese klitzekleinen Füßchen! Sie ist tatsächlich ein Wunder, ein anderes Wort fällt mir für mein kleines Mäuschen, das sich an mich schmiegt, nuckelt und leise Quietschlaute von sich gibt, nicht ein.

Direkt nach der Geburt war sie erst noch auf der Frühgeborenenstation im Wärmebettchen und wurde von den Ärzten gründlich untersucht, aber meine kleine Kämpferin ist so quietschfidel, dass sie jetzt bei mir im Zimmer sein darf und ich sie hier stillen kann. Wir sind so innig miteinander vereint, dass ich meine Tochter am liebsten nie wieder loslassen will. Ich streichele über ihr kleines Köpfchen und sehe ihr versonnen dabei zu, wie ihr kleiner Mund zuckt, nuckelt und zwischendurch selig schmatzt.

»Ja, mein Engel«, flüstere ich und streichele weiter ihr Köpfchen, »trink! Damit du groß und stark wirst.« Ich kann mich nicht erinnern, in meinem Leben jemals schon so glücklich gewesen zu sein. Die Höllenqualen, die ich noch vor wenigen Stunden durchstehen musste, sind komplett vergessen, ich berausche mich vollkommen an diesem neuen Gefühl, das mich durchflutet wie eine sanfte Woge der Zufriedenheit.

Es klopft an meiner Tür, ich hebe den Kopf und rufe: Herein!« Die Klinke wird runtergedrückt, Bettina kommt in mein Zimmer, bewaffnet mit einem riesigen Blumenstrauß. Sie sieht … amtlich scheiße aus. Kein Wunder, die muss einen Kater von hier bis Mexiko haben!

»Hallo, meine Süße!«, begrüßt sie mich und lächelt dabei schief. »Gratuliere, du hast es geschafft!« Sie legt die Blumen auf dem kleinen Tisch neben der Tür ab und setzt sich zu mir ans Bett. »Zeig mal deine kleine Prinzessin!«, fordert sie mich neugierig auf.

Ich schlage die Bettdecke ein bisschen zurück, trenne meine Tochter von meiner Brust und schiebe sie ein Stück höher, damit Bettina sie betrachten kann. Sofort erklingt ein empörtes Quaken, das vermutlich so viel heißen soll wie: »He! Was soll denn das? Wer hat hier den Zapfhahn zugedreht?«

»Oh«, meint Bettina und klatscht verzückt in die Hände, »sie ist bezaubernd! Sieht gar nicht aus wie du!«

Ich strecke ihr die Zunge raus. »Sehr witzig!« Wieder erklingt ein Aufschrei, mein Baby fordert energisch das Fortsetzen der Milchzufuhr ein.

»Ui«, sagt Bettina. »Sie weiß aber, was sie will! Das hat sie dann wohl doch von dir.«

Ich grinse. »Gut möglich.« Ich lege meine Tochter wieder an, Sekunden später erklingt ein zufriedenes Schmatzen. »Wie kommst du eigentlich hierher?«, will ich dann von Bettina wissen.

»Mit dem Auto.« Sie klimpert mit den Augen.

»Woher du weißt, dass ich hier bin, meine ich!«

»Hab ich schon verstanden«, sagt sie grinsend. »Ich hab dich heute früh auf dem Handy angerufen. Da ging ein Torben dran, der hat mir alles erzählt.«

»Ach so.« Ich erinnere mich, dass er und Erik meine Handtasche in Verwahrung genommen haben. Ich war nicht mehr wirklich in der Lage, mich selbst um meine Habseligkeiten zu kümmern. »Sind er und sein Bruder noch hier? Ich würde mich gern bedanken, einer von beiden hat mir bei der Geburt beigestanden. Ohne sie hätte ich das nicht überlebt.« Kurz blitzen die Bilder aus dem Kreißsaal noch einmal in mir auf, und ich erschaudere. Ist ja alles gerade noch mal gut gegangen, das war knapp! Wäre Dr. Spingel nicht krank gewesen und hätte er sich nicht von diesem idiotischen Dr. Mertens vertreten lassen, hätte er bei der Untersuchung festgestellt, dass mein Muttermund schon fast vollständig geöffnet war. Dann hätten wir den vorzeitigen Blasensprung und das damit verbundene Chaos verhindern können. Aber »hätte« ist ja bekanntlich …

»Nein, die sind nicht mehr da.« Bettina schüttelt den Kopf. »Sie sind gegangen, als wir gekommen sind, haben uns aber deine Tasche gegeben und gesagt, dass du dich melden sollst, wenn du Besuch von ihnen haben willst.«

»Wir?«, frage ich nach. »Hast du die Mädchen mitgebracht?«

»Nein, die sind noch bei meinen Eltern. Aber draußen auf dem Flur wartet Oskar, er ist schon von seinem Flug zurück.«

»Oskar?«, wundere ich mich. »Hast du ihm gesagt, dass du weißt, dass …«

»Ja«, unterbricht sie mich. »Hab ich.« Sie lächelt noch immer und macht einen seltsam gelassenen Eindruck. Nicht schlecht für eine Frau, die erst gestern beschlossen hat, sich von ihrem Mann scheiden zu lassen.

»Und was hat er dazu gesagt?«

Bettina lacht. »Zuerst einmal ist er rot angelaufen. Und dann hat er mir gestanden, dass er die Magazine vor ein paar Tagen anonym zugeschickt bekommen hat. Als er den Umschlag im Wohnzimmer öffnete, kamen gerade die Mädels herein, so dass er die Hefte in Panik schnell hinter der Heizung versteckt hat, damit sie das nicht sehen. Und dann hat er vergessen, sie später zu entsorgen.«

»Aha«, kommentiere ich. »Glaubst du ihm das?«

»Ja. Oskar konnte noch nie lügen, und die Geschichte ist einfach zu wild, als dass er sie sich hätte ausdenken können.«

»Aber wer hat ihm die Hefte und die Nachricht geschickt?«, frage ich.

Sie zuckt mit den Schultern. »Keine Ahnung. Vielleicht der Kollege, mit dem er sich so angelegt hat, als er länger Kette geflogen ist? Genau werden wir das wohl nie erfahren.«

»Solche Idioten!«

»Jap«, meint sie. »Saftschubsen halt!« Wir grinsen uns an. »Aber sag mal«, wechselt sie das Thema, »du hast mir den Namen von deiner Kleinen noch gar nicht verraten. Wie heißt sie denn?«

Ich greife nach Bettinas Hand und drücke sie. »Betty«, sage ich dann. »Ich möchte sie Betty nennen.«

Zuerst sieht Bettina mich fassungslos an. Dann weicht ihr Erstaunen einem Ausdruck der Rührung, und ich sehe, wie ihr

Tränen in die Augen steigen. Sie beugt sich zu mir herunter, gibt mir einen Kuss auf die Wange und flüstert: »Das ist ein sehr schöner Name. Ich fühle mich geehrt.«

Einen Moment lang sind wir beide verlegen, dann hebe ich Betty, die inzwischen eingeschlafen ist, hoch und reiche sie meiner Freundin. »Nimmst du sie bitte mal? Und wenn es geht, wäre es toll, wenn du ihr Strampler und Schlafsack anziehen und sie in ihr Bettchen legen könntest. Ich zieh mir eben ein Hemd über, dann können wir Oskar reinrufen.«

Sie nimmt meine Tochter entgegen, wickelt sie und zieht sie an, bevor sie Betty in das kleine Rollbettchen neben mir legt. Fasziniert beobachte ich, wie schnell und routiniert sie das macht, da werde ich noch ein paar Wochen üben müssen, ehe ich im Umgang mit meinem Baby so sicher bin.

Ich streife mir umständlich ein Krankenhaushemd über, weil es doch noch ganz schön wehtut, sobald ich mich bewege. Als wir fertig sind, geht Bettina zur Tür und ruft nach Oskar.

Mein bester Freund kommt herein und wirkt ein bisschen verlegen, er versteckt beide Hände hinter seinem Rücken. »Hallo, Mama!«, begrüßt er mich.

»Hallo, Schwachkopf«, entgegne ich.

Er kommt zu mir ans Bett, beugt sich zu mir herunter und gibt mir ein Küsschen. »Glückwunsch!« Mit diesen Worten stellt er etwas auf meinem Nachttisch ab. Eine Flasche Dom Pérignon.

»Vielen Dank!«, sage ich und werde gleichzeitig ein bisschen traurig. »Aber ich brauche kein Trostpflaster. Unsere Wette habe ich verloren, also schulde ich *dir* den Schampus. Hab's ja leider nicht geschafft, bis zur Geburt einen neuen Freund zu finden.« Ich seufze.

Oskar und Bettina werfen sich einen schnellen Blick zu, und ich meine, dass mein bester Freund dabei ein Kichern unterdrückt.

»Nun jaaa«, sagt er gedehnt. »Das stimmt nicht so ganz.«

»Was stimmt nicht so ganz?«

»Dass du die Wette verloren hast.«

»Was meinst du denn? Ich versteh dich gerade nicht.«

Wieder ein verstohlener Blick zwischen ihm und seiner Frau, die beiden führen doch was im Schilde!

»Weißt du, Nora«, setzt Bettina zu einer Erklärung an, »ich bin nicht die Einzige, die auf deinem Handy angerufen und diesen Torben am Apparat hatte.«

»Hä?« Nun begreife ich gleich gar nichts mehr, was meint sie denn?

»Sollen wir die Katze aus dem Sack lassen?«, fragt Oskar seine Frau.

»Ich finde, ja.« Mit diesen Worten drehen sie sich einfach um – und verlassen ohne weitere Erklärung mein Zimmer.

»He!«, rufe ich ihnen nach. »Wo wollt ihr denn hin?«

Sie bleiben nicht einmal stehen, sondern spazieren einfach durch die Tür hinaus in den Flur und lassen mich ratlos zurück.

Ich will schon ein weiteres Mal nach ihnen rufen, als jemand anderes mein Zimmer betritt. Überrascht schnappe ich nach Luft. Thomas!

»Hallo, Nora!« Er bleibt direkt vor meinem Bett stehen, in der Hand hält er eine einzelne Rose.

»Www…«, krächze ich, »was machst du denn hier?«

»Hat Bettina dir doch schon gesagt. Ich hab auf deinem Handy angerufen und gehört, dass du hier bist.« Er macht einen Schritt auf das Rollbettchen zu, in dem Betty schläft, und blickt hinein. »Sie sieht sehr süß aus«, sagt er lächelnd. »Gut gemacht!«

»Danke«, sage ich. »Aber … aber …«, ich gerate ins Stocken. »Aber warum hast du mich denn überhaupt angerufen?«

Er schmunzelt, zieht sich den Stuhl heran, auf dem eben noch Bettina saß, und setzt sich ganz dicht neben mich. »Weil ich mit dir reden wollte, warum sonst?«

»Dann bist du«, ich merke selbst, wie verschüchtert ich klinge, »nicht mehr sauer auf mich?«

»Doch«, sagt er. »Sogar stocksauer!«

»Äh, das heißt, du …«

»Ich bin vor allem stocksauer auf mich«, unterbricht er mein Gestottere, »weil es mir einfach nicht gelingt, dich zu vergessen.«

»Nein?«, frage ich zaghaft nach.

»Nein.« Er streichelt mir mit einer Hand über die Wange. »Glaub mir, ich hab alles versucht, aber du gehst mir einfach nicht aus dem Kopf. Ich habe meditiert und Sport gemacht, mich mit anderen Frauen verabredet …« Aha, die Blondine aus dem Edelfettwerk! »Es hat alles nichts geholfen, ich habe immer nur an dich gedacht.«

»Das tut mir leid«, traue ich mich, einen zaghaften Scherz zu machen.

»Und mir erst!« Thomas ringt gespielt mit den Händen. »Du bist vermutlich die chaotischste, seltsamste, neurotischste, bekloppteste und möglicherweise sogar verlogenste«, er korrigiert sich, »wahrheitsverbiegendste Frau, die mir je begegnet ist. Meine Patienten eingerechnet!«

»Ist das so?«

Er nickt. »Und als ich dich gestern Mittag vor meinen Haus gesehen habe, ist es mir endgültig klar geworden.« Er macht eine Pause.

»Was denn?«, frage ich vorsichtig.

»Dass ich dich liebe, du dumme Nuss!« Ein zärtlicher Ausdruck tritt auf sein Gesicht, ich zerfließe regelrecht unter dem Blick seiner braunen Schokoaugen.

»Ich liebe dich auch«, sage ich leise und spüre, dass ich am ganzen Körper zittere.

»Schöner Mist!«, stellt Thomas fest.

»Das kannst du laut sagen.«

»Tja, so ist es eben. Ich will mit dir zusammensein, das kann ich nicht ändern.«

Ich traue mich kaum, die nächste Frage zu stellen, aber sie muss einfach sein. »Und was ist damit, dass du absolut keine Kinder möchtest?«

Er legt nachdenklich die Stirn in Falten und scheint einen Moment zu überlegen. »Ach, weißt du was?«, sagt er schließlich. »Scheiß auf ›keine Kinder‹!«

Ich lache laut auf, strecke eine Hand nach ihm aus, ziehe ihn zu mir heran, schlinge meine Arme um seinen Nacken und gebe ihm einen langen Kuss auf den Mund. Dann flüstere ich ihm ins Ohr: »Scheiß auf ›niemals wieder Pinneberg‹!«

Betty quietscht vergnügt in ihrem Bettchen, als würde sie sich darüber freuen, gerade zum ersten Mal in ihrem Leben das Sch…-Wort gehört zu haben.

Anmerkung von Thomas

Und wie ich Nora bisher kennengelernt habe, wird es vermutlich nicht das letzte Mal gewesen sein!

Epilog

»Mama, kann ich ein Eis haben?« Meine dreijährige Tochter steht vor mir und sieht mich aus großen braunen Kulleraugen an.

»Nein, Betty, wir essen gleich zu Abend, und vorher wird nicht mehr genascht.«

»Ich will aber ein Eis!«

»Schatz, du kannst nach dem Essen eins haben, aber nicht jetzt.«

»Warum denn nicht?«

»Weil ich es sage.«

»Menno, bitte!«

»Nein.«

»Du bist doof!«

»Ich weiß. Und jetzt geh bitte noch ein bisschen spielen, ich brauche hier nur ein paar Minuten, dann mache ich Abendbrot.«

Einen Moment lang bleibt Betty noch im Türrahmen stehen, als würde sie abwägen, wie viel Sinn es macht, ihrenWunsch nach Eis noch einmal energischer vorzutragen – dann dreht sie sich um und marschiert davon, zehn Sekunden später höre ich die Tür zu ihrem Zimmer klappen.

Lächelnd mache ich mich wieder an die Abrechnung, an der ich gerade sitze. Das zweite Quartal in diesem Jahr sieht noch besser aus als das erste, Oskar und ich haben einen schönen Gewinn erwirtschaftet.

Ein Jahr nach Bettys Geburt haben wir uns mit einem kleinen

Restaurant selbständig gemacht. Mit Kind konnte ich sowieso nicht mehr so gut als Stewardess arbeiten, und Oskar hatte nach dem üblen Scherz mit den Pornoheften auch keine rechte Lust mehr, für Air-Sky tätig zu sein. Also haben wir uns zusammen hingesetzt und überlegt, was wir stattdessen machen könnten.

Entstanden ist dabei die Idee zum »Fliegenden Esszimmer«, wie wir es nennen, den Laden selbst haben wir »Eat & Fly« getauft. Die Grundidee ist einfach: Wir haben einen ehemaligen Spielzeugladen am Eppendorfer Weg angemietet (zu einem sensationell günstigen Preis!) und ihn wie das Innere eines Flugzeugs eingerichtet. Mit ausrangierten Passagiersitzen, die wir in Zweier- bis Achtergruppen arrangiert haben, von der Decke baumeln als Lampen Sauerstoffmasken, auf mehreren kleinen Monitoren an den Wänden laufen verschiedene Filme wie z. B. Sicherheitsinformationen vor dem Abflug, Reisedaten, Angebote des Bordshops oder Bilder aus den schönsten fernen Ländern.

Unsere Bedienungen tragen dunkelblaue Uniformen und sind mit echten Flugzeugtrolleys zwischen den Tischen unterwegs, in denen fünf verschiedene Menüs warm gehalten werden, aus denen die Gäste auswählen können. Serviert wird stilgerecht auf einem kleinen Tablett und mit eingeschweißtem Besteck, eben alles so, wie man es aus dem Flugzeug kennt. Nur, dass unser Essen in der Küche frisch zubereitet wird und auch ansonsten nicht an pappige Flugzeugkost erinnert, das war Oskar und mir extrem wichtig.

Das Startkapital für den Laden haben uns meine und Oskars Eltern geliehen, das zinslose Darlehen stottern wir bequem in monatlichen Raten ab und haben schon fast die Hälfte davon getilgt. Darüber hinaus sind Mama und Papa zu echten Stammkunden geworden, mindestens einmal pro Woche kommen sie zum Essen vorbei und um zu sehen, wie es mir und »Otto« geht. Nun ja.

Bisher hat das »Eat & Fly« morgens zum Frühstück und

mittags geöffnet, um vier Uhr schließen wir, damit ich genug Zeit für Betty habe. Die Idee wird gut angenommen, und wir überlegen gerade, ob wir nicht auch abends öffnen sollten, die aktuellen Zahlen sprechen dafür. Bettina hat von Air-Sky und der Fliegerei allmählich auch die Nase voll und denkt darüber nach, ebenfalls mit einzusteigen. Dann könnten wir die Abende untereinander aufteilen, und, wenn es so weiterläuft wie bisher, vielleicht sogar schon bald einen Geschäftsführer einstellen.

Neben meine Eltern gehören übrigens auch Erik, Heike und Torben Ballhaus zu unseren Stammkunden. Das Problem, das Heike mit mir hatte, hat sich in Wohlgefallen aufgelöst. Sie war einfach nur schrecklich eifersüchtig auf mich. Ihr Döskopp von Kerl hatte nach unserer ersten Begegnung, bei der er mich erst an die Elbe und dann nach Rothenburgsort gefahren hatte, schlicht und ergreifend zu sehr von mir geschwärmt. Männer!, ich sag's ja. Und Torben hat sich von seiner Enttäuschung darüber, dass sich hinter »Madame Butterfly« keine heiße Bonnie & Clyde-Blondine, sondern ein hochschwangerer Rotschopf verbarg, mittlerweile auch erholt und eine nette Frau kennengelernt. Von daher: alles gut!

Wer von den beiden Brüdern mir damals so heldenhaft im Kreißsaal zur Seite gestanden hat, haben sie mir übrigens nie verraten, sie meinen, das würde für immer ihr Geheimnis bleiben. Ich bin mir aber ziemlich sicher, dass es Torben war, denn Erik ist neulich allein beim Anblick eines Steaks, das nicht durch, sondern blutig war, so schlecht geworden, dass er beinahe vom Stuhl gekippt wäre. Aber eigentlich ist es ja auch egal, wer von ihnen es war, dankbar bin ich beiden.

Ich horche auf, weil ich ein Geräusch aus Bettys Zimmer höre. Wieder klappert ihre Tür, kurz darauf tapsen kleine nackte Füße über den Flur. Vorsichtig schiebe ich meinen Stuhl zurück und stehle mich nach draußen, wo ich gerade noch sehe, wie Betty am Ende des Flurs um die Ecke verschwindet. Ich folge ihr auf leisen Sohlen, schleiche hinter ihr her, bis ich vor der angelehnten Tür zu Thomas' Arbeitszimmer stehe. Grinsend lausche ich, was da drinnen passiert.

»Papa, darf ich ein Eis haben?« So ein kleiner Schlingel! Eben meine Tochter …

»Ich glaube, es gibt gleich Abendbrot«, höre ich Thomas sagen.

»Bitte, Papi, nur eins!«

»Nach dem Essen kannst du eins haben.«

»Ich will aber *jetzt* Eis!«

Ein Stuhl wird gerückt, offenbar hat Thomas sich zu ihr umgedreht.

»Betty, warum möchtest du unbedingt jetzt ein Eis haben?«

»Weil ich eben eins will!«, antwortet sie mit der bestechenden Logik einer Dreijährigen.

»Aber warum? Hat dich irgendetwas geärgert? Bist du traurig, oder hast du Angst? Was ist der Grund dafür, dass du unbedingt dieses Eis willst? Der Wunsch danach kommt doch nicht aus dem Nichts!« Schweigen, ich unterdrücke ein Kichern. Tja, Betty, dein Papa ist eben Psychologe, so einfach kommst du ihm mit der simplen Forderung nach etwas Süßem nicht davon!

»Ich will aber EIS!«, wiederholt unsere Tochter nach einem kurzen Moment stoisch, und ich kann deutlich hören, dass bereits Tränen in ihrer Stimme mitschwingen.

»Das verstehe ich, mein Schatz. Ich möchte doch nur herausfinden, warum.«

»Darum!«

»Nein, Betty, so einfach können wir es uns nicht machen, das verstehst du doch, oder?«

Immer noch darum bemüht, nicht in lautes Gelächter auszubrechen, schleiche ich mich wieder davon und lasse die beiden in Ruhe ihre Diskussion weiterführen.

Wie ich meinen Mann kenne, wird das noch eine Weile dauern, bis Betty dann irgendwann heulend zu mir gerannt kommt und behauptet, der Papa sei »ganz doll gemein!«. Ich kann sie gut verstehen, manchmal treibt Thomas mich mit seiner Therapeuten-Art noch immer zur Weißglut. Und trotzdem liebe ich ihn. Sehr sogar.

Ich gehe zurück ins Wohnzimmer, wo ich meine Unterlagen auf dem Esstisch ausgebreitet habe, öffne die Tür zur Terrasse und trete raus ins Freie. Fröstelnd schlinge ich die Arme um meinen Oberkörper, für einen Abend Mitte Juli ist es ziemlich frisch. Mein Blick wandert über die Felder und Wiesen, die direkt hinter unserem Haus liegen und zu einem angrenzenden Wald führen. Pinneberg. Ausgerechnet Pinneberg! Aber in dem kleinen Häuschen, das wir vor zwei Jahren gegen Thomas' Mittelreihenhaus getauscht haben, fühle ich mich erstaunlich wohl. Die Gegend ist hübsch, und die Leute sind nett; Betty liebt ihre Erzieherinnen in der Kita und mit vier, fünf Müttern habe ich mich richtig gut angefreundet. Doch, das Leben ist gut.

Thomas hat Betty vor einem Jahr adoptiert, Mirko hatte sein Einverständnis damit erteilt, weil er mit seiner Tochter de facto so gut wie nichts zu tun hat. Australien ist einfach zu weit weg, und so haben wir auch rechtlich alles vernünftig geregelt. Natürlich weiß Betty, wer ihr leiblicher Vater ist, und kann ihn auch immer anrufen oder mit ihm skypen, wenn ihr danach ist, das würde ich nie unterbinden. Aber ihr »Papa« ist eben Thomas, die beiden halten zusammen wie Pech und Schwefel.

Verträumt erinnere ich mich an die letzte Nacht, in der Thomas und ich sehr innig miteinander geschlafen haben.

»Ich habe heute ein Gespräch mit meinem Arzt geführt«, hatte er mir irgendwann ins Ohr geflüstert, als ich schon halb weggedämmert war.

»Bist du krank?«, hatte ich besorgt wissen wollen.

»Nein.« Er hatte gelacht. »Im Gegenteil! Ich habe mich danach erkundigt, ob man meine Sterilisation wieder rückgängig machen kann. Ist nicht ganz unaufwändig, aber es geht.«

»Was?« Ich hatte mich aufgesetzt und ihn überrascht angesehen.

»Na ja, ich habe eine Weile darüber nachgedacht. Und bin zu dem Entschluss gelangt, dass ich mir noch ein zweites Kind von dir wünsche.«

Lange hatte ich daraufhin einfach nur schweigend neben ihm gesessen, seine Hand gehalten und glücklich vor mich hin gelächelt. »Ein zweites Kind«, hatte er gesagt. Nicht »ein eigenes«.

Anmerkung von Betty

Ich will ein Eis! ICH – WILL – EIN – EIS! SOFORT!!!

Leonie Winter

wurde 1972 – anders, als der Name vermuten lässt – an einem warmen Sommertag nahe der holländischen Grenze geboren. Diesem Umstand verdankt sie ihr sonniges Gemüt, mit dem sie sich seither durchs Leben laviert. So studierte sie nach dem Abitur erst einmal Germanistik, weil ihr das als sinnvolle Freizeitbeschäftigung erschien, arbeitete im Anschluss als Werbetexterin und erfreute sich an der bunten Welt der Anzeigen, bis sie schließlich ihre Leidenschaft fürs Schreiben entdeckte. Leonie Winter lebt mit ihren vier liebsten K's – Kind, Kerl, Köter & Klamottentick – in Hamburg.

Von Leonie Winter außerdem bei Goldmann lieferbar:

Die Niete im Bett. Roman (auch als E-Book erhältlich)

GOLDMANN
Lesen erleben